新潮文庫

真田騒動

—恩田木工—

池波正太郎著

目次

真田《さなだ》騒動

――恩田木工《おんだもく》――

信濃《しなの》大名記

大坂の陣

一

こちらに背を向け、茶を点じているそのひとの、つややかな垂れ髪を分けて見える耳朶《みみたぶ》は、春の陽ざしに濡れた桃の花片のようだった。

「どうぞ……」

そのひとの躰《からだ》からただよってくる香の匂いが近寄り、うすく脂がのった、むっちりと白い二つの手が茶碗をささげ真田《さなだ》伊豆守信幸《いずのかみのぶゆき》の前へ置いた。

障子には夕暮れの翳《かげ》りが濃く、戸外の底冷えの激しさが思われたが、この田舎風の小さな茶室には釜《かま》の湯が滾《たぎ》り、炉は赤々と燃えている。

一礼して茶をのみおえた信幸に、そのひと……小野のお通は、

「雪深い信濃にお住いの真田様ゆえ、京の寒さも、それほどには……」

「京の冬は、陽がさしていても、しんしんと沁《し》み透《とお》ってまいるが、私の国では陽が空にさえあれば雪も暖こうおぼえます」と、信幸は茶碗に眼をうつした。

この青磁の茶碗が異国のものだということは、一見して信幸にもよくわかる。

「亡き太閤《たいこう》様からいただいたものでございます。明国《みん》から渡来した珍しいものゆえ、ごらんに入れました」

そう言って、お通は切れ長の張りのある眼を上げ、

「幸村《ゆきむら》様とお別れ遊ばしてから、もう何年になりまするか？」

「関ケ原以来でござる」

うなずいたお通の面《おもて》が急に引き締って、つぶやくように、

「まことの御兄弟とお会いになりたくともお会いになれぬ……今の世の武家方は、せつなく、もの憂いことばかりで……」

その言葉には、切実な共感がこめられていた。

初対面でありながら、自分に向けられているお通の並々ならぬ好意が、どんな原因によるものなのか、今の信幸にはちょっとつかみにくいことだったが……その、お通の好意により、信幸は、ふたたび生きて会うこともあるまいと決めていた敵軍の一部将としての弟・左衛門《さえもんの》佐《すけ》幸村と、この館《やかた》で一五年ぶりに語り合おうとしているのである。

真田信幸が領地の沼田から出陣して将軍秀忠に従い、京へ上ってから、もう四カ月ほどになる。

徳川家康が全国の大名を動員し、総軍二十万をひきいて豊臣秀頼が立てこもる大坂城を囲んだのは、去年の、慶長十九年（一六一四年）十一月であった。

このとき家康はすでに駿府《すんぷ》（静岡市）へ隠居し、将軍位を息秀忠にゆずっていたが、自ら

先発して大坂へ乗り込み、全軍の指揮に当った。

三河国の小領主から艱難《かんなん》を嘗《な》め尽して身を起し、今、百余年の戦国の世に終止符を打ち、徳川の政権の下《もと》に平和をもたらせようと願っている家康は、かつて天下に号令した豊臣秀吉の遺児・秀頼を中心に残存している豊臣派の勢力を、この際、徹底的に叩きつぶして後顧の患《うれ》いを絶ち、徳川家の繁栄を永続させねばならないと、七十余歳の老軀《ろうく》を燃やしていた。

愛孫の千姫（秀忠の娘）を秀頼に嫁入りさせたまま、この戦いにのぞまなければならない家康の胸中は、信幸にもよくわかる。

信幸にしても、関ケ原の合戦以来はっきりと豊臣方になった亡父の昌幸や弟の幸村と敵味方に分れ、あくまでも家康に忠誠を誓ってきた自分の心の底にひそむものを見つめながら、大坂攻防戦の間、京の二条城警衛の役目に従ってきたのだ。

「もう一服？……」

お通は優しく首をかしげてみせ、信幸の返事も待たずに茶碗をとり、点前《てまえ》にかかった。

見ようによっては、お通の言動が初対面の信幸に馴れ馴れしすぎるとも見えるが、生き生きとして弾力のある表情の動きや気品に満ちた所作が、噂《うわさ》通りの人柄だとうなずかされ、信幸は少からず魅了された。

これは、沼田城にいる妻の小松や、信幸が今まで見てきた女たちにまったくないものだと言ってよい。

流行の片身替りといわれる白地の小袖に包まれた躰も豊満で若々しく、お通の経歴からいえば、すでに三十前後の年齢なのだが、到底そのようには感じられない。だんだらに染め抜いた肩から袖にかけての模様も奇抜なもので、山鳩の図柄が茶と白と緑の色彩に刺繍《ししゅう》され、わずかに金の摺箔《すりはく》を散らしてあるのが新鮮で大胆な意匠なのである。

小野のお通は、その才色を世にうたわれ、宮中にも仕えて女ながら金子《きんす》二百両、百人扶持《ぶち》を賜わったこともあり、諸礼式、礼法に通暁しているところから、後には秀吉にも仕え、今は家康の庇護《ひご》を受けている。先年、千姫が秀頼に嫁したときには、その介添えとして招かれ、大坂城にも暮したことがあったらしい。

またお通は、浄瑠璃節《じょうるりぶし》の作者でもあり、笹島検校《ささじまけんぎょう》が節付をして名曲と評判の「十二段草紙」は彼女の筆になったものだった。

「幸村様はどうなされたものか……お着きが遅いように思われまするが……」

信幸が二服目の茶をのみおえたとき、お通は眉をひそめた。

「迷惑をかけます。許されい」

「いいえ、わたくしは、よろこんでお役に立ちたいと存じておりますのに……」

大坂城に籠《こも》る弟の幸村と徳川の攻囲軍に加わっている兄の信幸を、密《ひそ》かに会わせようと計らってくれたのは、信幸兄弟にとって義理の叔父に当る菊亭大納言季持《すえもち》である。

真田家は、もともと清和天皇の皇子・貞元親王から出ており、数代を経て、信幸の祖父幸隆の時代に信濃の真田庄《さなだのしょう》へ移ってから、真田の姓を名乗るようになったもので、京の公卿《くぎょう》たちとも縁が深い。そういうわけなので信幸の父昌幸は、菊亭晴季の娘（季持の姉）を娶《めと》り、信幸・幸村の二子をもうけた。

だから菊亭季持にとっては、親しい甥《おい》の兄弟が敵味方に分れて戦うなどということがたまらないことらしく、大坂の戦いが、和睦《わぼく》になると、すぐに信幸を呼び、

「まろが計らうから、左衛門佐に一目会《お》うてみよ。会うた後は、おこと達がよいようにせよ」

と言ったのは、言外に、うまく幸村を説きつけて徳川方へ来るようにしたらどうか、という意味が含まれている。

季持は、かねてから宮中の歌会などで親交のあった小野のお通の人柄を見込んで、

「真田兄弟には蔭《かげ》ながら、深い同情を寄せておるお通ゆえ、安心せよ」

と、会見の場所をこしらえてくれたのだ。

旧臘《きゅうろう》の二十二日に和議が成立して、家康は正月三日に駿府へ引き揚げている。間もなく大坂の陣を払う筈の秀忠に従い、江戸へ戻らなくてはならぬ信幸にとっては、この機会を逃せば、再び弟と会うことは出来ない。

和睦とはいえ、それがどんなにはかないものなのか……信幸には手に取るようにわかっているつもりだ。

おそらく一年と経たぬうちに戦いは再開され今度こそ豊臣の息の根は止るだろうし、したがって弟の幸村も、その長男で信幸には甥に当る大助幸昌も討死は免れまい。

休戦状態とはいえ、大坂から京にかけては徳川方の厳重な警戒のうちにあり、幸村が大坂城を出て京へやって来ることは容易ではない……がそれには、信幸兄弟の叔父で、これも徳

川軍について大坂表《おもて》へ出陣している真田隠岐守信尹《おきのかみのぶただ》が、密かに便宜を計らい、幸村を淀川《よどがわ》から舟に乗せて信尹の手勢に守らせ、京へ送り届けてくれることになっていた。

信尹老人は今度の合戦の始まる前に、家康の密命を受け、大坂城の真田丸に軍備を整えつつあった幸村へ、単身会いに出かけて、その降伏を促している。

そのときは、頭から受けつけなかった幸村も、

「最後の別れに、兄と会うてはどうか？」と、すすめてきた信尹叔父の言葉には一も二もなく承知をした。

その知らせが入ったのは、一昨日の朝、大御所家康が二条城を出発した日の早朝であった。

菊亭季持と信尹との間の連絡を、家来の鈴木右近にいっさい任せて、信幸は、家康を見送るために、二条城へ出仕した。

御殿の車寄《くるまよせ》から唐門《からもん》まで敷きつめた薄べりの上へ現れた家康は見送りの大名たちに会釈を返しつつ、唐門傍《わき》に頭を下げた信幸へ歩み寄り、

「豆州《ずしゅう》。おぬしは、何時《いつ》江戸へ戻るな？」

「は……？」

わかりきっていることを、と思いながら、

「御所様（秀忠）に従いまして……」

家康は、うなずいて、ふと立ちどまり、冷たく晴れ渡った空を見上げたが……低く、信幸だけに聞えるように、

「また今度の戦いも、おぬしには苦労であったな」

家康の養女と結婚した信幸は、家康にとって義理の婿に当る。むろん政略結婚であり、それからも間断なく光らせてきた家康の監視の眼には一点の疑惑をも残さず、信幸は、あえて親兄弟を敵に廻してきたのだった。

無言で一礼する信幸に、

「出来得れば……幸村を死なせたくないの」

垂れた瞼《まぶた》の下から家康の細い眼が、きらりと光った。

今朝のことがあるだけに、信幸ははっとなり、

（大御所は何も彼《か》も見通しておられるのかも知れぬ。この休戦のわずかな隙に、おれが弟と会うだろうことを……）

今日も鈴木右近一人を供に、そっと室町の屋敷を抜け出し、お通の館へ向いながらも、笠に隠れた自分の顔を、家康がどこかで見ているような気さえして、信幸は何度も後を振り返ったものだ。

二

「おぬしは肥ったな。見違えてしもうたわ」

「兄上はお窶《やつ》れになりましたな」

見交した眼を逸《そ》らせて、幸村はしみじみと、

「兄上……白髪が……」

「増えたであろうが……」

「はあ……」

「おぬしのは、まだ黒いな」

「今度《こたび》は、また兄上に……」

「もうよい。大御所様の御内意を、今さらに此処《ここ》で蒸し返してもも聞いてくれるおぬしでもあるまい」

昔の叛逆《はんぎゃく》はいっさい水に流し、一万石を与えようという家康の内意を一蹴《いっしゅう》した幸村だが、信幸は探るように、弟の顔の動きへ鋭い視線を走らせた。

しかし、陽に灼《や》け戦塵《せんじん》に揉《も》まれつくした幸村の、柔らかい髯《ひげ》の下に、ゆったりと結ばれた唇元《くちもと》や、開いているのか閉じているのかわからないような小さい眼は、微動もしない。

お通の館に幸村が着いたのは、夜に入ってからだった。

東山を背負い、竹林と寺院が多いこの辺りは八坂の塔の裏側になっていて、程近い四条の賑《にぎわ》いが、まるで嘘のように、静寂である。

門構えは武家のようだが、中に入ると、農家風の館が広い庭の木立に埋れていて、女中が三人、下僕三人ほどの、ひっそりとしたお通の館の一間には、信幸の供をして来た鈴木右近と、幸村に付き添って来た隠岐守信尹の家来が三人、お通のもてなしを受けているはずだ。

茶室には、信幸兄弟二人きりだった。

お通が整えてくれた酒を炉の火に暖めながら二人は語り合った。

少年の頃、兄信幸に瓜《うり》二つと言われ、年齢も一つ違いの真田左衛門佐幸村は、このとき四十六歳になる。

真田の兄弟は双子ではないかと風評が立った位なのだが、歳月と共に兄弟の風貌《ふうぼう》は、それぞれに違った道を歩みはじめた。

信幸の面貌は、この十五年の間に父と弟と分れ、単身、真田家を守り抜くための厳しい風霜にさらされて苦味を帯び、太い眉の下にくぼんだ眼の色は、深く沈んでいる。

幼少の頃は同じような背丈だったのが、何時か信幸が幸村を追い越して長身になり、その骨には肉がのらず、十代の頃から往来した数え切れぬ戦場の歴史が、がっしりと骨格に積み重なっていた。

幸村は、酒に火照って、

「これでも大坂へまいってから少々肉が締ってくれましてな。九度山《くどやま》に閑居中は我ながらいやになるほど、腹が突き出してまいって……」

「定めて退屈だったのであろう」

「これは……恐れ入りました」

「もともと合戦が大好きな左衛門佐だからな」

「兄上は、お嫌いでございましたかな」

「家を守るための合戦……おれにはそれだけだ」

「それだからこそ、亡き父上も私も、まことに安心いたして……」

「安んじて肉親のおれを敵に廻したのか」

「はい」

幸村は少しも臆せずに答えた。

真田家は、もともと武田家に仕え、上信の二州を守っていたのが、武田滅亡の後には、織田、豊臣、徳川と、目まぐるしく変転する覇権《はけん》の間を掻《か》いくぐり、その領地と家名の存続に一歩も退《ひ》かなかったものである。

兄弟の父昌幸は、群雄割拠する戦国の世に、怜悧《れいり》な頭脳と強引な腕力を振って領地の拡大に努めた。

昌幸がもし、地の利と政治の中心に近い場所を得ていたら、「天下を取る」という夢も、一度は実現できたかもしれない。

しかし、勢力の区分が固まってくると、地形的に不利な信濃に本拠を構える昌幸は、やたらに合戦を重ねてもいられなくなり、何度も権謀をおこなった末、秀吉の庇護の下に加わることになった。

そして、秀吉の知遇が、昌幸にとっては忘れ難いものとなったのだ。

天下に号令するという夢が、二人に共通した親身を湧《わ》かせたのかもしれない。

秀吉は、北条や徳川に対しても、昌幸の顔が立つようにしてくれたし、昌幸には大威張りで信濃の一角を闊歩《かっぽ》させてくれた。

秀吉の口添えで、次男の幸村の嫁に大谷刑部《ぎょうぶ》の娘をもらって豊臣家とのつながりを深め、昌幸は秀吉の被官として、むしろ自分の夢を秀吉にかけて楽しむ、といった様子が見えないこともなかったのである。

その秀吉が歿《ぼっ》し、厭々《いやいや》ながら家康と同盟した昌幸に再び昔の夢を甦《よみがえ》らせたのは、あの関ケ原の合戦だった。

豊臣縁故の大名たちが、石田三成を中心にして、家康へ戦いを挑んだことは、久しぶりに老いた昌幸の血を沸騰させた。

慶長五年(一六〇〇年)の七月……家康の上杉征討軍に在って野州犬伏《やしゅういぬぶし》に陣を構えていた昌幸は、石田三成からの密書を受け、西軍に加担する決意をした。

伜《せがれ》の信幸も幸村も一緒に連れて行きたかったのはもちろんだが、信幸は断固として、家康に叛《そむ》くことは出来ない、と主張した。

「失敗《しま》った。家康の言う通りに、本多の娘などをおぬしの嫁に貰うのではなかったな」

「父上は、石田が勝つとお考えでございますか?」

「負け戦《いくさ》に、このわしが出向くと思うのか。家康は今、上杉征伐に手一杯のところじゃ。ことに秀頼様御為《おんため》の兵を起せば天下の大名は、ほとんど西軍に加担するであろう。わしは上信二州の兵を率いて、関東を席捲《せっけん》してくれるわ」

「それは間違いでございます」

「何……」

「石田方は烏合《うごう》の集まりでございます。徳川の勢力が強まるのを憎むの余り喧嘩《けんか》を仕掛けたい方々の寄せ集めでござる。徳川は、徳川の家を守ろうと念ずる譜代の方々が固まり、全力を尽して事に当ります……われらも、われらの家を守らんとするときは、おのずからどちらへ歩み寄るべきか、これは明白なことで……」

家康の圧迫をゆるめるためにした政略結婚だったが、今の信幸は後悔していない。合戦や政争の昂奮《こうふん》に巻き込まれがちな戦国大名の中にあって、あくまでも冷静な判断を失わぬ家康の理知と、部下を統率して行く磨き抜かれた政治力に、信幸は心服している。

幸村は、父と兄の口論を面白そうに眺めていたが、

「父上、兄上は徳川方でよろしいではありませぬか。それが正しいと存じます」

昌幸は、ちらりと幸村をにらんだが、

「信幸は、冷たい男だな」

説得を諦《あきら》めて、恨めしそうに長男を見やった。

「おぬしはあのとき、石田方が勝つと思っていたのか」

「あのときの私は、ただ老いた父上の夢に殉じたまでのことでござる」

二度ほど、お通自身が酒肴《しゅこう》を替えに現れたきりで、兄弟の話は尽きることがなかった。

幸村は、自信たっぷりに着々と地盤を固めつつある家康へ反旗を押し立て、乾坤一擲《けんこんいってき》の勝負に身を投げうつ爽快《そうかい》さを好んだ。

事実、真田一族の向背は、ある意味で、東西両軍の勝敗の鍵《かぎ》になっていた。

急遽《きゅうきょ》、上田城へ引き返した昌幸と幸村は、中仙道を上る秀忠の第二軍四万を、僅か千余の手勢で釘《くぎ》づけにした。このため、秀忠は参戦が遅れ、東海道を西上した家康はやむなく、その主力の八万をもって、西軍の十二万余と関ヶ原の山峡に苦戦したのである。

家康独自の権謀による小早川秀秋等の内応が成功しなければ、どうなっていたか知れたものではない。

家康は勝ち、名実共に覇者となった。

今、信幸が十五年ぶりに会う幸村は、敗色濃い大坂方の一部将として、快活に、気力に満ち、次の苦しい戦闘にのぞもうとしている。

「おぬしは、生まれながらの軍師なのだな?」

「僅かな手勢をもって信濃上野の山野に大敵を破ってきた真田一族の血でございますかな……しかし、兄上は別でござるな」

「おれは、別か……」

「兄上があればこそ、真田の血も家も、後の世に受け継がれてまいりましょう。これは左衛門佐、心から有難いことだと考えております」

「それほどまでに無理な合戦するのが面白いのか」

それには答えず、幸村は盃《さかずき》をほしてから、

「関ヶ原の折には、父上も私も家康公のお怒りをこうむり、この首をはねられるところを、兄上の助命嘆願のおかげで、紀州九度山へ蟄居《ちっきょ》を命ぜられ、命を永らえました。それを思いますと、兄上には、全く迷惑のかけ通しでござる」

と、済まなそうに言った。

家康は、昌幸から没収した上田の領地を、そのまま信幸にくれてよこした。さすがに鋭い政治力の働きであった。

もし故国の地を他の者に渡されるとなれば、昌幸父子は上田城で捨身の一戦を挑んだに違いない。

「おぬしは、大御所が憎いのか」

「憎いの何のとは申しません。ただ、飛ぶ鳥を落す徳川の軍勢と戦うてみたいまでのことでござる」

「軍勢ではあるまい。大御所の御首《みしるし》をとってみたいのであろう」

「……恐れ入りました」

「それでなくては、この戦いに、おぬしが加わる筈はあるまい」

鋭い信幸の言葉を、幸村は、ゆったりと受け流して、

「秀頼公は今度、九度山に浪々中の私を、五十万石の御約束にて召し出されました」

「馬鹿な……それは……」

「もちろん、夢でございますかな。それは、よくわかっております」と、幸村は明るく、

「齢をとりましたためか、あの、お若く凜々《りり》しい秀頼公の知遇が、何となく身に応えましした

のでござる」

信幸が黙然と盃を取りあげると、酒器を近づけながら、幸村は、

「わがまま勝手な左衛門佐を、どうか、お許し下さい」

太い溜息《ためいき》を吐くと、信幸も思い切りよく、

「ときに、大助は、何歳になったかな」

「十六歳になりましてござる」

「あれも死なすのか……」

「私から離れるようなやつではありません」

「おれは、まだ一度も、あの甥の顔を見てはおらぬ」

「上田から九度山へまいりましたときには、まだ生まれたばかりでござった」

「よう働くそうだな」

「お耳に入りましたか？」

「おれは、大御所の計らいで大坂表へ出陣せずに済み、おぬしと槍を合す馬鹿馬鹿しさから
も逃げられたのだが……しかし、おぬし達の働きには、こなたも散々な目に会ったらしい」

「真田丸と名づけて、城の三の丸、平野口に構えました出城《でじろ》（本城以外の小さな城）が思いの
外、便利がよろしゅうござった」

幸村の面上に軍師としての誇りが、くっきりと浮び、

「その出城も、今度の和睦によって敵方に取りはらわれました。この次にはどうしたらよい

か……」

と、落胆しているようでもあり、作戦に苦労するのを楽しむようなところもある幸村の口調なのだ。

和睦の原因は、家康が攻略戦の意外に困難なのを知り、将兵の出血をおそれ、一旦講和して、豊臣方の自滅を待つという気持になったのと、大坂城にある秀頼の母淀君が、徳川方の砲撃と十重二十重に取りかこまれた籠城戦《ろうじょうせん》を怖《おそ》れはじめたことが、うまく歩み寄ったということになるのだが……家康は城の総構えの濠《ほり》を埋める、という和睦の条件の一つを、和議が結ばれた翌日から実行に移し、またたく間に三の丸の濠を埋め、二の丸の濠へも人足を繰り出して工事を進めた。

〔総構えの濠〕というのは三の丸の濠だけと思っていた大坂方が、抗議を申し込んできたが、家康は、のらりくらりと言い逃れをしながら、あっという間に、幅四十間から六十間、深さ四間という二の丸の濠を埋めにかかり、石垣の矢倉や重臣たちの屋敷まで取り壊しはじめている。

そうしておいて、駿府へ戻って行った家康の腹の中は、血を流さずに相手の自滅を待ち、政治力で、すべてを自分の傘下《さんか》に納めようとしているに違いない……しかし、そこまで屈辱的な扱いを受けた豊臣方が、どういう出方をするか。裸の城に拠《よ》って不運な戦いを繰り返すつもりなのか……むしろ、その公算が強いのだ。

現に、和睦後、半月足らずの今、大坂方は二の丸の工事中止を訴えながらも、日毎に険悪な空気を強め、浪人募集の手を止《や》むことなく拡げている。

今夜の幸村にしても、むしろ開け放しに開戦の決意を信幸には見せているのだ。

だが家康は、どちらの場合にも充分の備えをして、あの丸々と肥った老軀に気魄《きはく》をこめ、豊臣の出方を見守っているに違いない。

夜も更け、別離の時は迫った。

家康が信幸への信頼はともかく、権謀に長《た》けた真田一族が敵味方に分れているということが、将軍秀忠や他の大名たちを素直に納得させてはいない節も信幸には観取される。

今の京の町は徳川の前衛基地であり、二人が何時までも一緒にいるのは危険だった。

東山の麓《ふもと》を南に抜け、伏見街道を伏見へ出れば、叔父の信尹が舟を廻し、幸村を大坂へ運び帰す手筈になっているという。

信尹叔父は、万一にも幸村が信幸の説得を受け入れはしまいかという期待に胸をおどらせているに違いなかった。

最後の献酬が済むと、二人は酒を口に含んだまま、かなり永い間、互いの顔を、眼を、瞬《まばた》きもせずに見合っていた。

「今夜のおぬしの顔を、おれは忘れまい」

信幸が口中の酒を静かに舌で消しながらつぶやくと、幸村の喉《のど》がゴクリと鳴った。

「私も、忘れません」

一滴の涙も、二人は見せなかったが、信幸は部屋を出るときに、

「左衛門佐。たとえ大御所の御首《みしるし》をとったところで、徳川の屋台は崩れはせぬ。よいな……」

「崩れるものか崩れぬものか……そこに私は、もう一度、夢を見とうござる」

幸村の眼に、燐《りん》のような光が煌《きら》めいた。

二人が玄関へ出ると、お通も姿を現し、交替で庭のあたりを警戒していた家来たちも集まって来た。

信幸の侍臣・鈴木右近は、柚子《ゆず》の皮のように毛穴がひらいた鼻を撫《な》でながら、そっと主人と主人の弟の顔を一瞥《いちべつ》し、それだけで、すべてをさとったらしく、黙々と、身仕度にかかる幸村の世話をやいた。

幸村は立ち上ると、お通に向い、

「おかげで、左衛門佐、生涯に、今夜ほど生甲斐《いきがい》をおぼえましたことはござらぬ」

深々と頭を下げ、

「右近。兄上を頼むぞ」

「御武運を祈り上げまする」

「右近、それは皮肉か?」

「そうかも知れませせぬ」

幸村は愉快そうに、

「兄上、この男、昔のままでございますすな」

「いや、だいぶ大人になったわ」

「それは結構……では、これで……」

「うむ……世の中が静かになり次第、おれも紀州へ出向いて父母の墓へ詣《もう》でるつもりだ」

父の昌幸は四年前に九度山の配所で病歿し、母の寒松院も、これに殉じている。

幸村たちが、戸外の闇に消えてからも、信幸は灯影《ほかげ》の揺らめく式台に立ちつくしたまま、しばらくは石のように動かなかった。

三

信幸が江戸桜田の屋敷で、叔父の信尹からの急使により、幸村父子討死の報を受け取ったのは、慶長二十年五月十八日の夜だった。

あれから半年も経たぬうちに戦いは再開されたが……この夏の陣では、家康の配慮により、江戸城守護の役目を命ぜられた信幸だった。信幸の二子、信吉と信政は、信幸の妻の実弟に当る本多忠朝に付いて出陣している。

江戸にいて、苦戦を続ける弟や甥のことを思うにつけ、信幸は、小野のお通の面影をも忘れ得ない自分に気づいていた。

幸村との最後の夜は、そのまま、あの茶室にただよっていた香の匂いに、お通の声に結びついているのである。戦国の世の常とはいえ、哀《かな》しい宿命にある自分たち兄弟への、いや、ことに信幸自身に示してくれたお通の温い好意は、信幸にとって忘れ難いものがあったのだ。

やがて、京都屋敷に詰めている鈴木右近のくわしい手紙で、信幸は、幸村討死の模様を知ることが出来た。

秀吉が巨万の財を投じて築いた古今無双を誇る大坂城も、裸同然となり、四月下旬から始まった戦闘は日毎に大坂方を圧倒し、優れた部将たちも次々に討死した。

五月五日から七日にかけて、家康は一挙に城を屠《ほふ》るべく、全軍に総攻撃を命じた。城を打って出た大坂方も、後藤基次、薄田兼相《すすきだかねすけ》、木村重成などが奮戦して徳川方に手をやかせたが、それも相次いで戦歿し、七日には、徳川二十万の大軍が三方から城に押し寄せた。

この日、真田幸村は全軍の指揮をとり、天王寺口茶臼山《ちゃうすやま》に陣を構えて徳川の主力を引きつけ、船場《せんば》方面に廻しておいた別働隊をもって家康の本陣を襲撃させようとしたが、非常な混戦となった上、作戦に齟齬《そご》があってうまくいかなくなり、止むを得ず、自ら手勢を率いて乱軍の中に飛び込んで行ったという。

右近は……余りの混戦ゆえ、徳川勢も統率が乱れ、加えて、浅野長晟《あさのながあきら》の一隊が大坂方へ寝返ったという叫びが方々で起り出したために、正面で力戦していた松平忠直の越前勢が騒擾《そうじょう》を起して崩れかかり、幸村は、この間隙《かんげき》を逃さず、一隊を率いて家康の本陣を目指し旋風のように襲いかかった……と、知らせてきている。

ここまで読んだとき、信幸は、ぶるっと躰を震わせて悲痛な笑いを洩らした。

事実でもない敵軍の裏切りを乱戦の合間に撒《ま》き散らして攪乱《こうらん》させ、その隙に敵の急所へ突込むという作戦は、幸村の最も得意とするところであり、信幸が何度も眼前に見てきたものだった。

(そういうときの左衛門佐の用兵の巧《うま》さは格別だ。それに勝負の機をつかむ鋭い頭の働きには、みじんの狂いもない筈だからな)

小姓も侍女も遠ざけた屋敷の奥の一間で、信幸は、何度も息を大きく吸っては吐いた。

夕方から降り出した雨の音が、室内に蒸し暑く立ちこめている。

信幸は、また手紙を繰りひろげていった。

魔神のような幸村の一隊は、たちまちに家康の旗本を突き崩し、平服で指揮をとっていた家康を数人の側近が守って、猛烈な幸村の追撃を必死に逃げたが……家康は乱戦の中で、何度も自決しようとした。それほど危うかったのである。

数人の蔭武者を駆使して、

「真田左衛門佐幸村、大御所の御首頂戴《みしるし》つかまつる」

と呼び交させつつ、家康や、その旗本の神経を攪乱し、幸村自身も小肥りの躰を馬上に伏せ、槍を振い、夏の烈日と弾丸を浴びつつ黄一色に煙る戦火の中を駆けめぐって、心ゆくまで戦いぬいたのであろう。

幸村の小さい柔和な眼が、こういうときには裂けるかと思われるまでにらんらんと輝き、平常ゆったりとした躰の動きが、どんなに凄味《すごみ》を帯びてくることか……信幸は眼を閉じ、昔、肩を並べて幸村と共に戦った上州や信濃の戦場の匂いを一瞬のうちに嗅《か》いだ。

この幸村の恐ろしさは家康自身が最も警戒していたもので、真田信尹を介して執拗《しつよう》に内応を迫った気持は、信幸にもうなずける。

大久保彦左衛門に付き添われ、手輿《たごし》に乗った家康が、ようやく玉造《たまつくり》の方へ逃げ去った後……幸村は安居天神の境内へ引き揚げ、あたりに渦巻く徳川勢が茶臼山を占領したのを見ると、兵をまとめて城中へ引き返そうとしたが越前勢に囲まれ、ついに討死したというのだった。

血と汗にまみれた幸村の首が、もの憂く降り注ぐ雨の庭の、その闇の中に、ぽっかりと浮び、自分に笑いかけたような気がして、

「左衛門佐……」

信幸は手紙をつかんだまま突立ち、思わず庭の闇へ呼びかけていた。

信幸の甥・大助幸昌は、淀君や秀頼と共に城内で自殺し、徳川軍にあった義弟の本多忠朝も七日の天王寺口の戦いに討死したが、信幸の二子は、信吉も信政も生き残った。

家康の愛孫千姫が、落城間際に救い出されて、無事に家康の陣へ送り届けられたとき、信幸は強い羨望《せんぼう》を押えることが出来なかった。

五月から七月にかけて、家康と秀忠は京大坂に残り、大坂陣の論功行賞を済まし、罰すべきものは厳しく罰して、諸侯の加封、除封、転封の問題などもぴしぴしと整理し、七月七日には伏見城に諸侯を集め〔武家諸法度〕十三カ条の法令を発して、徳川政治の基礎を固めた。

これより先、秀頼の遺児で八歳になる国松丸は侍女と共に城から脱出したが、五月二十一

日に伏見で捕われ、早くも二十三日には六条河原で斬首された。家康にしては珍しいほどに、せっかちな決断であり、豊臣の禍根いっさいを断ち切った処置は当然のことでもあるが、信幸は、ふっと、間髪を入れぬこの処刑の仕方に家康の切迫した呼吸を感じて、(大御所の御命も、永うはないかも知れぬ)と思った。

すべては終った。

しかし、信幸の唯一の理解者である大御所家康が死ねば、あくまで徳川に叛逆し通した父と弟を持つ自分の立場には、なおいくつもの複雑な問題が現れてくるに違いないと、信幸は気が重くなった。

この年の七月十三日に改元のことがあって年号は元和《げんな》となり、八月四日には将軍秀忠が江戸へ凱旋《がいせん》して来た。

信幸が、城へ上って挨拶をのべると、秀忠は冷ややかに、

「大儀であった」と応えたのみである。

秀忠も賢明な将軍だが、生一本で意固地なところもあるだけに、眼の前の信幸の弟が、父家康の首を危うくはねるところだったことを考えれば、顔の色も硬張《こわば》らざるを得ないだろう。

信幸は凱旋の信吉と信政の二子と出陣の将兵を先に沼田へ帰し、十月十日、駿府から江戸へ来た家康を迎えた。

西の丸へ入った家康を本城に迎えて将軍が饗応《きょうおう》するという前の日に、信幸は西の丸御殿に呼ばれた。

家康の豊頬《ほうきょう》は、げっそりと肉が落ち、皮膚も乾いていて青黒い。

「豆州。今度の戦《いくさ》には疲れた」と、家康は吐息を洩らし、穏やかにゆっくりと、「左衛門佐には、手ひどい目に会《お》うたぞ」

「恐れ入り奉る」

平伏した信幸に、家康は、生涯の、すべての重荷を振り落した後の、むしろ虚《うつ》ろに聞える声で、

「もう、よい。何もかも、もうよいのだ」と言った。

酒肴を運ばせ、何時になく寛《くつろ》いで、家康は信幸との雑談を楽しんでいるようだった。

信幸の二子が大坂陣で勇戦したことを賞めてくれたが、これについて格別の功賞もないのは、信幸の立場を考慮してのことなのであろう。

夕暮れ近くなって信幸は退出した。家康は、座を立つときに、

「おぬしは、沼田に住むがよいか、それとも上田へ戻りたいか?」

「別に考えたことはございません」

「上田へまいった方が、政事には都合がよいであろう」

こう言って独りうなずきながら、家康は奥へ去って行った。

その後ろ姿が、信幸にとっては家康を見る最後のものだった。

父昌幸から信幸に渡った上田城は幕府が管理しており、信幸は沼田に在って、上田領の政事をおこなっていたのだが、徳川と豊臣の対立が激化するばかりの十数年間は、信幸にとっ

て、一時も緊張から解き放されたことはなかったのである。

家康は、二カ月ほど江戸の近郊に狩りを催したりして日を送っていたが、十二月四日に江戸を発し、駿府の居城へ帰った。

信幸は、これを送って後、十七日に沼田へ戻った。

沼田は江戸より約三十五里……利根《とね》川に沿った赤城《あかぎ》山の麓を北へ進むと、三方を雪の山脈《やまなみ》に囲まれた盆地が開けてくる。

城は、盆地南面の丘陵の上に在った。

丘の斜面には信幸が丹精して育て上げた城下町の屋根が整然と並び、粉雪が灰色の空から舞い降りてきて、信幸の行列を包んだ。

四

幸村の遺髪が、この手に届くなどとは、思ってもみなかっただけに、沈着な信幸も、

「あ……」と、低く叫んだ。

遺髪は、小野のお通から送られたものだった。

鈴木右近が、お通の手紙と幸村の遺髪を持ち、単身、沼田へ戻って来たのは、あと数日で元和元年(一六一五年)も暮れようとする今日の、たった今しがたのことである。

城内三の丸にある居館の一室には、信幸と右近だけが向い合っていた。

「どうして、手に入れたものであろうか……?」

「私も、少々驚きました。何度も問うてみましたが、話してはくれませぬ」

「そのほうが、お通殿の館へ受け取りにまいったのか？」

「はい。一人きりで、隠密に来てくれとの知らせがありましたので……殿。京で小野のお通と申せば、宮中はもとより諸侯方も一目置くほどの才女。まして大御所様から扶持《ふち》を頂いているだけに顔も広く、幸村様御討死と聞き、大坂へ手を廻してくれたかとも……」

「いや……すでに、その前に……手を廻してくれていたのかも知れぬ」

幸村の首は、家康や秀忠の首実検に供えられた後、どこかへ埋められたことは確かだが、その間隙を縫って、お通の手がどこからどうして伸び、一握りの遺髪をつかみ取ってくれたのだろうか。

お通の手紙には……幸村様の御遺髪をお届けする、と簡単に記され、その後に、

「私の父も良人《おっと》も兄も、今川から徳川、豊臣に仕え、度重なる合戦に皆死に果ててしまいました。貴方《あなた》様が幸村様とお会いなされたときのことが、この胸の中から拭うても拭い切れずにおりまする」

とある。

あの日、自分へ示してくれた好意は、成程こういうところから出たものかと、信幸は、合戦の傷痕《きずあと》が、女にとって、どれだけ深いものかを今更に思い知らされるような気がした。

「再び何時《いつ》、お目にかかれることかも知れず、ひたすらに……」

ひたすらに御自愛をお祈りする、と書かれてある、その一字一字を食い入るように追いな

がら、あわただしい動乱と心痛に耐えつつ、努めて追い払い搔《か》き消そうとしてきた彼女の面影が、今はどうしようもなく信幸の血を騒がせずにはおかなかった。

（会うとも……会わずにはおかないぞ）

信幸は胸に叫んだ。

外は今日も雪だった。

冬は風の激しい上州のうちでも、沼田は山岳に囲まれている城下町だけに、それほど強く吹き下ろしてはこない。だが、雪は梅雨時の雨のように、降っては止み、止んではまた降る。それも粉雪が多く、積雪は少いけれども、冬の間は降る雪が城下町を、ひっそりと落ち着いたものにするのである。

茫然《ろうばい》たる時の流れに自分を任せていた信幸は、こちらを凝視している右近に気がつき、やや狼狽した。

影のように過《よぎ》った信幸の心のときめきへ、右近は、ぶしつけに、

「殿が、お心をひかれますのも、無理はございません」

「何……」

いやな男だと思ったが、右近は真面目くさった首を丸めた肩から擡《もた》げ、

「男なれば、誰にてもひかれまする」

「ふむ……そのほうもか？」

しかし、右近は別のことを言った。

「あれだけの女になりますと、男にとっては扱いが面倒でございますようで……」

「そういうものかな……」

「男に従う、というよりも、むしろ名高い人々を相手に、男に負けぬ生き方をしてまいった女ゆえ、考え方が違いますようで……」

「考え方が？」

「女は、ものごとを余り考えぬのが私は好きでございます。黙って男の腕へ円満に抱かれまするのが、よろしいので……」

　への字に結んだ厚い唇と、脂切った鼻と、ちょこんと垂れ下った眉の下の団栗眼《どんぐりまなこ》と……右近は、まるで老人臭い。

　この男が、馬塚喜右衛門という家中でも微禄の者の娘を妻にしたのは数年前のことだ。去年の春、京で、長男が生まれていた。

「京では、皆、達者でおるのか？」

　照れ隠しに話題を転じたつもりなのだが、右近は臆面もなく、

「は……いよいよ、つややかになりまして……」

　妻女が、つややかになったというのである。

　信幸も、さすがに持て余し、

「もうよい。退《さが》って休め」

「では……」

右近は、くそ真面目な表情を変えもせずに退出して行った。

鈴木右近は、かつて沼田領名胡桃《なくるみ》の出城を守らせていた主水《もんど》の伜《せがれ》である。

父の主水は、天正十七年（一五八九年）の真田昌幸が北条方の勢力と争っていた頃、沼田城代の猪股邦憲《いのまたくにのり》に謀られて名胡桃城を奪取され、昌幸への申しわけに自殺している。

当時、右近は十六歳の少年だったが、その頃から一風変ったところのある彼を愛していた信幸がこれを引き取り、身を立ててやった。

若いうちから歯に衣《きぬ》を着せず、思ったことは信幸の前でもずけずけと言うし家臣の中から「右近めあまり殿の御寵愛《ごちょうあい》に馴れ過ぎる」という評判が高まりはじめたので、信幸は右近を一時、浪人させたことがあった。

飄然《ひょうぜん》と、右近は江戸に去ったが……二年ほどして、信幸は呼び戻してやった。

この間に、二度ほど他家から口が懸《かか》ったのを、右近は「千石くれれば……」などと法外な値を吹っかけたりして断わり続けたのである。

帰参した右近に、

「浪人暮しが、少しは身に沁《し》みたか」と訊《き》くと、

「いろいろな目に会いましてござる、なれど、殿のお迎えあることを寸毫《すんごう》も疑わぬ私、心のうちは豊かでございました」

ぬけぬけと答えた。

だが、それからの右近は変ってきた。

第一、寡黙になったし、若いのに自宅にいるときは紙衣《かみこ》を着たり粗食を励行したりして節約をはじめた。そのくせ家来たちの面倒を実によく見てやるようになり、右近のところでは、よほどの事情があって去った者以外、下僕下女に至るまで奉公が永い。

関ケ原のときも、父や弟のいる犬伏の陣所へ向背を決する密談に出向くため、信幸が佐野の陣所を出ようとすると、馬に付き添って来た右近が、

「申し上ぐるまでもなきことながら……天下は徳川のものでございますぞ」

そっと念を押してきた。

もとより心は決まっていたが、まだ若かった右近にこれだけの考えが固まっていたということを知った信幸は、狂いのない自分の眼を確かめ、満足した。

大坂の合戦が始まる一年も前から京都屋敷に詰めさせてあったのも、右近の才能を見込んだからに他《ほか》ならない。

しかし、今はもう、京の屋敷は正式の家老として残っている大熊五郎左衛門だけで充分だろうと、信幸は考えた。

(右近も故郷へ戻りたいのであろう。戻してやるか——)

そしてはっとなり、

(いや……まだ京にいて貰わねばならぬ)

小野のお通は、京にいるのだった。

今のところ、信幸が京へ出向くについては、種々の問題がある。幕府へ旅行の届けをしなくてはならないし、また、その旅行は少しの疑惑をも幕府に与えてはならない。

真田家に流れる叛逆《はんぎゃく》と権謀の血が、何時信幸の体内に燃え上ってくるかも知れないと、注視しているものはいくらもいる筈だった。

お通と自分との間には右近が必要だ……と、信幸はさとった。

数日して、京へ戻る右近へ、信幸は密《ひそ》かに、お通への贈物と手紙を託した。贈物は〃鍔《つば》〃であった。

父が秀吉から拝領したものを、後に信幸へくれたもので、肥後の名工・林又七が製作した見事なものである。鍛錬された、黒々と渋い光沢を見せている地鉄《じがね》の上に、金象眼《きんぞうがん》で葡萄の図を嵌《は》め込んだ巧緻秀抜《こうちしゅうばつ》な逸品だった。信幸は、これを文鎮にでも使って欲しいと書き添え、

「此度のことについて、心に沁みるばかりの御厚情を何と言ってお礼申したらよいか、自分には、その術《すべ》を知らぬのが残念でござる。必ず……必ず近いうちに京へおもむき、お目にかかった上で、心ゆくまでお礼を申し上げたい」

と記した。


信幸の妻小松は、このとき四十四歳……もう夜を共にすることはなかったが、小松の侍女で千賀という女が、今の信幸の側室になっている。

女丈夫と世にうたわれた小松自身が選んで信幸へつけただけに、信幸は絶えず、千賀の背

後から自分を見守っている妻の眼を感じ、いささか物憂い気もしているのだった。

右近が去ってからも、信幸は政務が手につかず、幸村の遺髪と、お通の手紙を懐ろに忍ばせては本丸の天守へ上り、城と城下町を囲む雪の山塊を眺めて日を送った。

上田城にて

一

年が明けて元和二年の二月に幕府の許可があり、信幸は、二十歳になる長男の信吉に沼田城を預け、上田へ戻ることになった。

真田の領地は、上田が六万石、沼田三万石だが、その本拠は上田であり、信幸にとって想い出深い青春の時代は上田城で過されたと言ってよい。

治政の上からも領主が上田に在城するのが至当であり便利でもあるだけに、昨冬の家康の言葉が、そのまま温い思いやりを溢《あふ》れさせて実現してくれたことは、信幸にとって数年来の胸の苦渋が急に薄らいでくれたように嬉しかった。

それにまた、小野のお通との交渉が、これからどんな形で展開して行くことか……それを想うとき中老に達した信幸の躰《からだ》へは虹《にじ》が懸った。

亡父と弟の魂が残る上田の城で新しい治政に余生を励もうと、信幸は、

「雪が融《と》けてからではいけませぬのか?」

そう言う妻の小松に、

「何、晴れておれば陽も暖い。今度はひとつ、馬でまいろうかと思うておるのだ……そなたは、どうする?」

「はい、今しばらくは、沼田に……」

「そうしてくれるか?」

小松はしっかりとうなずいて見せた。

若い信吉が沼田を預かるについては、まだ自分が残って、重臣の矢沢但馬《やざわたじま》と共に何かと助言を与えるつもりなのであろう。

小松は、それに値する女だった。

小松は家康の四天王と言われた本多忠勝の娘だが、母は家康の長子信康の女《むすめ》であり、家康には曾孫《ひまご》に当る。だから家康は、自分の曾孫を養女にして、信幸と結婚させたことになる。

典型的な武家の女としての教養と鍛錬を受けて育った小松が、信幸に嫁して以来、尽した内助の功は大きい。

信幸が、御朱印高《ごしゅいんだか》(将軍に確認された領地の石高)をはるかに越える実り豊かな領地が生み出すものを蓄積し、黄金二十余万両の富を抱くまでに至ったのも、小松の、厳しく己れを律した整然質素な生活態度が家中の隅々にまで行きわたり、謹厳で、しかも包容力のある信幸の治政と相俟《あいま》って見事な成果をあげたのだ。

関ケ原の折には、良人の信幸とは敵味方に分れ、犬伏の陣から上田へ立て籠《こも》ろうと引き返して来た舅《しゅうと》の昌幸と義弟幸村の軍勢を沼田城に迎え、警固を厳重にしてある城下の木戸口から昌幸と幸村だけを大手門まで通させた。

「孫の顔が見たい。しばらく休ませてくれぬか」

門外の道に幸村と肩を並べた舅に、

「今朝、信幸殿より使者がまいっております」

「ふむ……そなたとも敵味方になったと言うのか」

「はい」

城門の上の石垣の上に、小松は鎧鉢巻《よろいはちまき》の武装をつけ、付き添った老臣の樋口重之助に自分の薙刀《なぎなた》を持たせていた。

「かようになりましたからには、義父上《ちちうえ》とても城内へお迎えすることは出来ませぬ。お引き取り下さいませ」

「いかんか……」

「なりませぬ」

「孫の顔を見ることも、これからは難かしゅうなる。ちょっと見せてくれい」

別に他意はなく、その通りの昌幸の気持だったが、小松は断固として許さない。

下ぶくれのした、可愛らしい受け口の彼女を、家康から伜の嫁に押しつけられたときには頬をふくらませていた昌幸なのだが、貰ってみると舅にとっても申し分のない嫁だっただけに、昌幸は小松の凄《すさ》まじい眼の光にびっくりした。

こちら側の胸の底までも見透し、間髪を入れずに次の行動を起す眼だった。

右の眼よりも左の方が小さく、何時もは穏やかな嫁の眼を見つけていただけに、さすがの昌幸も、しどろもどろになり、

「会わせぬと申すなら覚悟があるが、よいか」と威《おど》しにかかった。

「父上、およしなされ。これは姉上のおっしゃる通りでござる」

幸村が、にやにやして止めるので、昌幸も意地になり、

「黙れっ。馬鹿にしおって……」

石垣を睨《にら》み上げると、ようやく暮れかかる晩夏の夕闇に包まれた石垣には、城内に残っていた侍女や老臣たちが、いずれも武装して、刀槍《とうそう》、薙刀を構えて立ち並んでいる。

小松のためならば地獄までも供をするといった気魄《きはく》は、すぐに、ぴいんと昌幸にも感じられた。

黙って、昌幸は身を返した。

街道に近い正覚寺附近に待たせてあった部隊へ戻る道々で、昌幸は、

「左衛門佐。おどろいたな」

「いささか……なれど、兄上は仕合せでございますな」

「それはそうだ」

夜道をかけて上田に向う頃には、昌幸の機嫌も直り、幸村に、

「さすがに本多平八郎の娘だけのことはある」

何度も繰り返したものである。

その後、上田城に拠《よ》って、関ケ原に向う秀忠の軍を苦しめた昌幸と幸村を断固として斬首するつもりだった家康が、信幸必死の嘆願に負け、その助命を許したのも、家康には可愛い曾孫に当る小松の存在が、かなり影響していたに違いない。

こういう小松だけに、信幸も一目置かざるを得なかったが、小松はまた、あくまでも良人のために尽し、表向きに出しゃ張るようなことは決してなかった。

良人と妻の間には互いに粛然たる尊敬の念が保たれていたのである。

それだけに、信幸は、小松に対して、甘やかな女の匂いを感じたことはない。

信幸自身もまた、一家の浮沈を賭《か》けて戦場に往来するに任せた青春の明け暮れをそのまま、自分の宿命として厳しく身を保ってきたのだった。

（今更、このようなことを……）

と、苦く笑ってはみても、お通の、生々しい女としての印象は、日ごとに、信幸を掻き乱していった。

上田への旅は、好晴に恵まれた。

碓氷峠《うすいとうげ》を越え、軽井沢の高原に出ると思いのほかに雪も浅く、信幸は、ほとんど馬上に揺られ、元気よく家来たらに話しかけたりした。

小諸《こもろ》を過ぎると街道は千曲《ちくま》川に沿い、信幸にとっては少年の頃から何十度往来したか知れない馴染《なじ》みの深い風景が展開しはじめた。その一木一草は、真田一族の戦闘の歴史を秘めている。

信幸は、その雪の街道に、野や山に、六文銭の旗印に囲まれ、馬上に疾駆する昌幸や幸村の面影を追いつづけた。

二

この年の四月十七日に、徳川家康は駿府の城で病歿《びょうぼつ》した。

(これから風当りが強くなるな)

覚悟はしていたことだが、信幸は緊張した。

権謀と戦乱のうちに、信幸が信じ、信幸を信じていてくれた大きな柱が崩れ、消えてしまったのである。

幕府は、日に日に神経を尖《とが》らせるようになってきた。

諸大名を征服して握った政権をなおも不動のものとするために、幕府は、全国に渡る政治網を急に引き締めていった。

家康の死に乗じての謀叛《むほん》を怖れた幕府は、複雑な諸制度を次々に発し、改易《かいえき》(領主の入れ替え)や取潰《とりつぶ》しを容赦なくおこない、まだ少しは残っていた諸大名の出城《でじろ》も徹底的に取り壊させた。

大名への巧妙な監視の方法は陰険で苛酷なものとなった。

家康の葬儀が済んだ後、しばらくしてから信幸は、試みに、上田城の修築を願い出てみた。

先年の政令で、城の修築が禁ぜられたことは重々わきまえているが、事実あまりに荒廃したままなので、櫓《やぐら》や門の形だけでも整えたい、と低頭して申し出たのだが……はたして幕府は、一言の下《もと》にぴしりとはねつけてきた。

その手応えに、ひとり苦笑をかみしめていると、沼田から家老の矢沢但馬が飛んで来て、

「殿にも似合わしからぬ、何ということを……」と詰《なじ》った。

但馬は、亡父昌幸の従弟《いとこ》で、信幸兄弟も少年時代には、戦場で、この千軍万馬の勇者から散々に鍛えられたものであった。

「ちょっとさぐってみたまでのことだ」

「危ういことでござる。沼田にも公儀の隠密が入り込んでおるらしゅうござる。となると上田にも……」

「放《ほう》っておけ。気にかけるな」

「かけずにはおられません。ことに真田の家は……」

「わかっておる。この分では、当分、九度山へ出向くこともならんな」

「御墓参でござるか?」

「うむ……」

父の墓参を口実に、京へお通を訪ねることも、当分はつつしまねばならないと、信幸は落

胆している。

あれから、信幸の贈物に対して、簡単な礼状が届いたきりで、その後にお通の便りはなかった。

右近が信幸の手紙と贈物を持って訪ねて行き、幸村の遺髪入手の経路を、執拗《しつよう》に問いただしてみたが、お通は微笑を含んだまま、それについては一言も洩らさなかったという……これは、右近の手紙が知らせてくれた。

「それにしても、殿」

と、但馬は房々とした白髯《はくぜん》をしごき、櫓の窓から、晩夏の落日を浴びてかなたにひろがる上田原の盆地を眺めやり、

「この城も、もはや役に立ちませんな」

「ふふふふ。そうでもあるまい」

信幸の口調には太々しい響きがあった。

二人は、本丸の月見櫓と呼ばれる東櫓の階上にいた。

階下の入口に小姓が控えているだけで、この千曲川が崖下《がけした》を洗う城郭内は不気味なほどに押し黙っている。

天守のない城郭で木立が多く、櫓の入口にある椎《しい》の大木で蟬《せみ》が弱々しく鳴いていた。

上田城の武装は、城を管理していた幕府が全部取り払ってしまっていたが、しかし東から北への山岳を楯《たて》にした丘陵の斜面にある城下町と、その西の外れの崖の上に深い濠《ほり》を幾重に

もめぐらせたこの城は、真田昌幸自慢の要塞《ようさい》だった。

信幸は、自分を睨んでいる但馬を、からかうように、

「但馬は、もう合戦は厭《いや》か?」

「何処《いずこ》の軍勢と戦われます?」

「相手を言うておるのではない。合戦がしてみたいと思うことがないかと、訊いているのだ」

「してみたくとも、もう出来ません」

「但馬は、いくつになったかな」

「七十、ちょうどでござる。したが、それがしのことを申しているのではありません。今の世のありさまを申しているのでござる」

「大御所が亡くなられて、肝の小さな連中ばかりになった世の中へこちらも肝を縮めて付き合《お》うていけ……そう申すのだな」

「いかにも……」

「まず、そうするより仕方はあるまい」

「口惜しゅうはござるが、忍ばねばなりません」

「五十の坂へ来て、但馬に意見されようとは思わなんだな」

もちろん、幕府の圧迫に対して弓を引くつもりは毛頭ない。戦っても勝てはしまい。

ただ、この城に幕府の大軍を迎え、叛逆の一戦を挑むとしたら愉快だろうと思ってみたま

でのことである。

この荒廃した上田へ戻ってから、信幸の血潮が突如として騒ぎ出すことがあった。

この城を本拠にして父や弟と共に戦った何十度の合戦の記憶が、ほうふつとして胸に湧《わ》き上り、一夜まんじりともしないことがあるのだ。

何と言っても忘れられないのは、天正十三年の八月……家康の大軍一万を、三千そこそこの軍勢で、この城に迎え撃ったときのことだった。

当時、二十歳の信幸は、何時も城を遠く離れて出撃した。我庭のように熟知している地形を利用し、猛烈果敢な奇襲をおこなって敵を悩ませ、思うままに暴れ廻った後に、機を見て敏速に兵をまとめ、さっと後退に移る手際の巧妙さには昌幸も幸村も何度舌を巻いたか知れない。

あわてて追撃にかかる敵軍を信幸が城近くまで誘導したところを、幸村が横合いから疾風のように手勢をひきいて現れ、散々に突きまくるのである。

力み返って遮二《しゃに》無二《むに》押しかかる徳川勢を翻弄《ほんろう》し、八月二日の決戦には城門近くまで引き寄せた敵の総攻撃を、ちょうど、矢沢但馬を相手に城内で碁を打っていた昌幸が、

「ちょいとやるかの」と碁石を投げ捨て、粒揃《つぶぞろ》いの手勢と共に城門から打って出て、見る間に敵を押し崩した。

石垣の上に仕掛けた大木を切って落し、石垣に取りついた敵が狼狽するのへ銃火の一斉射撃を浴びせたので、徳川勢は一斉に城下町へ後退した。

刀槍の煌《きら》めきと、馬蹄《ばてい》の響きと叫喚に満ちた城下町は炎と煙に蔽《おお》われ、狭い街路にひしめき合う敵を掻き廻す痛快さが、あれから三十年も経った今、信幸の筋肉によみがえってくるのは不思議だった。

絶えず冷然と出陣し、血の匂いに心をたかぶらせず、ともすれば大胆不敵に過ぎる父親の作戦を、幾度も説き伏せては中止させたものだ。

（父も弟も合戦を楽しんでいる風が見える。だが、おれだけは違う。家を守る合戦に、たとえ一片の昂奮《こうふん》も、無駄にしてはならぬ）

そう戒めてきた自分が、すべては徳川幕府の統治に委《ゆだ》ねられた戦火の消え果てた今、闘争の本能に身内を灼《や》かれるとは……。

（真田の血が、おれにも流れている。父や弟が死んでから、二人の血が、おれに乗り移ってきたのかも知れぬ……戦《いくさ》を好む父と弟があったからこそ、おれは冷ややかな眼を持たざるを得なかったのだろう……）

関ケ原の向背を決するとき、もし、この血が燃えていたら、真田の家は絶えていたことだろう……。

思えば、あの上田城の攻防戦は、昌幸と幸村が豊臣に、信幸が徳川に分れる原因となったものだ。

あのとき、秀吉の調停によって昌幸は家康と和睦《わぼく》し、家康の、

「御子息信幸殿を聟《むこ》にしたい」という申し出を、不満ながら承知したのである。

「太閤殿下《たいこう》のお口添えもあってな、無下にはねつけるわけにもいかぬ。承知してくれるか」

という昌幸に、

「家康公と結ぶは悪うございません」

信幸は淡々と答えたものだ。

元和二年の秋も暮れ、凜冽《りんれつ》たる信濃の冬が激しい大気と共にやって来る頃には、信幸は再び、落ち着いた自分を取り戻していた。

三

正月になると、鈴木右近の使いで安藤太兵衛という屈強な者が、上田へやって来た。

太兵衛は、自分も上田へ戻りたいという右近の嘆願と共に、小野のお通からの贈物を届けに来たのである。

贈物は小袖であり、茶と黒の二色を巧みに配合し、真田の家紋の六文銭が鮮やかに縫い取られてあった。

添えられたお通の手紙には、

「お気に召しますかどうか……糸を染め、縫い上げるまで、わたくし一人の手にて扱いましたが、おん身におつけ下さいますならば、嬉しゅうございます」

と、簡単な文である。それだけに、信幸は、含みのある豊かな想像をめぐらせて、頬が火照ってきた。

早速に着用して夕飯の席に出た信幸を見ると、ちょうど上田に来ていて正月を送り、春までは滞在する筈の小松が、

「見事な小袖でございますこと。どちらへ申しつけられました？」

「何……右近が、京でな……」

「ま、右近にしては珍しゅう気のきいたことを……」

「あの男も妻を貰うてから、大分変ってまいったな」

小松は小袖に眼を注いでいたが、急に、にんまりと、

「左様でございましたか」

「何がだ？」

「この小袖は、商人《あきんど》がこしらえたものではありませぬな」

信幸は、はっとなったがわざと重々しく、

「そうかな……何故《なにゆえ》だ」

「何となく、そう思われます」

後の言葉を、しいんと待ったが、小松は、それきり何も言わなかった。

治政上のことも何かと話し合えるだけの教養と人格をもつ小松だけに、今までの信幸には、妻との間に、何の秘密も介在していなかったと言ってもよい。

信幸は、肌につけて隠しているお通の手紙を押えかけて、急にやめ、箸《はし》をとった。その手の動き一つも小松に何かを感じさせるかも知れない。だが、すぐに、

「そなた、沼田へはいつ戻るのか?」

と訊いてしまい、信幸は失敗《しま》ったと思った。

「早い方がよろしゅうございますか?」

小松は眼も上げず吸物の椀を手にとりながら言う。

「いや……ただ、訊いてみたまでのことだ」

しかし、この秘密は何か楽しかった。春のきらめきが信濃の空に現れはじめると、信幸は、城下町の町割りや整備に乗り出し、水利の改良、田畑の開拓、市場の設立などの治政に没頭した。

城下の高札場には、次々に新しい政令が立てられ、その度に領民たちは、領主が城下へ戻って来てくれたことをよろこんだ。

夏が過ぎようとする頃……鈴木右近が京からやって来て、城下町の繁栄に眼を見張り、

「殿……驚きましてございます。さすがに殿でございますな」

「実り豊かな領地を持っていて、領民をよろこばせることができぬ筈はないからな」

「それは、沼田においでのときから、殿の有難いお心でございました」

「合戦のときにも、ただ下知《げじ》するばかりでは士卒は動かぬ。また励んではくれぬからな。金銀を快く遣わしての上での下知命令でなくてはならんのだ。民百姓とて同じことだ」

二十余万両の貯蓄も、そのためのものであったが、これからは、その金を政治に使い領地を富ませてやろうと、信幸は気負いたっている。

「治政というものも合戦と同じに面白いものだ」

「私も、上田へ戻りたいと、旧冬、お願い申し上げましたが、そのままお許しもないのはいかがなわけで？」

「右近……」

「はい」

「そのほう……何か言伝《ことづ》かっておるものはないのか？」

するとと、右近は、ひょいと鼻を撫《な》でてから首を上げ、

「お通殿を、いっそ、この信濃へお迎えになったら、いかがで……」

ずばりと言った。

「右近……」

信幸が睨むと、右近は一気に、

「そうなれば、私も上田へ戻り、殿のお傍《そば》におられまする。問題は奥方様でございますが……いや、なるほど、奥方様は、お千賀の方様を自らお選びになり、殿のお傍へおつけ遊ばしました。なれど、御自身でお選びなさいましただけに……」

右近は口ごもった。

「自分で選んだ女なれば、嫉妬《しっと》せぬのか？」

「そういうものでございますな。女と申すものは戦場の駆け引きとは、また違いまして……」

「黙れ」

「ははっ」

「言伝かっておるものはないのかと申しておる」

「ございます」

「出したらよかろう」

右近は、真面目くさった視線を信幸に向けて困らせながら、ゆっくりと傍の包みに手を伸ばした。

四

信幸とお通の間に、それからも文通と贈物のやりとりが続けられた。

「一度、信濃へ遊びに来られては……」

信幸が誘うと、それには妙に白々しく、軽くはぐらかしてしまうくせに、

「ひとり茶を点じていると、貴方様《あなた》が幸村様とお会いになった、あの夜のことが思い浮べられてなりません」とか「女も、わたくしほどの齢になりますと、一人では心細く、何かと行先が案じられて、果敢《はか》ない思いがいたします」とか「大御所様が亡くなられては、徳川の庇《ひ》護《ご》を受けているのが、心苦しいような空気も感ぜられますが、それでも姫路の本多様へ再婚なされたお千の方様(千姫)が細やかに気を配って下さるので、それが何より心丈夫で……」とか、暗に信幸の愛情を求めたいような味わいも墨にふくませてあるようなのだ。

しかし、信幸にとっては、京へ上る機会が中々に見出《みいだ》せなかった。

この年の四月には、家康の霊柩《れいきゅう》が日光山へ改葬されたり、江戸城の修築に手伝いを命ぜられたり、領内の治政にもまだ一息のまとまりがつかず、信幸にとっては忙しい公務の明け暮れだった。

それに、あれ以来、小松が、よく沼田から出て来るようになったのである。

四十五歳の彼女がたびたび上田へ来ることは出費もかさむことだし、躰《からだ》にも無理が重なる。以前の小松ならば、こんなことに気づかない筈はないのだが、意にかけず、信幸が止めても平気で、上田へ来ては何かと世話をやくのだ。だからと言って寝所を共にすることもないのだが……その代り側室の千賀の方へは特別に眼を配り、万事、信幸に対して遺漏のないように、むしろやかましい位に注意を与えたりした。

お千賀の方の化粧が念入りになり、努めて愛嬌《あいきょう》を見せるようになったのも、信幸には何か照れくさいのである。

(構わぬ。押し切って、お通を信濃へ迎えようか)

と燃え上ることもあったが、小松の上田来訪が重なるたびに、到底それは自分に出来ないことだと、信幸は感じた。

(今更、若いもののように……)

と自嘲《じちょう》しては、このままお通との淡《あわ》やかな感情の交換だけに止《とど》めておく方が……むしろよいかも知れぬと、淋しく自ら白髪を摘《つま》んでみたりするのであった。

右近の報告によれば……お通の美しさや若々しさは少しも変ることなく、京大坂での評判も相変らず高いということだ。時は流れ、日は移っていった。

相変らず諸大名の国替えが突発的におこなわれ、幕府の統治は峻烈《しゅんれつ》になり、幕府は大身の譜代大名の勢力を固めて外様《とざま》大名の前に聳《そび》え立っていた。

江戸城で将軍と重臣の間にまとめられる政令の一つ一つに、大名たちもまた神経を悩ませるようになってきたのだ。

人間の声ではなく、精密に仕組まれた制度や法令が大名たちを圧倒し、しばりつけた。

元和五年の六月……豊臣家譜代の重臣だった福島正則《ふくしままさのり》が領国の広島から追われ、信濃の高井野村に蟄居《ちっきょ》させられてしまった。

正則は、家康の理解ある政治力の慰撫《いぶ》に押えられて、大坂の陣の折には信幸と同じく江戸の留守居をさせられたのだが、もともと豊臣家に対する愛着は深い。

家康が歿するや幕府の冷ややかな態度はいっそう苛酷になり、それがまた正則の気骨に火をつけ、事ごとに幕府との摩擦がひどくなった。

そのうちに正則は、大禁を犯して居城の櫓、壁塁の増築を敢然とやってのけたのである。

この厭がらせを待っていたとばかり、幕府は水も洩らさぬ警戒網を張りめぐらすと同時に、正則の処罰を断行したのだった。

(福島殿も、今更……)と、この悲劇に唇を噛《か》んだ信幸は、五十万石に近い大身の家中の人人はどこにどう散って行くのか、そして、その家来の家族たちは……と考えると暗然とならざるを得ない。ひとごとではないのである。

家来とその家族たちの生活を背負って、大名は生きねばならぬ。

「こうなると、領民になり鋤鍬《すきくわ》を握っておる方が気楽だ」

そう小松に言うと、

「福島様が、あの大坂御陣の折、思い切って豊臣方へ御加勢なさいましたら、どうなっていたでございましょう」

思いがけないことを小松は言い出した。

「それは、どういうことか?」

小松は顔を伏せていたが、やがて、

「こうなりますからには、あのとき大御所様の御手《おて》をふりはらってでも大坂の城へ駆けつければよかったと、福島様は悔んでおられるかもしれませぬな」

「血の気の多い御仁だからな」

二人は、じっと見合い、互いの胸中にあるものを計り合って、安心したものだった。

それ以来、小松は再び上田へ姿を現すことはなかった。

翌、元和六年の正月、風邪をこじらせたのがもとで、二月十四日の夜に、小松は沼田城内の居館で病歿した。知らせを受けた信幸は数名の供を従えたきりで雪の街道に馬を飛ばせ、ようやく臨終に間に合うことが出来た。

水をくれとせがむ小松に、自ら世話をして飲ませてやると、小松はしっかりと、

「お騒がせして……まだ雪も融《と》けぬ道中を、ありがとうございました」

「今少しで、春がやって来る。それまでの辛抱だ」

小松は、混濁しかかる瞳《ひとみ》を凝らして、まじまじと信幸を見守った。

それは、彼女が、はじめて浜松の徳川家から天竜の峡谷を旅して信濃へ嫁いで来たときのように、幼く、初々しい、そして穏やかな瞳であった。

息をひきとる直前に、小松は信幸へささやいた。

「もう、京の女《かた》を、お呼びになっても構いませぬ」

青磁の茶碗

一

庭の草叢《くさむら》の中で、野茨《のいばら》の小さな赤い実が、明るい秋の陽に光っていた。

居館を囲む竹林は風につつましく揺れ、開け放した茶室の障子の蔭《かげ》からのぞいている桐の木の枝に鶸《ひわ》が一羽とまっていて、しきりに鳴いている。

信幸とお通は、かなり永い間、その雀によく似た小鳥に見入ったまま、身じろぎもしなかった。

鶸が枝を飛び立った。

お通は、信幸から眼を逸《そ》らせたまま、

「あの小鳥は、秋になると、この庭へやってまいります。人に、よく馴つきまして……」

信幸の肩がぴりっと動き、五年前よりも皺《しわ》が深まった面上に、また血がのぼってきた。

「お通殿……」

詰め寄るように膝《ひざ》を進めかける信幸に、お通ははっと振り向き、苦しげに、

「お許し下さいまし」

「あえて妻にとは言わぬ。そのわけは言わなくてもおわかりの筈……だが、信幸は、そなたが信濃へ来てくれるなら、そなた一人を守って……」

「真田様。お心は、わたくしありがたく……なれど、さきほども申し上げましたように……」

「大名の家の人となるのは、いやだと申されるのだな」

「はい……」

「では、今迄《いままで》、そなたが、この信幸に尽してくれた、心のありようは、どういうわけなのか、……それを訊《き》きたい」

きっと見返したお通の、絖《ぬめ》やかで豊かな頬の肉がかすかに震え、思うにまかせない感情の動きを怨《えん》じるかのような眼が、信幸へ何か訴えている。

一刻《いっとき》（二時間）ほど前に、信幸がここへ訪れてから、止めどもなく繰り返されては同じところに行き詰ってしまう互いの言葉は、信幸を苛立《いらだ》たせるばかりだった。

あれから信幸は、小松の遺骨を沼田の正覚寺と上田の常福寺に葬り、真田の家中をあげての追悼は、一年余を経た今もなお、続いている。

信幸が、お通を側室に迎え、余生の愛情を彼女一人にかけて、領国の治政に全力をつくそうという生甲斐《いきがい》と希望とを押え切れなくなったのは、今年の春頃からだった。

信濃と京と……四季の食物や心をこめた品々を贈り合い、努めて押えつつも、その底に流れる慕情を秘めた書簡の交換のたびに、信幸は心を固めていった。

小松の一周忌が済むと、これはもう動かし難いものとなり、ついに信幸は鈴木右近を通じて、自分の胸のうちをお通に伝えさせたのである。

春が過ぎ、爽やかな信濃の夏が来る頃に、それまでは何の返答もなかった右近の手紙が、上田へ届いた。

右近は、こういってきた。

「十万石の真田家が腰を折って迎えようとしているのに、心の決まらぬは……ただ武家の、いや大名の家の女となるのがいやだからと申しております。京におれば世上の評判にもなり、また公儀から扶持《ふち》も受け、宮中への出入りも許されているほどの女ゆえ、固苦しい大名暮しが気に染まぬのでございましょう。また、もう一つには都の派手やかな毎日を信濃の山国に埋める決心がつかぬのかとも思われます……とにかく、お通殿が私に申しますには、殿をお慕い申しながらも、殿が武家であり大名であるがために、お傍にはまいられぬ、と繰り返すのみにて、全くもって、らちがあきませぬ。こうなるからには、殿もお諦《あきら》めなさいますよう、また私も、これ以上はお通殿に会うて、煮え切らぬ問答を交すのは御免こうむりとうございます」

矢も楯もたまらなくなった自分に自分でも呆《あき》れながら、信幸は、京へ上る決心をした。

思い切って、幕府に、紀州九度山にある父昌幸の墓参をしたい、と願い出ると、意外にも何の支障もなく許可されたので、信幸は、供の人数も出来るだけ切り詰め、急遽《きゅうきょ》上田を発《た》ち、紀州へ向った。

九度山の父母弟が暮した閑居の跡や、墓所を訪れ、供養も済ませて……そのときの凝然たる感懐は沼田から従って来た矢沢但馬に、

「父上の野望も、この九度山に空《むな》しく老い果てたのか……」

ともらした一言にこめられ、やがて京へ向う信幸の胸は、早くも波立っていた。

永い滞在は許されなかった。

今度の旅行を幕府が簡単に許してくれたのも、

「油断はなりません、御公儀は、殿を試しにかけておるに違いありませぬ」

と言い切った但馬の言葉が裏打ちされていると見てもよい。

見えないどこかで、旅にいる自分の一挙一動を注視している幕府の眼を、信幸は、ひしひしと感じた。

京の屋敷へ旅装を解き、菊亭大納言への挨拶を済ませた翌日……信幸は、右近さえも従えず、ひとり笠に面《おもて》を隠して、ぶらりと室町の屋敷の門を出たのである。

「そなたと信幸の心は、目に会わずとも、京と信濃を往来した便りと品々に、通っていた筈ではなかったのか……」

「その通りでございました」とお通は、むしろ冷然と硬い声で言った。堪《こら》えていただけに、信幸もかっとなり、

「では……何故《なにゆえ》、そなたは……」

信幸が絶句したかと思うと、いきなりぱっと立ち上った。

激しく障子が閉まった。

お通は、まだたくましい信幸の両腕に抱きすくめられ、喘《あえ》いだ。

逆らう様子はなかった。

髪の香油の匂いが揺れ、身悶《みもだ》えしながら、信幸の躰に押されて床の間の方へ移ったお通の、乳色の襟肌《えりはだ》に、一点の黒子《ほくろ》を見出したとき、信幸は、もう夢中になり、

「連れて行かずにはおかぬ」と、猛々《たけだけ》しく言い放った。

お通の帯が鋭い音をたてた。

「なりませぬ」

身をすくめ、お通は、急に信幸の腕をはね、擦り抜けて、切りつけるように、

「幸村さまの御遺髪はどなたが手に入れて下されたものか、御存知ではございますまい」

と、一気に言った。

「何……」

意表をつかれて眼を見張る信幸へ、お通は、苦しげに息を切り、

「亡き大御所様が……私から、貴方様へ送り届けるようにと……」

信幸の胃袋のあたりを、何かが力一杯締めつけた。

お通は途切れがちに、弱々しく、

「あの夜……貴方様と幸村様がお会いなされたときのことは、わたくしは何もかも、大御所様に申し上げたのでございます」

続けざまの衝動で信幸の顔は硬張《こわば》ったが、お通は必死に、

「お許し下さいまし……わたくしは大御所様に扶持を頂き、少からぬ御恩もこうむる身ゆえ、徳川のために働いたこともございました……太閤様と大御所様の御恩を受けたわたくしは、あのときも豊臣と徳川を、血なまぐさい戦いから遠ざけようとして、ひそかに大坂の城へもまいり、淀君様や秀頼様、また片桐且元《かたぎりかつもと》様にも大野治長《おおのはるなが》様にもお目にかかり、大御所様の御内意をお伝えしたこともございました」

家康は、何も彼《か》も知り尽し、その上で信幸に、幸村の遺髪を届けてくれたというのだろうか……。

(そこまで、わしを信じていて下されたのか、そこまで深く、わしというものを……)

一点の曇りなく忠誠を誓い、おこなってきたとはいえ、それは家康への愛情というものか

ら程遠かった。

ただ偉大なる政治家、権力者としての家康に仕えることが、真田の家を守ることだという信念を貫き通したまでのことである。

（ただ、大御所は、この信幸に情をおかけ下されていたのだ）

陽が翳《かげ》り、風が音をたてはじめた。

侍女の足音が、あわただしく渡り廊下を茶室の外へ来てとまった、二人である。

すぐにお通は、

「何でもないのですよ。お退《さが》り」

と声をかけ、その足音が去るのを待ってから、

「わたくしは、今、御公儀から、どういう眼で見られているのでございましょうか……わたくしのしてまいったことのいくつかは、将軍さまも御存知の筈でございます。ことに、幸村様の御遺髪のことについては……」

今の将軍秀忠も気づいていたらしい、とお通は言った。

「その、わたくしが、上田へまいりましたら……また、どんな疑いが……」

「そのために、そなたは今、この信幸に恥をかかせたのか」

「いえ……あなたさまのものになりとうございました……でも、その後が恐ろしいのでございます。どのみち上田へはまいられぬわたくし……貴方様と、そうなれば……この京へ、ひとり残された女のわたくしは、なお、苦しむばかりでございます」

「そなたは、信幸を……」

「貴方様は、わたくしを愛《いと》しく思《おぼ》し召し下さいますのか」

「今更、何を……」

「それがまことなれば、貴方様こそ、何故、何も彼も捨てて、京へ、このお通の館《やかた》へ来て下さいませぬのか」

激烈な声だった。

信幸は息を呑んだ。

永い沈黙の後に……お通は坐り直して身づくろいをすると、

「貴方様も、わたくしも、それぞれ重い荷を背負っておりまする……戦国の世の武士の娘に生まれ、武士の妻に一度はなったわたくしは、とうてい、二度と、あの苦しみは味わいとうありませぬ……父母を失い、家を焼かれ、また良人《おっと》も兄弟も戦場に死に果て、わたくしは、この身をたてるまでに、飢えと寒さに死にかけたことも、何度かございました」

「だが、もう戦国の世は終った筈だ」

「はい……なれど、これからは、刀槍《とうそう》や銃丸に劣らぬ、もっと恐ろしい戦いが深まるばかりでございましょう。何時《いつ》、どんなときに、住む国を替えられたり失うたり……御公儀の指先一つで、武家方の運命が決まるようになってまいりました」

「いかな荒れ果てた国へまいっても、慕い合うておれば、よいのではないか」

「それが……それが出来る女は幸せでございます。わたくしは、それが出来ぬ、馬鹿な女でございます」

自分自身を突き放すように言い捨てたお通は、急に声をふるわせ、

「わたくしとて、この化粧の下の顔も躰も、もはや若くも美しゅうもございませぬ。まして眼に見えぬ行先の不安におののき、女の幸せを夢中につかむことのできぬわたくしなど、お捨ておき下さいまし……お捨ておき……」

突然に、お通は立って身をかえし、茶室から去った。

三

真田伊豆守信幸が、江戸へ出府を命ぜられ、上田から信濃松代《まつしろ》へ国替えを申し渡されたのは元和八年の八月である。

今迄は九万石の真田家が、沼田はそのまま松代を合せて十三万石と増え、加恩という名目の下《もと》に行われた、この転封の裏に潜む幕府の考えは明確なものであった。

実り豊かな領地と、北国《ほっこく》街道の要路に当る上田から信幸を追い出した幕府の腹の中は……勝敗の両岸に肉親を置き、血族の存続を計ったのだろうという疑惑と、信幸の財力と武力を怖《おそ》れているに違いないのだ。

大坂城で自殺した秀頼が、実は九州へ逃げのび再起を計っているなどという噂《うわさ》なども流れていたし、戦争の終結や大名の取潰《とりつぶ》しなどから浪人の数は増える一方であり、世上には、平和到来のよろこびや落着きはなかった。

あまり戦いばかり続き、大坂陣以来、全く国中に戦火が絶えてしまったので、むしろ人心は得体の知れない不安と焦躁《しょうそう》に包まれている。

ともかく、幕府は確保した政権を、より強大で安全なものにしようとして懸命だった。家康が遺した政治網は見事に全国の大名を抱え込み、じりじりとその網の目をひろめていったのだ。

八月二十一日に登城して、老中の土井利勝から国替えのことを申し渡された信幸は、みじんも動揺の色を見せず、

「有難き仕合せに存じ奉る」と平伏した。

乾いて低い重々しい声だった。

能面のような表情を変えず、信幸は屋敷へ戻って来た。

この日……信幸ばかりでなく、岩城平《いわきたいら》の鳥居忠政、佐貫《さぬき》の内藤政長、小諸の仙石忠政などにも国替えの申し渡しがあった。

去年の大火に桜田の江戸屋敷が焼失した真田家は、この春に新築成った麻布《あざぶ》の屋敷へ移っていたが、松代転封の事情がわかると、江戸家老の弥津三十郎《やつさんじゅうろう》は、藩士一同を集め、

「有難き御加恩をこうむり、まことに当家の名誉である」

と、きっぱりと言ってから、じろりと一同を見廻し、今度はゆっくりと、言葉の裏に含みをもたせて、

「今度のことについては……御公儀も、当家が権現様《ごんげん》（家康）以来の忠勤を、よくよく賞《め》で

させられたものと思う」

と、皮肉に、

「その上での国替えじゃ。よいか、これを忘るなよ。よいか、よいな……」

信幸ばかりでなく、家中の者の誰もが幕府の高等政策を見抜いている。

弥津家老に集中する藩士たちの眼は、幕府への怒りと口惜しさに血走っていた。

弥津は立ち上って、

「江戸は将軍御膝元である。くれぐれも静粛に、それぞれの役目に励むよう……お家大切の時であるぞ」

あくまでも「有難き仕合せ……」と、今度の処置を受け、その姿勢を少しでも曲げてはならないのである。

先年、福島正則の事件があったときに、正則の江戸屋敷を鉄砲で囲んだほど幕府の警戒ぶりは厳重なものであった。

もとより福島家とは、全く事情が違うのだが、真田の屋敷の周りにも、今夜からは当分、幕府の眼が監視しているとみてよいのだ。

通夜のような邸内の一室で、信幸は鈴木右近を相手に、夜更けまで酒を酌《く》んだ。

瘦身《そうしん》の信幸の髪は白さを増したが、毛は多い。右近の矮軀《わいく》にはいよいよ肉がのって、その代りに黒い髪の毛が額から抜け上り、見るからに脂ぎっている。

右近は、去年の十一月から待望の本国上田へ戻ることを許され、今度の信幸出府にも従って来たのだった。

「右近。わしはな、今日、申し渡しを受けて下城するとき……城の大手を、わしの駕籠《かご》が出ようとするとき、わしは、ふっと考えてみたのだ」

「何を、でござります」

「いや……疲れたということよ」

「何にお疲れ遊ばしました？」

「五十余歳の齢《よわい》にだ」

灯影《ほかげ》に沈む信幸の肩には、濃い疲労と哀《かな》しみが宿っている。

「それが、どうなされたと申されまするか？」

「ま、少し息をつかせてくれ、一度にはしゃべれぬわ」

酒を飲みほした信幸へ擦りよって、酌《しゃく》にかかりながら、鈴木右近は、

「家中八百余人……いや士卒下人を入れて二千余人の家来どもと、その家族の運命は、殿の御肩一つにかかっておりまする」

「知れたことだ」

「何時でございましたか、殿は、私に、かようなことを申されました、兵法心得の一つとして……」

「ほう……何と言った？」

「兵法は、ただ家臣を不憫《ふびん》と思うことであり、礼儀を乱さぬことが平常からの大切な心得で

あると申されました」

「ふむ……右近。そのほうは、手ひどく浪人暮しには懲りたとみえるな」

「はい、懲りました。合戦もなく、また禄を失った武士ほど、みじめなものはございません」

「まあ、飲め」

信幸が、気軽に酌をしてやると……右近は唇へ近づけた盃《さかずき》を音をたてて置き捨て、両手で顔を蔽《おお》った。そして、そのむっくりと肥った掌の指の間から低く咽《むせ》ぶ声が洩れてきたのである。

「そのほうは、わしを憐《あわ》れんでくれるのか」

「出来得ることなれば、殿を京へ、お通殿の許《もと》へ差し上げとうござる」

「知っておったのか、わしの心を……」

「殿は、右近めの命でございます」

「安心せい……そう思うてみただけのことだ」

家も国も、家来も捨てて、ひと思いに大名暮しの垢《あか》を振り落し、京のお通の館で余生を送る夢は、むろん信幸にとって、江戸城から麻布の屋敷へ戻る駕籠の中で、永久に消えてしまったものだった。

屋敷の玄関に降り立ち、不安そうに自分を見守る出迎えの家来たちを一瞥《いちべつ》したとき、信幸は、その夢の一片すらも再び見てはならないと決意した。

新しい領地の松代は、上田から約十余里。千曲川に沿って北上し善光寺平《だいら》をのぞむ城下町である。

松代の領内は、更級《さらしな》、埴科《はにしな》、水内《みのち》、高井の四郡二百余村だが、山崩れや川欠《かわかけ》に荒廃して、表向きは十万石でも実収は八万石そこそこなことは信幸も熟知している。

今迄の領主・酒井忠勝は出羽国《でわのくに》鶴岡に転封し、その後へ信幸が移るのであった。信幸の去った上田へは、小諸の仙石忠政が入って来るのである。

大名の国替えは、たとえ事実上の加増であっても迷惑なものだしいやなものだ。それぞれに違う風土と人心と習慣に当面して新しい政治をおこなう難かしさは言葉に尽せないものがあった。それのみか、僅かな政治の失敗でもあれば、たちまち幕府から罰をくらうことになるのだ。

そして国替えについての出費は莫大なものとなる。大名たちがふたたび何か事を起さぬためにも、幕府は次々に出費を強いた。

「これからは右近、真田の家も物入りが続くことであろうな」

「いかにも……」

信幸も右近も、それを考えると暗澹《あんたん》としたものが脳裡《のうり》を掠《かす》めた。

此頃《このごろ》の幕府がおこなう種々の建築や道普請、儀式などの入費は諸大名代課役として命ぜられることが多い。

大名の力を、一つ一つ捥《も》ぎとろうとしているのだ。

これから松代へ持って行く信幸の財産・二十余万両も行先は知れたものではないと言える。

「だがな、右近、そのほうが将軍になって全国を治めるとしたら、どうだ。今の公儀のやり方を無理だと思うか？」

「思いませぬだろうと存じます。私も人間でございますから……」

二人の肩に淋しい笑いがこみ上げてきた。

右近が退出するときに、信幸は、

「右近、松代へまいったら、わしは、この真田の家が、行末どこまでも、国替えをされることのないような治政をおこなうつもりだ。武将としてのわしは、もう消えた。だが国を治め領民に幸せをもたらすべき重荷を背負った領主として、これからのわしは生きて行くのだ」

しっかりと落ち着いた、そして冷静なその言葉は、また右近を泣かせた。

四

それから約二カ月経った十月十九日に、松代へ移る信幸の行列は上田城を発った。

三十余年に亘《わた》る真田家の善政をよろこんでいただけに、やがて来る新しい領主の治政に不安を抱く領民たちが、心から信幸を慕って沿道に群れ集まり、別れを惜しんだ。

信幸が駕籠にも乗らず、領民の誠意に応えた紋服、裃《かみしも》の礼装をつけ、馬上の姿を城の大手門に現すと、領民たちは感極まって泣声をあげはじめた。

粛然たる愛慕の泣声が立ちこめる街路を、温い微笑と慈愛の眼《まな》ざしを領民に与えつつ、ゆったりと馬に揺られて行く主人の姿を、顔を見て、右近は、これほど美しいものを四十余年の生涯に見たことはないと思ったのである。

その日は屋代《やしろ》宿に泊り、翌二十日の朝……信幸の行列は、屋代を出て松代に向った。宿を抜け、千曲川を縫いつつ、行列は街道を東へ切れ込み、妻女山《さいじょ》の裾を進んだ。

上田の城外まで信幸を見送り、再び引き返して残務の役目に従っていた筈の鈴木右近が、馬を飛ばせて行列に追いついたのは、このときだった。

信幸は駕籠にいた。とまった行列の駕籠傍《わき》に、ぴたりと寄り添った右近は、小さな箱包みを信幸に差し出した。

「京よりの使いの者が届けてまいりましたので、すぐさま……」

「何か？」

「お開け下さればおわかりになりまする」

開けて見ると、それは、小野のお通からのものだった。

箱の中には、八年前に、弟幸村と語り合ったあの日、お通が茶を点じてくれたときの、青磁の茶碗が入っている。

真新しい箱の表には〃大空〃という銘が懐かしい筆で認《したた》められてあり、折り畳んだ鳥の子の紙片が忍ばせてあった。

それには、これもお通の筆で、歌が一首、記されてある。

大空は恋しき人の形見かは物思ふごとに眺めらるらむ

これは古今集の中のものであった。

美しい青藍《せいらん》色に蔽われた茶碗を抱いて、黙然と、その歌に見入っていた信幸は、しばらくして顔を上げ、出発を命じた。

信濃の山々には、すでに新雪が降りていたが、空は鏡のように澄み切っていて、陽の輝きは西北にひろがる川中島の盆地に燦々《さんさん》と降り注いでいる。

やがて……信幸の行列は、保基谷《ほきや》・高遠《たかとお》の山脈《やまなみ》が両腕に抱え込んでいるかのような松代の城下町へ、静かに吸い込まれて行った。

碁盤の首

「たかが、百姓女ひとりのことで、と、殿は、この主水《もんど》を罪に落すおつもりかっ……主水は、真田家譜代の武士じゃ。十七歳の初陣以来、数度の合戦に、この首投げうって、御家の為、殿の御為《ため》に働いてきた男じゃ。それを……それを何事、名もない民一人と、この馬場主水と引替えになさるおつもりなのか。かような恥辱をうけては、こ、この主水の顔は丸潰《まるつぶ》れでござるっ」

一

信州・上田城下にある真田家の家老・矢沢但馬《やざわたじま》の邸内に急造された岩乗《がんじょう》な板張りの締り所へ押しこめられた馬場主水は、針のような細い眼を血走らせ、角ばった顎《あご》を小さな切り窓から突きだして喚《わめ》いている。

主水は、真田家の馬廻役《うままわりやく》をつとめ、俸禄は百石。武勇もすぐれ戦功も数多い。

庭の木立に鳴く蟬《せみ》が驚いて鳴き止《や》むほどの大声で、さっきから怒鳴りつづけている主水であった。

矢沢の家来が押しとめようとすると、主水は、いきなり切り窓から痰《たん》を吐きつけ、「退《さが》れっ。その方ごときでは話がわからぬ。御家老を出せい。御家老っ。それがしを殿に会わせて下され。それがし、じきじきに申し開きを致したい。お願いでござる。お願いでござる」

切り窓一つの、あとは板で囲まれた狭い締り所の中は、主水の汗と脂の臭いが、残暑の熱気にむされて、鼻をつくようだ。

喚き散らす主水の乱髪からも、汗が水玉のように飛び散っている。

この日の昼近く、藩主・真田伊豆守信幸《さなだいずのかみのぶゆき》の命によって、目附《めつけ》・弥津三十郎《やつさんじゅうろう》以下五名が、主水の自宅へ出向くと、主水は、碁盤を前に、酒盃《しゅはい》をかたむけつつ、夢中になって、家来と囲碁に興じているところだった。

主水は、弥津三十郎から、自分の罪状を聞くと、火がついたように怒り出し、藩主・信幸の前で立派に申し開きをすると言い張り、捕えようとすると、強力をふるって暴れだした。

しかし、主水宅へ出向いた侍たちは、いずれも屈強のものばかりだったし、足軽十数名が折り重なって主水を捕縛し、締り所へ押しこめたのである。

主水の罪状というのは……。

二日前の、きびしい残暑の熱《ほて》りを夕風がまだ消しきらぬころ、城下から半里ほど離れた神科《かみしな》という集落の附近を、馬に乗って通りかかった主水は、森蔭《もりかげ》の小川で足を洗っている農家の娘を見て、ふっと欲情し、これを無理矢理に辱しめたことによるものであった。

当時は、武士の圧力が徹底的に領民の上に君臨していたことだし、こうしたことが表向きになることは、ほとんどないと言ってよい。百姓たちが泣き寝入りの形になるのが常であった。

しかし、その翌日、地方《じかた》の庄屋が骨のある男だったとみえ、この事件を訴え出たのである。

その娘は、秋の収穫が済み次第に、近村へ嫁入りすることになっており、汚されたわが身

を哀しみ、その夜のうちに、鎌で喉を切って凄惨な自殺をとげた、と聞いて、伊豆守信幸は、

「すぐに主水を捕え、締り所へ押しこめておけ」

　と、家老の矢沢但馬へ命じた。

「殿!!」

「何じゃ!?　但馬……」

「どうなさるおつもりで?」

「馬場主水のことか。後悔のしるし見えるまで表へは出さぬ。役目も免ずる」

「主水は、当家にとって、武勇もあり、戦功も多い武士でございまする。たかが、百姓の女ひとりを……」

「たかが、百姓の、と申すのか。爺よ。これからの民百姓は恐ろしゅうなるぞ」

「は……?」

「先年、大坂の合戦が済み、天下は徳川の手にしっかとつかみとられたのじゃ。合戦がなくなった、これからの世は、武士も民百姓も二にして一じゃ。これを忘れると、爺も古漬けの大根になるぞ」

「なれど、このようなことまで、いちいち丁寧に取り計られまするることは、いささか殿の威厳にもかかわり、かえって政事の力を弱め、絶えず争い事、訴え事を起す癖を、領民どもへ植えつけるおそれがないかと……」

「だから恐ろしいと申しておるではないか。領内に揉《も》め事が起きれば、みな領主のわしの責

任になる。今までのような戦国の世に、真田一族が勝手気儘《きまま》に国を治めていれば済むというのではない。全国の大名の上には、徳川幕府というものがあるのじゃ」

信幸は、ふっと淋し気に笑ってみせた。

豊臣家を亡ぼし、天下の政権を握った徳川幕府が、その権力を永久に存続させるための、諸大名を監視する眼は絶えず鋭く光り、この上田の領内にも、おそらく幕府の隠密が入り込んでいるに違いなかった。

この一年ほどの間にも、目まぐるしいばかりの改易や取潰《とりつぶ》しが行われているのだ。

「これからの大名は、民百姓に叛《そむ》かれては立ち行かぬことになるのじゃ」

と、信幸は深い眼のいろになって、

「ことに、わが真田家にとっては、ことさらに注意が肝要じゃ。そうであろう？　爺……」

「恐れ入りましてございます」

と但馬は、むしろ憤懣《ふんまん》の血を頰にのぼらせて、

「武士も槍一筋では立ち行かなくなりましたな」

「いかにも……」

と、信幸は大きくうなずいた。

政治の失敗を幕府が取潰しの理由としてとり上げた例は、いくらもある。

「まして、家中の武士が領民の娘を辱しめたことは一目瞭然、馬場主水の落度ではないか」

家来を可愛がることでは、人後に落ちない信幸だったが、このときは断乎《だんこ》として主水を許

さず、秋風が、たちまちのうちに凜然《りんぜん》たる冬の大気に変る頃には、さすがの馬場主水も喚き出さなくなり、締り所の羽目に背をもたせ、黙然と坐り込んだまま、蛇のような光に変った眼を、憎々し気に天井に投げては、ときどき、ぎりぎりと歯を嚙《か》み鳴らしていた。

二

十一月二日の夜、馬場主水は、締り所から逃亡した。

仮病をつかって苦悶《くもん》の呻《うめ》きをあげ、薬湯を運んで来た警固の者に躍りかかって、これを倒し、獣のような狂暴さで、立ち向う家来たちを突き倒し、蹴倒《けたお》して、戸を破ると、あっという間に戸外の闇へ呑まれてしまったのだ。

すぐに追手が出て国境をかため、領内をしらみつぶしに探索したが、主水の行方は、ついに知れなかった。

「短気者め。もう少し辛抱しておればよいのに……」

と、信幸は呟《つぶや》いたが、それきり捜索の手を止めさせた。

「短気者め。今少し、辛抱しておればよいのにな」

と言った者が、もう一人あった。

これも主水と同じ馬廻役をつとめている、小川治郎右衛門だ。

治郎右衛門は、主水より三つ歳下の三十三歳だが……筋骨たくましく大男の主水とは対照的な小男で、ぼってりと肥った、肌の色つやのよい温和な武士であった。

二人は足繁く交際していて、その主な理由は囲碁を戦わすことにあった。七年前に病身の妻を亡くしてからは、独身を立て通している馬場主水は、よく治郎右衛門宅を訪れて、ときには徹夜で碁を楽しむ。

主水の囲碁は、勝負への執着が激しく、一たん負けると、その負けを取り返すまでは決して後に退《ひ》かない。

「くそ。うぬっ、この負け恥をそそぐまでは、主水、死んでも退かぬぞ」

凄《すさ》まじい執念の炎を脂っ濃い顔中にみなぎらせ、むしろ殺気に満ちて碁石を握っては、

「ええい。くそっ。これでもかっ」と打ち込んでくる。

勝つまでは何度でも挑み、少しも疲れない。

「今一度じゃ。何、厭《いや》か。卑怯者《ひきようもの》め」

とすぐに喧嘩《けんか》腰《ごし》になる主水だ。

しまいには家中の侍たちもいやがって、主水の碁の相手をする者がいなくなったようである。

小川治郎右衛門だけが、主水の良き碁敵《ごがたき》であった。これは、二人の技倆《ぎりよう》が全く同じ水準にあって変らない故かも知れない。白の石を持ったり、黒の石に替えたり、勝ったり負けたりが、略《ほぼ》同じ分量で競い合ってきているので、主水ばかりか治郎右衛門も、三日ほど相手の顔を見ないと、妻に向って、

「伊佐、主水の奴、飲み過ぎて腹でもこわしておるのではないか。誰かを見せにやれ」

などと、そわそわして落ち着かないのである。

しかし、まず非番の時は、二人のどちらかの家で、盤上に鳴る碁石の音が聞えぬときはないと言ってもよかったほどだ。

主水は、自慢の槍をふるって敵と渡り合うことに一生をかけてきた男だ。戦国の世の武士としては申し分のない勇猛な男だったが、書物一冊、手にすることは大嫌いで、合戦のないときは、武芸に励むか馬をせめるか、碁盤に向うか……だから、その囲碁は、自分の戦場に於《お》ける駆け引きを碁盤に再現しつつ、我を忘れて昂奮《こうふん》してくるといったようなもので、一度の負けが首でもとられたかのように口惜しく、勝利を得ると、

「うわあ。やったぞ。勝ったわ、勝ったわ。どうじゃ俺の腕前は……」

と、子供のように無邪気な喜びを、躰中《からだじゅう》に溢《あふ》れさせ、勝ち誇るのであった。

藩主の信幸は、主水の戦功に対しても、手放しでこれを賞め上げたり、禄を増やしたりすることは余りしなかった。単純な男だけに、下手な出世をさせると、傲慢《ごうまん》さが出て、身を過《あやま》らせるといけないと考えたからである。

「殿は俺のことなど、少しも気にかけては下さらんのだ」

などと、主水は頰をふくらませて、治郎右衛門にこぼしたこともあったが、

「殿には殿のお考えがあることだ。第一、おぬしも恩賞を目当てに敵の首をとっていたのではあるまい」

「そりゃ勿論《もちろん》ではないか」

「ならば怒るな。殿は、われら家来どもを愛すこと当代無類の御方だと、おれは思っておる。何事も殿におまかせし、われわれは真田十万石に誠をつくせばよいのではないか」

こう治郎右衛門がさとしてやると、

「わかった。もう言うまい」

さっぱりと気の変る男なのだったが……しかし、たかが百姓女にいたずらしただけで、百石取りの武士が罪人にされ、数カ月も監禁されつづけているという不平不満が主水の怒りを爆発させたとき、

（殿は、俺が嫌いなのだ。あれほど命をかけて忠誠をつくして来た俺を、わざわざこんな目に会わせ、嬲《なぶ》りものにしておられるのだ。今まで俺を重く用いてくれなかったのもそれだ。殿は俺が嫌いなのだっ）と僻《ひが》み根性が出た。そして、それは暗く狭い締り所の明け暮れのうちに、信幸へ対する憎しみに変っていったのである。

三

伊豆守信幸は、馬場主水の過失を咎《とが》めることによって領民の信頼を得ると共に、家来たちにも二度と、このような過ちを繰り返さぬことを念押ししたのである。

戦乱の火が消えた現在、武士というものが、ただ刀槍《とうそう》を振っていれば済むものでもなく、戦場での荒々しい生活や風習を何時《いつ》までも残していてはいけない、すべては幕府の監視の下《もと》に、領国を平和に治めることが、これからの武士の唯一の生きる道だと覚悟したからであっ

た。

それでなくとも、北国《ほっこく》街道の要路に当る実り豊かな領地を持つ真田家に対しては、幕府も、その財力と武力に、絶えず警戒の色を示しているではないか。

幕府は、外様《とざま》、譜代の大名を巧妙に全国へ配置し、その威勢は、もはや真田の勇武をもってしても指一本させるものではないのだ。

禄を失った武士がいかにみじめなものか、それを思うにつけ、信幸は数千の家来を抱えた自分の責任を痛感せずにはいられなかった。

(領主が領民の信頼を失えば必ず騒動が起る。そうなれば、殿もわれらも、その責任を問われて国を追われること必然だ。またそれを幕府は手ぐすね引いて待ち構えておるのだからやりきれぬ)

と、小川治郎右衛門には、信幸の心がよくわかる。

「主水のお咎めも、そう永くはつづくまいと思っておったのだがな」

と、治郎右衛門は、妻の伊佐に、

「今頃あいつ、どうしておるか……」

「碁のお相手がのうて、お淋しいのでございましょう?」

「気が抜けたようじゃ」

治郎右衛門夫婦には、亀之助といって七歳になる一子があり、夫婦仲の良さは、家中でも評判であった。

「これからは、二度と、馬場様にお目にかかることもございますまいな」

「そう思うか」

「帰参が、かないましょうか？」

「いや……それよりもだな、伊佐……」

と、治郎右衛門は、こみ上げる微笑を禁じかね、そっと囁《ささや》いた。

「主水は、きっと来る。やって来るぞ」

「え……？」

「あいつ、俺に一番負けておる。この負けを黙って我慢出来る主水ではない。ひそかに城下へ立ち戻り勝負をつけに忍んで参るわ」

「まことで……？」

「まことじゃ。俺は信じておる。あれほどの勝負にしつっこい奴が、この借りを俺に返さずにおくものか」

「では……もし、此処《ここ》へ忍んでお見えになりましたら如何《いかが》なさいます？」

「主水のことか……ふむ。いくらか金を与えて逃がしてやるさ」

「構いませぬか？」

「構わぬ。殿もそのおつもりじゃ。というのはな、伊佐。主水逃亡してより一カ月ほどになるが、殿は彼の身を探し、これを捕えて罰する、などという御気持が少しもないではないか」

「そう申せば……」

「ふふふ……俺はな、毎夜毎夜、何時、主水が、この戸を叩くかと待っておるのだ」

治郎右衛門は居間の縁先に立って、暖い冬の陽が寒気をゆるめて枯草の上に漂っているのをじっと見入りながら、

「しかし、負けんぞ。ははは、負けてはやらぬぞ。主水……」

と、楽しそうに呟くのだった。

四

しかし、思いがけないことが起ったのである。

その年も暮れぬうちに、江戸へ現れた馬場主水は、幕府に旧主・伊豆守信幸を訴え出たのだ。

それは、前年、大坂城に立てこもった豊臣秀頼を、徳川家康が大軍を率いて囲んだときのことである。

周知のごとく、この戦いに真田家は敵味方に別れて闘った。即《すなわ》ち、信幸は徳川に従い、信幸の弟幸村は豊臣軍に投じて大坂城へ入った。これは、もともと兄弟の仲が悪くてそうしたのではない。信幸は家康の養女を妻にしており、しかも家康を信頼してあくまでも忠誠をつくし、真田家の存続を計ったのであり、幸村は、衰運の一途をたどる若き豊臣秀頼に義侠《ぎきょう》の血を燃やして、協力をしたといってもよいだろう。

それだけに幕府は、信幸に対し（こいつ、勝敗の両岸に一族を分けて、真田の血を絶やさぬことを考えたな）と一応、疑惑の眼を向けたのも無理はない。一族の血を絶やさぬためには、どんなことでもするということになれば、一度、徳川が危うくなったときには、またどんな方向へ飛んで行くか知れたものではない。

ただ、当時は家康が生きていたし、家康だけは信幸に全幅の信頼を寄せ、大坂陣のときには、気を利かせて、信幸を江戸城留守居の役に命じた。これは真田兄弟の巧みな牽制《けんせい》でもあり、信幸に厭な思いをさせないということも含まれている。

だから信幸は、大坂の合戦に、わが子の信吉と信政に軍勢をつけて出陣させたのである。馬場主水がこれに従って出陣したのは勿論だ。

主水が訴え出たことというのは……この大坂の合戦のときに、信幸の密命によって徳川方の真田勢の一部が、豊臣方の真田勢に加勢した事実がある。それにもう一つ、いよいよ豊臣方の敗戦が確定した夏の陣の総攻撃の折に、信幸は大坂城内の幸村に頼み、幸村の守る出城《でじろ》（本城以外の小さな城）へ、わざと信吉・信政の二子を突撃させ、一番乗りの手柄をたてさせたという事実があり、このとき、幸村は兄信幸の依頼により突撃して来る甥《おい》二人に銃火を浴びせなかった、というのである。

主水は、その事実を目前に見たとまで明言したらしい。

すぐさま幕府から、真田家の江戸屋敷へ知らせがあり、江戸家老の木村土佐が江戸城へ呼び出されて、老中・土井利勝の訊問《じんもん》を受けた。

木村土佐の応答は堂々として、少しの渋滞もなく、主水逃亡のいきさつを余すところなく語り、主《あるじ》の慈悲を少しも感ぜず、かえってこれを恨み、理由なき訴訟を起すとは狂気の沙汰であると言って、主水への怒りをぶちまけた。

幕府にしても、かねて油断なく隠密を入り込ませて真田の動静は余すところなく知りつくしているし、また信幸という人は、幕府の諜報網《ちょうほうもう》に引っかかるようなへまは決してない。

主水の訴えがまことに事実ならば、幕府も黙ってはいない。取潰しは必定だが、調べが進むうちに……これは何処《どこ》までも主水の申し立てが、信幸を恨むの余りに出た想像にすぎないことが判明した。

木村土佐は、馬場主水との相対《あいたい》吟味を願い出たが、幕府も余り詮議《せんぎ》して主水がボロを出しては、かえって大人《おとな》げ気ないことになると思ったのだろう、これを許さず、間もなく詮議打切りとなった。

ときの将軍秀忠は、余り信幸に好感を持っていなかったし、主水の訴えが少しでも実のあるものならば打ち捨てては置かなかったろう。だが、信幸の冷静な言動と政治力とは、昔から少しの隙も幕府に与えていない。どうにもなるものではなく、幕府も苦笑して手を引くより他《ほか》はなかった。

一方、真田家に於《おい》ては、馬場主水への怒りが大きなものになった。

「殿の御恩も忘れ、あるまじき振舞いによって殿を陥《おとし》れようとは八ツ裂きにしてもなおあきたらぬ奴だ」

ということになり、真田家では、すぐさま、幕府へ、主水の身柄引渡しを願い出た。幕府は、

「訴人に出たる者を引渡した例はない」との理由で、主水を追放してしまった。これは討ち果しても構わぬということと同じである。

上田にあった信幸は、このことを聞いて、しばらく、沈思していたが、

「小心者ゆえ、これからも何を仕出かすか知れたものではない。可哀想だが……」

と、直ちに密命を下し、腕利きの刺客を四名ほど、伊勢参宮の名目で江戸から出発させ、主水の後を追わせたが、よほど逃げるのが巧みだと見えて、馬場主水は今度も姿をくらましてしまった。

小川治郎右衛門が、信幸の勘気を受け、禄を召し上げられて、城下外れの蛇沢という山間の村に蟄居《ちっきょ》を命じられたのも此頃《このころ》であった。

治郎右衛門は、或る夜急に、目通りを願い出て許され、三の丸の御殿の奥で、信幸としばらく語り合っていたが……やがて、信幸の常にない大きな叱声《しっせい》が聞えて、治郎右衛門はほうほうの体《てい》で御殿を退出。間もなく信幸から罪を受けることになったのである。理由は、

「きゃつめ。身分不相応の諫言《かんげん》をわしにしおった。許せぬ」

という信幸の、怒気を含んだ一言だけであった。

家中の者たちは、きっと治郎右衛門が、囲碁友達の主水を庇《かば》って、彼の命乞いでもしたのだろう。温厚な男だが馬鹿なことをしたものではないか……などと噂《うわさ》をし合っては、つまら

ぬことから身を亡ぼした治郎右衛門に、蔑《さげす》みの眼を向ける者が多くなった。

人望のあった治郎右衛門なのだが、主水への憎しみが、そのまま彼に転嫁された形になり、

「いくら碁敵のよしみがあるからとて、けだものにも劣る真似をした主水を庇うなどとは、もっての外だ」

ということになってしまったのだ。

五

依然として、馬場主水の行方は知れない。

小川治郎右衛門の罪も依然として許されない。

治郎右衛門は、太郎山の山麓《さんろく》にある藁葺《わらぶ》きの民家を改造した三間ほどの小さな家で妻の伊佐と二人、ひっそりと暮している。子供の亀之助も十歳になったが、これは沼田の親類の家へ預けてあった。沼田領は信幸の息信政が治めている。

三年目の、元和《げんな》五年(一六一九年)の初夏のことである。

庭の枝折戸《しおりど》の傍《そば》に、四、五丈もある朴《ほお》の木が、ぽっかりと白い花を咲かせ、その香気が漂ってくるのを楽しみながら、治郎右衛門は伊佐と二人で、茶を飲んでいた。

茶を飲みながら、夫婦は碁を打っている。伊佐が無理矢理に良人《おっと》から習わされたのであった。

汗ばむほどの昼下りの陽射しが、家の廻りの雑木林を縫って縞をつくり、新緑が燃えるよ

うだ。

「ほほう、撲《うってがえし》か。餌《えさ》を見せて手を出させようと申すのだな。ふむ。お前も中々やるようになったではないか」

「面白うなりました」

「そうか。ははは……」

碁笥《ごけ》をまさぐる音と、碁盤に響く碁石の音が、いかにも澄みきって聞える。

どの位、経ったろう。

突然、夫婦が碁盤を囲んでいる小部屋の裏側、つまり裏手の竹林のあたりから、小窓の障子を突きやぶって飛び込んで来たものがある。

それは一粒の白い碁石だった。

「あ……」

思わず声を呑む伊佐を、治郎右衛門は静かに見やった。眼が鋭くなっている。

「来たな」

「は……」

「お前は台所へ行っておれ」

「はい」

伊佐は、青白く緊張した顔を良人に向けて、何か言いたそうにした。

「心配するな。さ、行け」

妻は台所に、良人は碁盤の石を全部、碁笥に入れて、その前にゆったりと坐り、庭の朴の花を見ている。

そのまま、夜になった。

そして、朝が来て、また日が暮れた。

馬場主水が、この家に現れたのは二日目の夜更けであった。彼は足音もたてずに庭へ入って来て、戸を叩いた。

「主水か……俺と伊佐だけだ。安心して入って来いよ」

戸を開けて、無言のまま入って来た主水は、意外に放浪の窶《やつ》れも見せてはいず、衣服もさっぱりしたものをつけている。

「来ると思っていたぞ、何時かはな……」

「一番、負け越していたのでな」

と、主水はにやりと笑った。その声に、昔の開放的な明るさがなくなり、粘っこい陰気な調子が含まれているのに、治郎右衛門は気づいた。

「おぬし、殿の勘気を受けたそうだな」

「知っておったのか」

「この辺の評判だ。俺の命乞いをしてくれたのだそうだな」

「うまくいかなかった。許してくれ」

「いや、いいいさ。この真田の家中で、おぬしだけが俺の味方だ」

と、主水は両肩の力を抜いて警戒を解いたようであった。

「主水。おぬしは、まだ、殿を恨んでおるのか?」

「当り前だ。百姓と武士と一緒にされてたまるものか」

「まだ、それを根に持っているのか、執念深い奴だな」

治郎右衛門の頰を、憐《あわ》れむような微笑が掠《かす》めた。が、それは主水の眼に入らなかったらしい。

「俺は負けるのが大嫌いな男だ。殿にも、百姓にも、それから碁敵にもな。だからこそ危険をおかして忍んできたのだ」

「どうして昨日来なかった?」

「碁石を投げてみて、おぬしの出方を見ていたのだ」

「俺が、殿に知らせるとでも思ったのか?」

「そういうこともないとは言えぬ」

と、主水はくすくすと笑いながら碁盤の前へ坐り、

「ほほう。ばかに大きな碁盤だの」

「俺の手作りだ。暇なのでな」

「やるか?」

「よかろう。ところで、おぬし、今は何処にいる」

「うむ。実はな……いや、言うまい。ただ中国のある町で、ちょっと金を持っている女のと

ころへ入夫《にゅうふ》しているとだけ言っておこうか。ははは……」

二人は、碁盤に向い合って碁笥を引き寄せた。

「お内儀は?」

「眠っておる。勝負をつけてから起そう」

「一番勝ったら、俺は帰るぞ」

「そうはいかぬ。ははは……」

昔のままの和やかな空気の中に相対した。そのうちに碁石をつまんだ主水が喰い入るように盤面を睨《にら》み、ぱちりと石を打った。

「俺の番か」

「そうだ。早く打て、勿体《もったい》ぶるな」

「よし」

治郎右衛門は、もう一度碁笥を引きつけ、中の石を取ると見せて、いきなり、碁盤の裏側に取りつけておいた抜身の短刀を引き抜き、碁盤ごと躰をぶつけるように主水へ躍りかかった。

「うっ……ひ、卑怯……」

主水は、したたか腹を刺されて呻いた。

治郎右衛門はつづけざまに腹を二度ほど刺して、主水が動かなくなったのを確かめてから、ゆっくりと立ち上り、掌を合せて瞑目《めいもく》した。

「卑怯かもしれぬが……おぬしに逃げられては、真田十万石が困るのだ。公儀へ訴えることなどせずに、温和《おとな》しゅう浪人しておれば、また共に碁を楽しむことも出来たのにな……」

小川治郎右衛門が、みずから進んで信幸に乞い、わざと罪を受けて、山麓の一軒家に三年間も碁敵の来訪を待ったことは、信幸と治郎右衛門夫婦の他には、誰も知らなかった。

主水の首は、彼の好んだ碁盤、碁石と共に何処かの土深く埋められ、翌、元和六年の春、治郎右衛門は罪（?）を許されて旧職に復した。

馬場主水、捜索の件も何時となく取止めの形になったことはいうまでもない。

錯乱

一

堀平五郎手製の将棋の駒は、風変りなものである。

材も桜だし、形も大ぶりで重味厚味も相当なものだ。

「諸事円満な平五郎なのに、あのようなひねくれたものを拵《こしら》えるというのが、どうもわからぬ。一組差し上げるといわれ、もろうてはきたが……どうも、差しにくくてなあ」などと噂《うわさ》もされる。

「武骨な手でする細工ゆえ、どうしても、あのようなものに出来上ってしまうので……」

と、平五郎は苦笑していた。

元和《げんな》八年（一六二二年）に、藩祖の真田《さなだ》信幸《のぶゆき》が、この松代《まつしろ》へ転封して来てから、領内では、とみに囲碁将棋がさかんになった。

信幸は一年前に家督を一子信政にゆずり、城外柴村《しばむら》へ隠居し、一当斎《いっとうさい》と号している。嘗《かつ》て徳川家康に従い、京に居た頃、本因坊に先の手合だったというし、将棋も下手ではない信幸であった。

そういうわけで藩士のほとんどが棋道をたしなむ。堀平五郎が駒造りの道楽をもっていても別にどうということはあるまい。

平五郎は馬廻《うままわり》をつとめていて、俸禄は百石。勤務の上では失敗も皆無だが際立った才能を示すということもない。その点では平凡で目立たぬ男だが、人づき合いは無類であった。上は藩主から下は足軽小者に至るまで、悪意敵意というものの一片をも持たれたことがないと言ってよい。

逆境にある者へは親切をつくし、成功の人へは祝福を投げかける。

よく肥えた尨犬《むくいぬ》が陽だまりに寝そべっていて、おのれの餌《えさ》を盗み喰いする野良猫を寛容に優しく見まもっているような……そんな感じがする堀平五郎なのだ。

「親父《おやじ》の主膳もよく出来た男であったが、息子はそれに輪をかけた好人物じゃ」

と、藩の古老達は言う。

大殿と呼ばれている真田信幸も、いたく平五郎が気に入り、時折、柴村へ呼んで将棋の相手をさせる。

勝負事の上で、勝っても負けても、平五郎ほど快い後味を残してくれるものは藩中にもいまい。誰も彼も、平五郎と盤を囲むことを好んだ。

明暦四年（一六五八年）一月二十七日のことであったが……。ちょうど平五郎は非番で、庭の一隅に設けた三坪はどの狭い離れに朝からこもり、例のごとく将棋の駒を造っていた。

切ったり削ったり、駒に彫り込んだ文字に漆をさしたり、ときどき手を休めては煙草をくゆらしたり、陽光が眩《まぶ》しい雪の庭を眺めたりして、閑暇を余念なく享受していた。

その日も昼飯の時刻というころになって、静かな雪晴れの城下町が騒然となった。

現藩主の真田内記信政が卒倒したのだ。中風《ちゆうぶう》であった。

この知らせを平五郎は妻の久仁《くに》から受けた。

「一大事にございます。あなた、殿様がつい先程、御殿の御廊下で……」

緊張した妻の声を背に聞きつつ、細工の手を止めた堀平五郎の眼に、異様な、鋭い光が走った。

それも一瞬のことである。久仁へ振り向いたときの平五郎の眼は、君主の病状を気づかう動揺に、おろおろと瞬《またた》かれていたのだ。

「大事にならぬとよいのだがな、大事に……」

久仁に手つだわせて、登城の身仕度にかかりつつ、平五郎は何度もつぶやいた。

「はい。はい……」

久仁は忙《せわ》しなく良人《おっと》の身の廻りにはたらいた。袴《はかま》の紐《ひも》を結びにかかる彼女のむっちりした指が震えていた。

寅之助《とらのすけ》という八歳の息子がいる平五郎と久仁は、まず過不足のない円満な夫婦であった。

真田信政は、卒倒後三日目の夜に、遺言状を娘の於寿々《おすず》へ口述し、二月五日に歿《ぼっ》した。

信政の死が公式に発表されたのは、死後五日目になってからだ。松代藩の動きは慎重をきわめた。

城下全体が、次に来るべきものを予測して陰鬱な緊張に包まれた。

信政が重臣達にあてた遺書の文面には、ただならぬ焦躁《しょうそう》と不安がみなぎっている。信政は、自分の後を継ぐべき愛児右衛門佐《うえもんのすけ》に、恐るべき魔手が差しのばされるであろうことを予知していたものと思われる。

幕府老中にあてた〔こんど、ふりよにわづらひいたし、あひはて候……〕から始まる書状には、愛児へ家督が無事に許可されるようにと、切なげな父性の愛をあからさまにして嘆願しているのだ。

信政には長男信就《のぶなり》がいるのだが、これは故あって前将軍家光の勘気を受け、蟄居《ちっきょ》の身なので、家督するわけにはいかない。

あとは右衛門佐が只一人の男子であった。だが右衛門佐は庶子である上に、まだ二歳の幼児にすぎない。自分がこうも早く死ぬとは夢にも考えていなかった信政は、右衛門佐の出生を幕府に届け出ることも怠っていたのだ。当時は制度の上で、この点がやかましくなかったためもある。それに六十一にもなってからの子供だけに、信政としてはきまりがわるかったということもあろう。

それはともかく、死の床にある信政を悩ませたのは、分家の沼田を領している甥《おい》の伊賀守《いがのかみ》信利《のぶとし》のことであった。

真田信利は、信政の亡兄信吉の妾腹《しょうふく》の子だ。彼は母の慶寿院と利根《とね》郡小川に住み、五千石の捨扶持《すてぶち》で逆境に甘んじていたのだが、祖父信幸の隠居、叔父信政の松代転封によって、一躍、叔父の領地三万石を襲うことができたのである。

信利は後年、暗黒政治を行って取潰《とりつぶ》しを食う羽目になったほどだから、虚飾享楽への欲望が熾烈《しれつ》であった。

信政はこれを熟知していた。

この暴君型の甥が、自分の死後に、本家の松代十万石を狙って牙《きば》を磨《と》ぎにかかることは、信政のみか、心きいた家老たちの、先《ま》ず念頭に浮ぶことであった。何故《なぜ》なら伊賀守信利は強力な背景を持っていたからである。

信利の亡父信吉の夫人は酒井《さかい》忠世《ただよ》の娘だ。

そして、当今「下馬《げば》将軍」と称されて幕閣に権勢をふるう老中筆頭の酒井忠清《ただきよ》は、忠世の孫に当る。だから忠清にとって信利は、義理の従弟《いとこ》ということになるのだ。同時に、忠清は自分の正室の妹を、信利に嫁がせている。

信利が酒井の権勢に取り入り、この背景を大切にしていることは判然たるものがあった。将軍あっての大名である。酒井忠清を中心に動く幕府の圧力が加われば、年齢の上で不利な右衛門佐の家督相続はにぎりつぶされかねない。

信利自身にしても、幼年であるから無理だという祖父信幸の指図により、亡父の領地を叔父信政にゆずらざるを得なかったのではないか。

しかし結局、信幸は本家を信政にあたえ、分家を成人した信利にゆずりわたしたのだが、こうした祖父の慎重な配慮を、むしろ信利は恨んでいた。

「おれだとて幼年ゆえに叔父へゆずったのだ。赤子の右衛門佐に代って、おれが松代を領するに何の不思議がある」

と、信利は叫んだ。

内記信政は、父信幸に対して何の遺言も残していない。本家松代を継がせてもらったのが六十歳になってからだという不満をもち、信政は父信幸に反感をつのらせたまま死んでいったのだろう。

「内記め。わしには一言も置いてゆかなんだわい。そういうところがあれの凡庸なところなのじゃ」

信幸は柴村の隠居所に在って、寵臣《ちょうしん》・師岡治助《もろおかじすけ》にのみ、にがにがしく、こう洩らした。

治助は柴村から退出して、堀邸を訪れ、この言葉を平五郎に告げた。

「何しろ沼田（信利）は酒井の力をたのんでいる。これに太刀打出来るのは大殿のみなのだからな。大殿のお怒りは、もっともなことだと、おれは思う」

治助は嘆息した。

平五郎と治助は、棋道や酒の上にも仲がよく、屋敷も隣り合っていて妻女同士の交際もこまやかなものがある。

「師岡殿。いまの大殿の胸のうちは、どうなのだろうか?」

「わからん。奥に閉じこもられたままだ。おそらく重臣連中の報告を待っておられるのだろうよ」と治助は、長いくびを振り振り、「いずれにしてもだ。あの高齢で、しかもせっかく気楽な御身となられたのに、この騒ぎだ。おいたわしくてならぬよ」

真田信幸は今年九十三歳になる。僅かに残る白髪も結びもせずに首へ流し、骨格たくましかった長身の背も丸くなり、くぼんだ細い眼には、底深い慈愛が静かに湛《たた》えられている。

「こうなると、おれも当分は御相手にもあがれまい。側近く仕えるおぬしから、大殿の御様子を聞くのを心待ちにしているぞ」

治助の手を握りしめ、平五郎は涙ぐんで言った。

「わかった。平五郎にならば何でも安心して、打ちあけられるからなあ」

隠居に当り、信幸が柴村への出仕を命じた側近五十名のうちに師岡治助はいたが、平五郎は大半の藩士と共に、新藩主信政に仕えていたのだ。

「そちのような快《よ》い男を、わしが一人占めにしては家中のものが気の毒じゃ」と、信幸は平五郎に洩らした。

将棋の相手をするときには、柴村から城中へ、平五郎の呼出しがかかるのであった。

治助が平五郎を訪れた翌日に、重臣たちの秘密会議が行われ、深夜に至った。平五郎は当番で五ツ刻《どき》(午後八時)まで城に詰め、交替して退出した。

このところ暖日つづきで、雪は融《と》けている。

保基谷《ほきや》・高遠《たかとお》の山脈《やまなみ》のふところにあって、西北に千曲《ちくま》川と善光寺平《だいら》をのぞむ松代の城下町は、信濃《しなの》でも雪の浅いところだ。

提燈《ちょうちん》を持って先に立つ中間《ちゅうげん》と若党にはさまれ、平五郎は大手前の道を紺屋町へ出た。

このとき、突然、小路から現れた酔漢が平五郎に突き当った。問屋場の博労らしい。酒臭かった。

「無礼者!」

平五郎は大喝した。同時に博労は平五郎に胸倉を摑《つか》まれ、猛烈に引き擦り廻されたあげく、肩にかつがれて厭《いや》というほど地面に叩きつけられた。

「ぎゃっ……」

博労は失心した。

（ふだんの旦那様なら笑って済まされるところなのだが……）

若党と中間が、今まで眼にしたこともない主人の荒々しい所業にびっくりしていると、平五郎が言った。

「気がたかぶっているのでな……つい手荒くしてしまった」

若党は無理もないと思った。

藩主の死後、城下全体が殺気立っている。

領民にとっても藩主の興廃ひとつで自分達の生活が善くもなり悪くもなるからだ。過去四十余年にわたる真田信幸の善政を誇りに思っている領民たちである。信幸の意志をそのまま踏襲している現在の治政が、もし崩れるような事があってはと、彼等は怯《おび》えきっていた。深沈たる闇に蔽《おお》われた城下町からも、こうした空気がひしひしと感じられる。博労の酔態は確かに似つかわしくないものであった。

若党と中間は、重い主人の足音に滅《めい》入りながら、寒い夜の道を歩んだ。

彼らは、主人平五郎が、博労を小突き廻していたほんの短い間に、主人の手が懐中から長さ三寸程の細い竹筒を出し、これを博労の手に握らせたことなどは、全く思ってもみなかったろう。

その竹筒の中には、何枚もの薄紙に平五郎自筆の細字で認《したた》められた密書が巻き込まれてあった。

密書を受け取った博労は、老中・酒井忠清から、新たに松代へ派遣された密偵である。

二

平五郎の父・堀主膳も幕府の意を体した酒井家が、真田家へ潜入させた隠密であった。

主膳は、もと武州忍《おし》の城主・阿部侯に仕えていたのだそうだ。浪人中に、武州熊谷《くまがや》を通過した際、たまたま群盗に襲われ、十余人の盗賊共の右の拳《こぶし》を一人残らず斬り落して懲らしめたことがあったという。

酒井家では、わざと遠廻しに伝手《つて》を求めさせ、真田信幸の亡妻小松の実家である本多家を通じて、真田家へ仕官させるようにした。元和七年のことである。

翌年、主膳は新婚の妻勢津《せつ》と共に、主人信幸の転封に従い、上田から松代へ移った。以来二十余年のうちに夫婦は平五郎とりつの二子をもうけた。主膳は、平五郎が二十四歳の夏に五十八歳で死去した。

平五郎は、家名俸禄と一緒に、父の秘密の任務をも継承することになった。

徳川の譜代大名のうちでも重要な位置をしめ、代々政治も中枢にあって権勢をたくましゅうしていた酒井家と自分との関係について、主膳は何故か、平五郎にもくわしく語ろうとし

なかった。しかし、

「父が今日生き永らえてあるのは酒井侯あってのことだ。われらが忠節をつくすのは真田家ではなく、酒井家であるということを、ゆめゆめ忘れるなよ」

と、これだけは生前にくどいほど念を押した。何か深刻な事情があったものらしい。

また主膳は、前もって周到に息子への教育をほどこしていた。

再び日本の国土を戦火に侵させぬためには、徳川将軍の政治が諸国大名の隅々まで行きわたらねばならないこと。戦国の世に大名たちが行った権謀術数が如何《いか》に陰惨苛烈なものであったか……。

故にこそ、表面は幕府に従属している大名たちの心魂には計り知れぬものが潜んでいるだろうことを、こんこんと平五郎の頭に叩き込んであった。

父が、十八歳の息子に隠密の任務を伝えたのは、城下東にある奇妙《きみよう》山の山林の中であった。

以前から平五郎は父の供をして、よくこの山へ鹿を狩りに来ていた。

「今日は狩りに来たのではない。今のうちに、ぜひお前に話しておかねばならぬことがあるのだ」

「何のことでしょうか?」

父は注意深く息子の表情の動きを見守りながら語りはじめた。

寂静《じやくじよう》とした雪の山林であった。

焚火《たきび》の暖かさも、冷えた弁当を頬張ることも忘れて、平五郎は緊張に蒼《あお》ざめ、父の声に聞き入った。

「当真田家は、大坂の陣に父昌幸公、弟幸村公を豊臣方へ廻し、殿は、信幸公は冷然と大御所に従った。諸大名のうちでも、ことのほか一族の結集が固く、骨肉の情も深い真田家であったのにな。これはな、平五。――豊臣か徳川か、どちらが負けても、真田の血が消え絶えぬように、親子兄弟が敵味方に分れたのかも知れぬ」

その疑惑の芽は、今も幕府にぬぐい切れぬ不安と、恐怖すら抱かせている。

家康の歿後、信幸を実り豊かな上田領内から松代へ転封させたのも、その治政の優秀と財力の蓄積を殺《そ》ぐためであった。この他《ほか》にも種々厭がらせをして、幕府は信幸の心底を計ろうと試みたが、信幸は賢明に冷静に、逆らうことなく温順な身の処し方をしてきている。それがまた一層、幕府の警戒心をそそるのだ。

主膳は、こうした幕府の微妙な立場には余りふれなかったが、こんな挿話《そうわ》を平五郎に語った。

「わしが当家へ仕えるようになった三年ほど前のことなのだが、殿の家来で馬場某《なにがし》というのが殿から罰を受けたのを恨み、逃亡して殿を幕府に訴え出たことがあったようだ」

「何のために罰を……?」

「女をだな、酒に酔って辱しめたのだ」

主膳は眼を閉じ、むしろ口惜しげに言った。

「殿は先ず領民のことが第一。次が家来ということでな、その辺は、まことに立派なものだ」

馬場某の訴えというのは、大坂の戦《いくさ》の折に、信幸が豊臣方の父や弟と気脈を通じていたという例証をあげての訴えであった。幕府は色めきたった。事実はどうでもよい。この機会に口実をつけて真田を取潰してしまえということになり、あらゆる謀略をもって、信幸を陥《おとし》れようとかかった。

しかし、どうにもならなかった。信幸はびくともしない。密偵をつかって裏づけの素材を得ようとしても、その一片だに信幸は拾わせてくれなかったのである。老中の詰問にも信幸の家老は堂々と応え切り抜けた。何とも仕方がなくなり、幕府は馬場某を追放せざるを得なかった。

信幸は、他国へ逃げた馬場某を、巧妙に上田城下へ誘《おび》き寄せて抹殺《まっさつ》してしまっている。

（そんなことがあったのか……）

と、平五郎は生唾を何度ものみ込んだ。

「よくよく考えてみい。信幸公は父も弟も徳川の手に殺されているのだ。お前どうだ？……父が他人に殺されたら、その相手の家来になれるか？」

「なれませぬ」

「ふむ。そうであろう。だからな……殿の腹の底は予知し得ぬ凄味《すごみ》をもっておる。人間というものはな、平五。いかな人間といえども必ず一点の油断はあるものだ。公儀があれほどに手をつくしてさぐりを深めても、一毛の隙さえ見出《みいだ》せなかったというのは……まことに殿は恐ろしいお方だと、わしは思う」

父は絶対的な存在であった。

平五郎は忍耐を日常茶飯のこととすべく、苛酷なまでの訓育を心身に受けていた。蔭《かげ》へ廻って可愛がってくれる母親の愛がなかったら、父を憎悪したことだろう。

父も、母のすることには見て見ないふりをしていたようだ。

「私も、私の子に、この任務を伝えるのですか?」

「それは酒井侯か幕府の指令によってだ。お前にもやがて、何かと指令が来るだろう。とにかくお前は、真田の臣として妻を迎えればよい」

そして主膳は厳命した。

「今日のことについては、母や姉にも他言は無用ぞ。よいか!」

積雪の山を降《くだ》るときに、常になく疲労した平五郎は鉄砲の重さに耐えかねた。

苦しげな荒い呼吸を吐き、冷たい汗が全身に粘りついた。

「疲れたのか?……よし。鉄砲をよこせ」

何時《いつ》もなら叱咤《しった》する父も、このときばかりは黙然と労《いたわ》ってくれたものである。

姉のりつが本多家の臣へ嫁ぎ、江戸へ去った正保三年（一六四六年）の春に、平五郎は、祐筆の白川寛之助の娘久仁と夫婦になった。父主膳が選んだ妻であった。

久仁は、信幸の側近く仕えていた女だ。主膳の眼のつけどころにも成程とうなずけるものがある。

　翌年の夏。

　主膳は死の床にあって、人払いの後に平五郎を呼び寄せ、

「わしもそうだったが、お前もそうなるのだ」

「は……？」

「われらの仕事は、一口に隠密と言うても甲賀伊賀の忍者がすることとは大分違う。術をもって任務を行い、その成否の如何《いかん》にかかわらず、姿を消すということなら、まだ容易なことだ。お前は何年も、或《ある》いは何十年も敵地にとどまっていなくてはならぬ」

「承知しております」

「口では言えるがなあ……」

　主膳は慈父の感情をむき出しにして、息子を凝視した。

　平五郎は父の涙を生まれて初めて見た。

「笑いを絶やすな。どんな人間にも、お前の人柄を好まれるようにしろ。何事にも出しゃばるなよ。他人の妬《ねた》みを受けてはならん。どの人間からも胸のうちを打ち明けられるほどの男になり終《おお》せるのだ。よいか……よいなあ」

「はい」

「いささかの失敗《しくじり》もしてはならぬ。お前が当家を追われるようなことになったら、父の苦心も泡沫《うたかた》となる」

鉛色の痩《や》せた腕を伸べ、主膳は平五郎の肩をわなわなと摑み、むしろ威《おど》すように、低く言った。

「いかに苦しくとも逃げようと思うな。そう思うたときこそ、お前の命が絶たれるときだぞ」

「はい」

「うむ……」

主膳はうなずいた。

庭の木立からの降るような蟬《せみ》の声が息苦しい父子の沈黙の中に浮き上ってきた。

主膳の双眸《そうぼう》が、ぐったりとうるんだ。

「平五郎。そういう人間になることは、切なくて、それは淋しいものだぞ。覚悟しておけいよ」

三

父が歿した年の秋――平五郎が公用で、城下の西二里ほどの矢代宿本陣へ、騎馬で出向いたときのことである。

用を済ませ、彼は単身、帰途についた。

にわか雨に笠も衣服も濡らし、平五郎は馬を急がせた。

妻女山《さいじょ》の山裾を岩野村附近まで来たとき、平五郎は、街道に沿った疎林のあたりに人の唸《うな》り声を聞いた。

「……？」

街道の左は千曲川だ。彼方《かなた》にひろがる善光寺平の耕地も夕闇に呑まれようとしている。人気は全くなかった。

「誰だ？　何をしている？」

朴《ほお》の木の下に旅の僧が蹲《うずくま》っていた。老人らしい。

「怪我でもしたか？」と、平五郎は馬上から声をかけた。

「む……は、腹をいためましてござる」

僧は、とぎれとぎれに答えた。

下馬した平五郎は印籠《いんろう》を外して、旅僧に近寄った。

「薬をあげよう。さ……」

平五郎が僧の肩に手をかけたとき、笠をかぶったまま、ゆっくりとこちらを見上げた老僧が、かねて亡父主膳から教えられていた合詞《あいことば》を囁《ささや》いたのには、さすがの平五郎も、ぎょっとした。

僧は、次に銅製の小さな矢立を出して見せた。墨壺の頂点に蝸牛《かたつむり》の図が彫ってある。これも亡父の指示と相違はない。

旅僧は、酒井家と平五郎との連絡と共に、平五郎監視の任務をも帯びているわけだ。

「遺漏なくおつとめか？」

旅僧は口を寄せて訊《き》いた。

息が生ぐさかった。平五郎はうなずいた。

僧は、かなり永い間、平五郎を注視していた。死魚の眼のように不気味でいて、しかも鋭い眼であった。

以来……この旅僧以外の何人もの密偵と、平五郎は交渉をもつことになる。

連絡は何時も向うから来た。

彼らの出没は巧妙をきわめた。

新規召抱えになった侍や、城下へ流れ込む商人、旅人、渡り中間《ちゅうげん》にまで平五郎は気を許せなかった。何時何処《どこ》で、酒井の密偵が自分を監視しているか知れたものではない。

円満謙虚、しかも凡庸な人格を粧《よそお》うことに寸秒の怠りも許されぬ堀平五郎の人生が始まった。これは孤独の挑戦に、只一人で立ち向うということであった。

やがて母が歿した。

母は一体、父の秘密を知っていたのだろうか。知っていたようでもあるし、知らぬようでもあった。父が浪人中に嫁いだ母の勢津は、その素姓についても多く語らず、平五郎もまた尋ねようとはしなかった。

母子の間には一種不思議な黙契が醸されていたようである。

そのうちに、これという理由もなく、平五郎は将棋の駒造りに熱中するようになっていた。

彼の造った駒は、わずかに今も残っている。不細工ながら実に丹念なもので、彫り込んだ文字にも製作者の愛情が滲《にじ》んでいる。駒の表面が、やや脹《ふく》らみを帯びているのも味わいがある。平五郎の碁将棋への素質は亡父から仕込まれた。棋道盛んな松代の藩士のみか、城下の豪商達のうちからも情報を得るための手段の一つであった。

しかし平五郎は、たった一つ自分に許されたこの道の興趣をひそかに楽しんだ。

駒造りを始めたのは深慮遠謀があってのことではない。

独り黙々と細工に興じているときこそ、彼はすべてを駒に托《たく》し、楽々と無心になれたのであろうか。

歳月は流れた。平五郎は隠密の鉄の鎧《よろい》を着つづけ偽装に耐えることに馴れた。孤独な心身の鬱積をも無意識のうちに、これを習慣と化し、順応する術《すべ》を体得した。

「五年だな。五年たてば苦しみも時にはまぎれてくれよう。それまでにお前が失策を仕出かさなければ、むしろ新たな喜びをさえ得ることができるであろう」

亡父のこの言葉を、平五郎は想起した。

少年の頃、父に「武士の心得だ」と言われて、十日の絶食を強要されたり、太股《ふともも》に発した腫物《はれもの》を平五郎自身の手に小柄《こづか》を握らせ、「自分でやってみよ。やれい！」と切開させられたこともある。脂汗をしたたらせつつ、まだ前髪の息子が両手を血膿《ちうみ》だらけにして、おのが皮を、肉を切り裂いている姿を、父は冷然と見守っていたものだ。

こうした亡父の訓育は、年ごとに実っていった。

政治に経済に、真田家の全貌が徐々に平五郎の前へ姿を現してくるのである。

わが探偵によって未知の世界をつかみとって行くという刺激は、平五郎に歓喜の戦慄《せんりつ》をすら与えてくれた。

平五郎は妻の久仁に、決して気を許さなかったが、だからといって彼女を愛さなかったわけではない。久仁に与える愛撫《あいぶ》の手は、信幸気に入りの侍女だった久仁を通じて、信幸の私生活や、彼女が見聞した御殿での記憶を手繰《たぐ》り寄せるために働いたけれども、同時に、甘やかな女を開花した久仁の愛情を受け、これを彼女へ返すのに、平五郎はやぶさかではなかった。

表裏二面を合せ持った夫婦生活が、それゆえに円満でないということにはなるまい。環境や立場の違いはあっても夫婦というものの本性に変りはないのだ。平五郎が内蔵している秘密も、夫婦という、見様によっては単純な人間関係にあって、別に支障とはならなかったようである。それと同じに、一子寅之助に対して、平五郎は温厚な、よき父親であったのだ。

平五郎が密偵に托して酒井忠清に送った報告書が、幕府や酒井にどんな影響をあたえたかは、元より平五郎の知るところではない。だが平五郎は今更ながら、真田伊豆守信幸という大名に驚嘆せざるを得なかった。大名勢力の減殺を常に狙っている幕府が付け入る一点の間《かん》隙《げき》もなかった。

寛永の頃に、酒井忠清の祖父忠世が「真田家の兵法は如何《いかが》?」と尋ねたところ、

「家来領民を不憫《ふびん》に思い、万事に礼儀正しくあることが兵法の要領だと心得ます。士卒も領民も下知《げじ》命令計《ばか》りでは励まぬもの故、金銀を快くつかわした上での下知命令でなくてはなり

ませぬ」と応じた信幸の治政は、この言葉のままに、藩士と領民の結束愛慕を得ている。

信幸は質素で厳然たる自らの日常を、決して崩そうとはしなかった。

信幸が一個の人間としての欲求や本能を拒否し、治政に立ち向っている姿は、立場こそ違え、我身とひきくらべて、平五郎に共感を呼ぶ。共感は愛情に連繫《れんけい》する。

(父と弟を亡ぼした権力に追従しつつ、尚《なお》も領国と人心の興隆に力をかたむけているということは……。その底に潜むものが無いと言い切れるか！)

懸命に、平五郎は、天下動乱を策している武将として信幸を見ることに努めた。島原の叛《はん》乱《らん》のこともある。慶安四年(一六五一年)に発覚した由比正雪《ゆいしょうせつ》の倒幕陰謀事件は、まだ記憶に生なましかった。

真田信幸が上田から松代へ密《ひそ》かに運んだ金は二十余万両といわれている。これは亡父の調査によって判然していたが、平五郎は、この莫大な数字をはるかに上廻るものが隠されていることを感得していた。これが明確となったとき、信利を擁して真田家に喙《くちばし》を入れようとする酒井忠清の意思は、更に搔《か》き立てられるだろう。

平五郎は事実の裏づけに熱中した。点々たる情報をない合せ、一つの網にまとめて行く苦労は、隠密としての誇りに密接している。

(今に見ておれ。殿もおれには兜《かぶと》を脱ぐことになるのだ)

毛程の油断も見せようとはしない信幸だけに、平五郎の闘志は倍加した。

隠密がもつ不可解な情熱を、ようやく平五郎は身につけたようだ。

真田信政が、松代の領主になると、すぐに酒井から指令が来た。右衛門佐の出生について調べよというのである。

真田家からの出生届出はなくとも、酒井が、これ位のことを探知するに手間暇は要らなかった。

右衛門佐の母は、江戸藩邸につとめる高橋某の女《むすめ》ということになっているが、あまりに信政が老齢なので疑惑をもたれたらしい。

わざと長男信就の勘気を解かず、行く行くは信政の跡目を沼田の信利に獲得させようと考えている酒井忠清だ。甥の信利を厭《いと》う信政の心事を推測して疑いをもったのもうなずけることであった。

（では誰の子か、右衛門佐は……？）

信政の死は、酒井からの急激な督促を平五郎にもたらしたのである。

明暦四年二月十三日——信政の死後八日目となり、信政に従って来た沼田派と、信幸の家来であった松代派との協議がようやく成立した。両派の家老・大熊正左衛門、小山田釆女《うねめ》他五名の重臣が、柴村の隠居所へ報告におもむいた。

すなわち、真田家存続のためには、信政の遺言通り、右衛門佐をもって跡目相続をさせるべきであるとの結論に達したからだ。

暴君型の信利に松代十万石を委《ゆだ》ねるには、沼田派といえども二の足を踏んだわけだ。

こうなると幕府に対して、まだ睨《にら》みがきく隠居信幸が頼みの綱であった。重臣達は、父信幸へ遺言すら残していかなかった信政を、むしろ恨めしく思った。

ちなみに、信幸の隠居願は過去十余年にわたって幕府から突き返されている。〔伊豆守は天下の飾りであるから隠退はまだ早い〕などと煽《おだ》ててきてはいるが、その真意はどんなものであったろうか。

信幸は、家老達の決意を聞くと、

「ふむ……そこまで、おぬし達は心をまとめ合《お》うたか」と、一同を見廻し、満足そうにうなずいた。

「こういうときには、得てして私情に駆られ、下らぬ面子《めんつ》にとらわれて力が粉々に分れ、騒動を引き起す因をなすものじゃが……さすがに、おぬし達じゃ」

沼田派といい松代派といい、昔はいずれも、信幸が手塩にかけた家来たちである。

息信政が松代へ来て以来、何かにつけて両派の反目が、政治の上にも習慣行事の上にもあったものだが、家の大事ともあれば、ともかくも力を合せ、至難な右衛門佐を押し立てようと決議し得たということが、老いた信幸には嬉しかった。息子への不快感さえも信幸は忘れた。

信幸は、すぐに酒井忠清はじめ四人の老中へ〔信政今度《こたび》不慮に相果て申候。倅《せがれ》右衛門佐幼少に御座候へ共、跡式の儀、仰せつけられ候様、各様《おのおのさま》へ願上げ奉候……〕と書状をしたため、同時に親類に当る内藤・高力《こうりき》の両家へも尽力を請うための依頼状を書き、加えて江戸家老の木村土佐へ家督相続許可に漕《こ》ぎつけるための運動を指示した。出費は惜しむなというのである。

信幸の命を受けて、小山田釆女をふくめた五人の使者が松代を発《た》ったのは十五日の未明であった。

一行は十九日に江戸着。藩邸で打合せを済ますと、すぐに、信幸の外孫に当る肥前島原《ひぜんしまばら》の城主・高力左近太夫隆長《こうりきさこんだゆうたかなが》邸へおもむき、信幸の書状を渡し、協力を請願した。

高力隆長は言を左右にして、五人の使者に会おうとはしなかった。すでに沼田からも酒井忠清からも手が打たれていたのである。

四日間にわたり、多大な贈物を携えて面会を請うたが、玄関払いを喰うばかりだ。

（さては……）

使者たちも藩邸も色めきたったが、ともかく岩城平《いわきたいら》の城主・内藤帯刀《ないとうたてわき》の協力を請うことになった。帯刀の三男政亮《まさすけ》の夫人は信幸の孫だ。

帯刀は信幸崇拝者だから、二言はない。すぐに高力邸へ駆けつけてくれた。高力隆長も今度は面会を拒否するわけにはいかない。出ることは出て来たが、

「私はどこまでも、松代は真田信利の相続するのが正当と存ずる」と突き放してにべ
もなかった。

老中へ提出した書状の返事として、酒井忠清の臣・矢島九太夫が松代へ到着したのは、三月四日である。

その酒井の返事には……自分としては伊豆守信利に相続させるのが真田家にとって最もよいことだと考えている。しかし、そちらから右衛門佐をという願いも出たことであるし、一応は、その願いも聞き届けられるであろう。とはいうものの一切は上様の決定によることだから、そのつもりでいて頂きたい……という意味のものであった。中途半端な廻りくどい文面である。だが、よく見ると酒井の決意は牢固《ろうこ》としていることが看取された。揉《も》めるだけ揉めさせ、後は将軍の名をもって酒井が好き自由な裁断を下せばよいのだ。

将軍家・家綱は宣下《せんげ》して間もない。年も若い。幕政は酒井が掌握している。内心は信幸に好意を持つ老中や大名にも、酒井は懐柔の手を廻しているに違いなかった。

この書状を一読するや、信幸も、

「こりゃ、いかぬわ」

めずらしく憂悶《ゆうもん》の体《てい》を見せた。

「この歳になって、まだこのような面倒にかかわりあうのか。もう何も彼《か》も面倒じゃ。わしは京へ逃げる。小さな隠れ家でも買《こ》うて、独りのびのびと暮したい。後はどうにも、よいようになれ」

信幸もうんざりしたようである。

老いた肉体に張りつめていた根気も一度に崩れかかったようであった。

「なりませぬ。此処《ここ》で大殿にお手をひかれましては、日本一の領国にしてみせようと、大殿が生涯をおかけ遊ばした真田十万石のすべては、みすみす酒井の餌食《えじき》になるばかりでございます。何とぞ最後の最後まで、お力をつくして頂きたく……」

重臣たちは懸命に請願し、諫止《かんし》した。

信幸も、ようやく気を持ち直し、再び老中にあて懇願の書状を発することになった。

これもまた酒井の無言の威圧を解き得ず、矢島九太夫は酒井からの目附《めつけ》として伊勢《いせ》町の御使者屋に逗留《とうりゅう》し、正式の監視の役目についた。

九太夫と堀平五郎との間に、連絡がつくようになったことはいうまでもない。

四

矢島九太夫が松代へ到着して十日目の午後のことである。

しばらく姿を見せなかった紺屋町の市兵衛が、堀邸を訪れた。市兵衛は五年前から松代城下へ住みつき、漆塗りを職にしている中年男だ。

「もうそろそろ御入用のころではないかと存じまして……」

と、市兵衛は何時ものように庭から廻って、離れへやって来ると、漆を詰めた容器を濡縁に置いた。平五郎が駒に彫った文字に差す漆であった。

「それどころではない。お前も知っての通りなのだからな」

引きこもって読書でもしていたらしい平五郎は鼻毛を引き抜きながら、沈痛にこたえる。

市兵衛はぬたりと笑った。

その笑いようが不快であった。常の市兵衛にはなかった不遜《ふそん》なものがある。

「何が可笑《おか》しい？」

市兵衛は黙って空を仰いだ。

土塀の彼方に遠く山頂をのぞかせている皆神山《かいじん》の山肌にも、遅い信濃の春が匂いたってきているようであった。

好晴のつづく空を、鳥が北国へ帰って行くのが毎日のように見られた。

「久しぶりで御相手が叶《かな》いませぬか？」

腐れかかった蜜柑《みかん》に油でもなすったような、毛穴の浮いた脂濃い大きな顔を振り向け、市兵衛が言った。市兵衛も将棋は巧者である。来れば盤に向い合うのが習慣となっていた。

何となく割り切れぬ思いに惑いながら、平五郎は「やってもよいが……」と答えた。市兵衛は一礼して部屋へ上り、盤と駒を運び出してきた。

久仁が茶を運んで来て、すぐに去った。

早春の陽射しが森閑と庭に満ちている。

二人は駒を並べはじめた。並べながら、市兵衛が何か呟《つぶや》いた。平五郎は、わが耳を疑った。

「……？」

うつむいたまま、もう一度、市兵衛は同じ言葉を呟いた。連絡の密偵と平五郎が交す合詞であった。

市兵衛は何時の間にか、例の蝸牛の矢立を盤上に突き出して見せ、すっと仕舞い込んだ。

(あ!!)

突発的な連絡に馴れ切っていた筈の平五郎も、このときは寒気がした。

(五年間も、おれは此奴《こやつ》に見張られていたのか……)

口惜《くや》しかった。つき上げてくる激怒を押えきれなかった。

平五郎は、躰《からだ》を伸ばし、いきなり盤越しに、市兵衛の頰を張り撲《なぐ》った。

「や……」

市兵衛は上体をぐらつかせたが、別に怒ろうともせず、また顔を伏せて、

「此度《このたび》、目附として当地に逗留中の矢島九太夫様と貴方《あなた》との連絡をつとめることになりました」

と、声にも乱れなく囁いた。

「む……」

さすがに酒井忠清だと、平五郎は思った。

平五郎は、酒井の権力というものに、このとき初めて激しい嫌悪をおぼえた。

裏の竹林のあたりで、子供の甲高い気合が聞えた。

一人息子の寅之助だ。若党を相手に木刀でも振って暴れているのだろう。

市兵衛が駒を進めてきた。平五郎も応じた。平五郎は市兵衛を、まだ睨んでいた。

五年も市兵衛に騙《だま》されつづけてきたことへの恥辱に居たたまれない気がした。

(寅だけは……寅之助だけは、おれの後を継がせたくない!!)

今までも時折は漠然と考えていた事だが、今日という今日は、平五郎も暗澹《あんたん》となった。隠密としての忍従、苦痛はともかく、その人生の一切が権力の命ずるままに動かなくてはならないことを、今やまざまざと見せつけられた思いがする。

(秘命を子に伝えよ)との指令は、まだ来ていない。しかし自分と亡父とのことに照合してみると、寅之助にもそろそろ宿命の訪問がやって来そうに思える。

(そのときがきたら、おれはどうする……おれには到底、父の真似はできぬ。こんな忌わしい思いをさせるほどなら、親子三人、他国へ逃亡してもよいわ)

平五郎は勃然《ぼつぜん》たる怒りを懸命に耐えた。

他国へ逃げようとする第一歩を踏み出したが最後、親子三人の命が酒井の刺客によって絶たれることは、誰よりもよく平五郎自身が知っている。

平五郎は駒を進めるのも上の空で、苦悶した。

そして、その苦悶の体《てい》さえも市兵衛にさとられることは危険なのである。

やがて市兵衛は、矢島九太夫からの指令と一冊の棋譜とを置いて堀邸を辞した。

指令は前もって命ぜられていた右衛門佐出生の事実を早急に確かめるべく努力せよというものであった。

棋譜は一種の暗号解読書である。これから市兵衛と会うたびに、彼の指す駒の持ち方、進め方……または盤の側面を叩く駒音の数によって「可」「不可」「時刻」「場所」などや、要領を得た会話すらも可能な仕組になっている。

その夜……平五郎は、暗号のすべてを薄紙に写しとり、これを、覚書隠匿のために細工した将棋盤の脚の内へ隠し込んだ。

棋譜は焼き捨てた。


春も過ぎ、初夏の陽の輝きが善光寺平の耕地に働く農民達の田植唄を誘う季節となった。

事態は膠着《こうちやく》状態のまま、好転しなかった。

幕府との交渉は、酒井忠清によって巧妙に阻まれた。

家督の願書は「いずれ上様の御沙汰あるまで……」という名目のもとに、酒井が握っている。

酒井は平五郎の報告を待っているのだ。

右衛門佐の母は、出産後の養生に遺漏あって病歿《びょうぼつ》したということになっているが、それも怪しいと言えないことはない。

江戸の真田藩邸へ潜入している酒井の密偵が集めた情報によると、どうやら右衛門佐は信政の長男信就が、その侍女に生ませたものだという線が浮んできたものらしい。

それが本当なら右衛門佐は信政の孫というわけだ。甥《おい》の信利を嫌い、孫を息子に仕立上げ、これに松代を継がせようと計ったのならば、真田家が将軍を騙したことになる。酒井にとっても、右衛門佐相続をはねつける名目が充分に立つわけであった。

しかし、これは人々の口の端《は》にのぼる噂《うわさ》を掻き集めたものだ。確固たる証拠にはならない。

平五郎も、奥向きの女達や、師岡治助などに周到な探りを入れてみたが、これという収穫を得ることができない。

右衛門佐は江戸に居た。信就は松代城内二の丸御殿奥の居室に住み、日夜、悠然と詩作にふけっている。当年二十五歳だが、無口で芸術家肌の男であった。変人といってもよい。そうした信就だから、前将軍に目通りした際の態度でも咎《とが》められ、勘気をこうむったのであろう。

まさかに信就の前へ出て「あなた様は右衛門佐様の父君ではございませんか」と訊くわけにもいかない。

平五郎も焦ってきた。

けれども、いざとなれば酒井も強引に手を下すに違いなかった。

「伊賀守信利をもって家督させよ」

と、将軍の名をもって命ずればよいのである。

そうなれば、しかし面倒なことは面倒であった。

真田家のものが、はなはだ尋常でない覚悟を決めて、酒井の出方を待ちかまえていることは、酒井も平五郎の報告によって承知している。

なるべくならば騒乱を避け、自分の政治力によって、無事に信利を松代の領主にさせたい。

信幸の蓄財数十万両を併せ持つ松代藩を、わが手のごとく自由になる信利に与えることは、酒井忠清にとっても行先が楽しみなことになる。

こうして双方は、睨み合ったままになった。

端午の行事も忘れ果てたほど、城下町は沈痛な雰囲気《ふんいき》に支配されていた。

「毎年、田植どきになりますと、大殿さまは角矢倉《すみやぐら》へおのぼりなされ、千曲川の彼方からゆったり流れてくる田植唄を、じいっと何時までも、床几《しょうぎ》におかけ遊ばしたまま、それは嬉しげにお耳をかたむけてございましたのに……今年は百姓たちも田植唄さえ口にせぬそうで……大殿さまも、どんなにお淋しくお思い遊ばすことか……」

久仁は、平五郎に嘆いた。

柴村の丘の上の隠居所は、敷地二千坪ほどのものだが、信幸は、老軀《ろうく》を、その奥深く隠して沈黙に徹している。政治向きのことは重臣たちに任せ切っているようであった。

公務は渋滞なく行われた。領民が迷惑するようなことは決して起きなかったが、かなりの暗闘もくり返された。

故信政が沼田から引き連れて来た家来のうちには、信利の勝利を算盤《そろばん》に弾《はじ》いて、去就を決めかねている者も多い。

また、早くも沼田から松代へ移る折に、信利派と気脈を通じ、前々から松代の動静を沼田へ密告していた者もある。

こうした連中を除き、藩士の約三分の二が、数回にわたる評定《ひょうじょう》の結果、血判連署の誓いをたてた。

「女子供にも明かしてよいとの、重役方の仰せだから、お前に話すのだが……」

平五郎は、最後の評定が終って帰宅した夜に、寝間へ入ってから、久仁へ言った。

「右衛門佐様家督が許されぬ場合は、伊賀様（信利）が乗り込まれても……又は取潰《とりつぶ》しにおうても、どちらにしても連判状に名を記したものは御公儀に反抗して訴訟を起し、聴き入れられぬときは、城中に於《おい》て、切腹と決まった」

「あなたも、その連判に……」

「むろん加わった」

夫婦は、互いに、互いの面《おもて》に動き閃《ひらめ》くものを読みとろうとしたが、効果はなかった。

夫婦とも、紙のような表情を崩そうとはしなかった。

（思ったよりも芯《しん》の強い女だ）

純粋な真田の家臣だったら、平五郎も妻を誇りに思ったことだろう。

しかし、このときの平五郎の胸裡《きょうり》は、悲哀の針に刺し貫かれた。

久仁は久仁でまた、正義と忠節に泰然と殉じようとしている良人だと信じていた。

それだけに女ごころを哀《かな》しくたかぶらせたものか……。

近頃めっきりと、四肢に肉の充ちた久仁は、その夜の平五郎の愛撫に、激しく応えた。

五

物憂い灰色の雨が城下町にけむる明け暮れとなった。

分家の沼田から伊賀守信利の使者・中沢主水《もんど》が松代へ来たのは、旧暦五月十二日である。

主水は柴村の隠居所へ伺候した。

信幸は、侍臣・玉川左門をもって応接せしめた。

「近々、御老中・酒井雅楽頭《うたのかみ》より書状が到着のことと思いますが……」と主水は、主人伊賀守からの言葉であるから、よくお聞きとりの上、御老公へお伝え願いたいと前置きして、滔《とう》滔《とう》とのべたてた。

口頭による伝言である。信幸に対して、こうした非礼をあえて犯す信利や主水に、玉川左門は憤懣《ふんまん》やる方なかったが、聞くだけは聞いた。

信幸の老齢に見きわめをつけきっていることが、こうした分家の高圧的な態度を誘因するのであろう。左門は怒りの哀しさに耐えた。

「公儀の意向は、すでに自分を推挙することに一決した。よって、そちらの方も其《その》心得をもって自分に協力すべきである。もし従わぬとあれば、後になって臍《ほぞ》を噛《か》むことになろう」と言ってきたのだ。

左門は軽蔑《けいべつ》の視線を主水に射つけた。

「御老公の御返事が必要でござるのか」

「申すまでもないこと……」と、主水は胸を張る。

奥へ入った左門は、再び使者の間へ戻り、

「御老公の御言葉でござる」

「は……」

立ちはだかったままの左門に、仕方なく主水も頭を下げた。

「伊豆守信幸を中心に結び合うた真田の心骨は、沼田のもののすべてが承知の筈である。右衛門佐家督の儀は微少の変動もなし、とのことでござる」

「無駄でござるぞ。伊賀様家督ともなれば万事円満に、御家も潰れず只一人の浪人も出すことなく、伊賀様に受け継がれるのでござる。ここをよく、もう一度お考え……」

「無駄じゃ！」と左門も、きっぱりと押しかぶせた。

憤然と中沢主水が沼田へ引き上げた翌日に、江戸から使者が飛来した。信幸派の親類・内藤帯刀の使者であった。

帯刀の書状には、絶望的な観測が記されていたものとみえる。

この際、信幸の力を全面的に殺《そ》ぎとり、松代を信利のものにしておいた方が、公儀政道にとって安全だという酒井忠清の説得を老中が受けいれ、後は将軍の名をもって裁決が下るところまで来たものらしい。

由比正雪の叛乱事件が起ってから僅か七年ほどしかたっていない。それだけに幕府も、一騒動覚悟で断を下そうと腹を決めた酒井の説得を了解したのだろう。この内意を知った〔沼田〕が高飛車に言いつのってきたわけも成程わかる。

信幸は書状を一読し、控えていた師岡治助に言った。

「この書状によれば、もう見込みはない。内藤帯刀も弱気になったぞよ。ふふふ……この際、熟考の上、万全の処置をとられたいと言うてきておる」

「に、憎むべき酒井の専横……」

「待て。これは酒井が、わしを威《おど》しにかかっておるのじゃ。松代のものが城を枕に腹切って、是非を天下に問うということになれば、酒井も天下の政事を預かるものとして、不信の箔《はく》を捺《お》されかねまい。じゃからな、酒井が起つときは……」

信幸は口を噤《つぐ》み、瞑目《めいもく》した。

九十三歳には見えぬ血色と皮膚の張りが自慢だった面貌も、近頃は窶《やつ》れて、両瞼《りょうまぶた》の皺《しわ》は重く、隈《くま》が浮いている。

「酒井が起つときは、わしを叩き潰す道具の揃《そろ》う見込みがなくなったときじゃ。まだ少しは間があろう」

「なれど、このままでは……」

信幸の居室は、書院傍《わき》の階段を上った中二階風のものである。

今朝から珍しく雨が跡絶《とだ》え、速い雨脚の隙間から薄陽もこぼれてくる午後であった。開け放った窓から、庭の栗の木が穂状の白い小花を房々とつけて、室内の主従二人を覗《のぞ》き込んでいる。

信幸は、何時《いつ》までも、この栗の花に沈思の瞳《ひとみ》をただよわせていた。

そのうちに、信幸の面が見る見る血の色をのぼらせてくるのが、治助にもわかった。

信幸が振り向いた。治助は主人の言葉を待ちかまえた。

「どちらにしても、同じことよ。思いきってやるかの……やって見るより仕方がなかろう」

そして信幸は、こんなことをするのは好まぬのだが、と吐き捨てるように、つけ加えた。

堀平五郎に信幸の呼出しがかかったのは、その翌朝である。

平五郎は、数カ月ぶりに柴村へ伺候した。

居間の炉に火が燃えていた。

外は、またも霖雨《りんう》である。

「梅雨どきは冷えての」

信幸は手を炉にかざして、

「しばらくじゃったの。女房子供に変りないか」

「はい。お蔭《かげ》をもちまして……」

「大きゅうなったろうの。ほれ、何とか申したな、熊とか虎とか……」

「寅之助めにございますか?」

「おうおう。そうじゃった、寅之助……」

「腕白の盛りでございまして……」

「子供のうちが花じゃ。わしを見よ、平五郎……十四の頃には鎧《よろい》を着せられ、戦場に突き出され、否応もなく血の匂いを嗅《か》がねばならなかったものじゃ。それより八十年。家を守ることのみに心身を傷めつづけて、ようやく楽隠居の、ほんの二年か三年を冥土《めいど》への土産にすることを得たと思うたとたんに、この騒ぎじゃ」

面を伏せたまま、平五郎は、信幸の深い吐息を聞いた。

（大殿も、急に弱くなられたな）

この分なら、右衛門佐の一件は別にしても、もうしばらく粘って、酒井が威したり賺《すか》したりして説得すれば、案外に、信幸の翻意が実現し、信幸の力により藩論もおさまるところへおさまるのではないか……と、平五郎は考えた。

「今日、そちを呼んだのはな……」

「はい？」

「うむ……まあ、よい」

「何事でございましょうか？」

何故《なぜ》か、信幸は、ためらった。

「まあ、よい。ともかく久しぶりに相手いたせ」

平五郎は、自分が献上した例の駒と盤を信幸の前に運んだ。夕刻になるまでに三局ほど戦った。

常になく、せかせかと駒を進める信幸であった。平五郎は二局を勝った。

信幸に将棋を楽しむ余裕のあろう筈がない。苦悩をまぎらわすための将棋なのか……。

その間に、二度ほど、信幸が何か言いかけては躊躇《ちゆうちよ》するのが、平五郎には気になった。

日が暮れ、酒肴《しゆこう》が出た。

妻子への引出物まで貰い、さて平五郎が退出しようというときになって、信幸が、

「待て!!」

思い余った果ての決意をこめて呼び止めた。

信幸は人払いをした。

廊下に見張りまで置いた。只事ではない。

「平五郎。そちにやって貰おう」

「は……？」

「この隠居所に仕えるものをやっては、反《かえ》って目に立つ。そちがよい。将棋の相手に呼んだのだが、そちの顔を見て心が決まった」

「何事でございましょうか？」

「寄れ！」

「はっ」

膝行《しっこう》すると、信幸が口を寄せた。

「右衛門佐はな……実は、ありゃ信政の子ではない。信就の子なのじゃ」

（そうだったのか、やはり……しかし何故、おれに、こんな重大事を打ち明けるのだ）

平五郎の頭脳は目まぐるしく回転を始めた。

「右衛門佐を生んだ女は、まだ生きておるのじゃ」

「何と仰せられまする」

「公儀の眼がうるさいので、わしが隠してある。知っているのは、今のところ、わしと師岡治助。それに、そちだけじゃ」

「は……」

「目附の矢島九太夫をはじめ、沼田へ内応している者どもや、城下へ入り込む隠密どもが蠢《しゅん》動《どう》するので、わしも落ち落ち眠れぬのだ。この秘密を酒井に握られたなら、もうどうにもならぬわ。こうなっては不憫《ふびん》じゃが、その女の命、断つより仕方がないと思う」

鋭く、平五郎は信幸を見た。

この場合、どんなに切迫した眼の色になっても不自然ではない。平五郎は懸命に、信幸の意中を探った。

疑うべきものは何もないようであった。

信幸は、尚《なお》も縋《すが》りつかんばかりに平五郎に言った。

「やってくれるか?……そちならば誰にも気づかれまい」

成程、凡庸円満な平五郎が城下を出ても怪しまれない。連判状に加わった者の中にさえ沼田への内応者が五人はいる。この連中が間断なく隠居所の動向を見張っているのだ。たとえば、師岡治助や玉川左門が、この役目を果しに行けば必ず感づかれてしまうだろう。

漆塗り市兵衛の言によれば、

「信政急死以来、隠居所のみか、重臣の一人一人にまで、われらの網の目から洩れぬよう手配がととのっている」

のだという。

「平五郎、命に替えましても……」

「おお。やってくれるか」

「はっ」

頼母《たのも》しく引き受け、平五郎は退出した。

右衛門佐を生んだ侍女は、下女下男四人に守られ、城下から東北五里余の小河原というところに設けられた隠宅に潜み住んでいるという。

これを下女下男もろともに殺害せよというのが、信幸の命令であった。

「屋敷へ戻るな。このまま発てよ」

信幸の指示である。平五郎は、すぐに城下を出た。すでに深更であった。

途中で袴《はかま》を脱ぎ、尻を端折《はしょ》り、雨合羽に菅笠《すげがさ》といういでたちとなった。

(おれが二十年をかけて摑《つか》みとった秘宝を、右から左へ、むざむざと酒井に渡してしまうのか……惜しい。渡すのがおれは惜しくなった)

鳥打峠《とりうちとうげ》の山裾に沿った小道を大室村のあたりまで来ると、予期したごとく漆塗り市兵衛が追いついて来た。

柴村一帯を見張る密偵の連絡によって駆けつけたものである。

「大丈夫ですな？　堀殿……」

すべてを聞き終って市兵衛は念を押した。

「おれのすることだ。念には及ばぬ」

秘宝を手渡してしまった後の虚脱を味わいつつ、呻《うめ》くように平五郎は答えた。

市兵衛も昂奮《こうふん》していた。脂を含んだ小鼻をひくひくさせ、

「すぐに矢島様からの指令を受けて戻ります。貴方は、それまで待っていて頂きたい」

「よろしい」

市兵衛は引き返して行った。

降りしきる雨の中に、平五郎は市兵衛の戻るのを待った。

そのうちに、平五郎の胸は、再び勝利の快感に波立ってきた。

(ついに……ついに勝ったなあ！)

信幸の偉大さに喰い下り、忍びつづけてきた甲斐《かい》があったというものである。

(大殿も、おれにだけは負けたのだ。おれは、あの巨大な城壁を見事打ち破ったのだからなあ……)

深い満足感の後で、平五郎はやがて、得体の知れぬ寂寥《せきりょう》が自分を侵してくるのを知った。

(喜ぶのは沼田の馬鹿大名と酒井忠清のみではないか。隠密のおれに、褒賞《ほうしょう》は無いのだ)

いずれは信幸とも対決しなくてはなるまい。

平五郎は重要な証人である。

そうなれば、まさか真田の家来として松代に居るわけにもいくまい。すべては酒井の指令一つにかかっている。

(おれは、酒井が操る人形にすぎないのだ)

先のことは全くわからない。妻や子の将来すらも酒井の手に托《たく》さねばならないのだ。

一刻《いっとき》（二時間）ほどして、市兵衛が戻って来た。

平五郎は提燈《ちょうちん》を差し上げた。市兵衛は他の四人の男と共に近寄って来た。男達は、いずれも農民風の身仕度で覆面をしている。抱えている藁苞《わらづと》の中は刀であろう。

「貴方は、この書状を持ち、すぐさま江戸へ発足《はっそく》するようにとのことです」

市兵衛は密書を平五郎に渡し、さらに言った。

「御内儀、御子息のことは心配なさるな、矢島様が、すぐ手を打たれます」

「左様か……」

安堵《あんど》が、急に平五郎の身を軽くした。

（二十年のおれの苦心を、やはり酒井も考えていてくれたのか……）

どんな手が打たれるか知らぬが酒井のすることだ、安心していてよいと平五郎は思った。

平五郎は身内に力が湧《わ》き上るのを、ひしひしと感じた。

矢島九太夫から酒井忠清に当てた密書を抱き、堀平五郎は徳坂のあたりから山越えに鳥居《とりい》峠《とうげ》へ向った。

峠は国境である。峠を越え、吾妻《あがつま》の高原を沼田に出れば、もはや安全圏内といってよい。沼田から江戸までは、沼田藩から平五郎の護衛が用意される手筈になっていた。

市兵衛其他の密偵は、雨を衝いて一散に小河原へ向う。右衛門佐の母を証人として捕えるためだ。

その頃……火急の用事あり、寅之助と共々出頭せよという信幸の使いを受け、平五郎の妻久仁は、寝ぼけまなこの寅之助と一緒に、柴村の隠居所へ入った。

矢島九太夫が、夜の明けぬうちにと放った刺客五名は、沼田内応派の侍の手引によって、堀邸を襲ったが、目当の久仁も寅之助も、若党、下女に至るまで、邸内に人気は全くなかった。

妻子を抹殺《まっさつ》されることを平五郎は知っていたのか？　いやそんな筈はない……と、九太夫は考えた。万一を慮《おもんぱか》って堀家のものを抹殺してしまおうと決断を下したのは、九太夫が咄《とっ》嗟《さ》の一存である。

（平五郎に、さとられる筈はない。しかし、これはどういうことなのか……？）

九太夫は眉を寄せた。

ともかく、松代城下に潜入させてあった密偵を早急に領外へ散らすべく、九太夫は指令を下した。

（平五郎も市兵衛も失敗《しくじ》ったのか？）

雨が上って、朝霧の中を、漆塗り市兵衛が忍び戻って来た。九太夫は、ほっとした。

すべては完了したと市兵衛は報告した。女は四人の密偵に護られ、今頃は鳥居峠を越えているであろうというのだ。

「女は白状いたしませせなんだが、その挙動、狼狽《ろうばい》のありさまなど、正《まさ》しく右衛門佐殿を生んだ母に……」

「間違いないと言うか？」

「はっ」

「よし。おぬしも早々に散れ。事を仕済ましたからには一筋の尻尾《しっぽ》も毛も摑まれてはならぬ」

「承知」

路用の金を貰い、市兵衛は、御使者屋内庭の霧に溶けた。

間もなく、九太夫に急報が入った。

松代領内から他領へ抜ける街道、間道のあらゆる場処は蟻《あり》の這《は》い出る隙間もなく藩士の手によってかためられ、密偵が逃亡しかねているというのである。

（老公にさとられたのか……？）

九太夫は胸が騒いだ。手落ちはなかった筈である。この御使者屋にも真田の家来が詰めてはいるが、発見された様子は微塵《みじん》もない。

厳重な警戒は、丸二日後に解けた。

その間、密偵探索の気配などは露にも無かった。ただ領内の者すら一人たりとも外へ出すまいとしていただけのようである。

酒井の密偵達は、無事に他領へ散って行き、九太夫は狐につままれたような気持がした。

六

庭の何処《どこ》かで、蛙《かえる》が鳴いている。

今日の雨は霧のような雨であった。

「平五郎は、もう江戸に着いたかの?」

信幸は、手を囲炉裏《いろり》にあぶりながら、師岡治助に声をかけた。

「はい。丁度、その頃かと存じます」

「久仁や子供は、どうしておる?」

「もはや覚悟も決まり、落ちついたようで……」

「わしのために、平五郎に死んで貰うたと言い聞かせたが……久仁は、涙ひとつ落さなんだわい」

室内には、信幸と治助と、もう一人の男が居た。

「市兵衛。用意がととのいしだい、そのほうも、あの母子と共に、岩城平へ行けい。道中は充分に警護してつかわす」

「恐れ入りましてござりまする」

漆塗り市兵衛であった。衣服も髪も武士のものだ。今日は、彼のたるんで脂臭そうな顔も何処か引き締って見える。

「市兵衛にも、いかい苦労をかけたの。そのほうが親子二代四十年に渉《わた》って、幕府の隠密となり終《おお》せた苦労、人ごとには思わぬ。手ひどい役目を、わしも言いつけたものじゃ。許せ、許してくれい」

「何の……」

市兵衛の両眼に涙があふれた。

「堀平五郎殿とくらべて、父も私も隠密としての冥加《みょうが》は身にあまるものがござります。私は、大殿の御役《おやく》にたつことが叶《かな》いました」

「いや。わしは、そのほうや、そのほうの父の一生を台無しにしてしもうた」

「何を……勿体《もったい》ない……」

自在鉤《じざいかぎ》の竹の燻《くす》んだ肌に、一匹の蠅《はえ》がとまって凝《じっ》と動かないのを、いとおしげに見やったまま、信幸は、

「酒井と同じようなやり方で身を守りたくはなかったのじゃが……なれど、どうしても、そのほうの父を潜入させねばいられない気持じゃった。こちらがいかに正しく身を持していようとも、只手をつかねていては毒の魔力には勝てぬ……わしも、これで小心者ゆえなあ」

信幸は、少し開けてあった窓を閉めよと治助に命じてから、しみじみと、

「平五郎もあわれなやつじゃ。このまま何の騒ぎも起らなんだら、あやつも真田の家来として一生を終えたろうにの。わしは、すべてを平五郎の前にさらけ出してやった。わしの治政を、わしの裸の姿を、平五郎から酒井の耳に入れ、真田には隠密の必要なきことを、酒井に知らしめてやりたいと思うたからじゃ」

市兵衛が膝《ひざ》をすすめた。

「大殿は、平五郎の素姓を何時から御存知でございましたか？」

「そのほうが知らせてくれた十年も前からじゃ」

と、信幸は薄笑いした。

「あのように、来る日も来る日も、にこやかな笑いを絶やさぬ男というものは、わしの眼から見れば油断ならぬ男であった……わしはの、市兵衛。血みどろの権謀術数の海を泳ぎ抜いて、しかも生き残った大名じゃからの」

数日後には、久仁も寅之助も、吉田市兵衛と共に、岩城平の内藤家へ移ることになっている。酒井の探索を考慮しての、信幸の処置であった。

内藤家には使者が飛んだ。間もなく了承の返事が来ることだろう。久仁は何も知らぬ。良人が御家大変に当り一身を投げうって秘密の任務に殉じたのだと信じていた。

「平五郎のことを知るものは、いま此処《ここ》に居る三人だけじゃ。決して洩らすなよ。洩らしては、久仁が……あの寅坊主が可哀想じゃ」

ひたひたと夕闇が室内にも忍び込んできていた。

灯が入り、酒肴が出た。

治助は思いきって、信幸に尋ねた。

「うまく事が運びましょうか？」

「まず大丈夫じゃ」

手箱を引き寄せ、信幸は一通の書状を治助に渡した。矢島九太夫から酒井忠清へあてた密書である。市兵衛が平五郎へ渡す前に、掏替《すりか》えて、信幸に届けたものであった。

治助は密書を読み終えた。

信幸は、市兵衛の酌《しゃく》で盃《さかずき》をとりあげ、ゆっくり飲み終えると、

「酒井も此処まで、わしに尻尾をつかまれて悪あがきもすまい。右衛門佐家督は許されるであろう……わしは、出来ることなら、こうした女々《めめ》しい陰険な謀略によって、酒井と勝負をしたくはなかった……なれども、老いさらばえた今のわしには、もうこんな手段をつかうより途《みち》が無かったのじゃわ」

信幸は自嘲《じちょう》した。

そして、自分が亡き後に、酒井の恨みが、どんな形であらわれるかが問題だと語った。

「おそらくは、わしの遺金も、十万石の身代も幕府の手によって次から次へと搾りとられてゆく事であろう。課役の名目によってな……」

治助と市兵衛は、凝乎《ぎょうこ》として見合った。

信幸は、ふっと微笑を浮べた。浴室の羽目に揺れる陽炎《かげろう》のような微笑であった。

「治政するもののつとめはなあ、治助。領民家来の幸福を願うこと、これ一つよりないのじゃ。そのために、おのれが進んで背負う苦痛を忍ぶことの出来ぬものは、人の上に立つことを止《や》めねばならぬ……人は、わしを名君と呼ぶ。名君で当り前なのじゃ。少しも偉くはない。大名たるものは皆、名君でなくてはならぬ。それが賞められるべきことでも何でもない、百姓が鍬《くわ》を握り、商人が算盤をはじくことと同じことなのじゃ」

信幸は尚も熱情をこめて、

「治助、今言ったことを忘れまいぞ。よいか」

「はい」

「家来が殿様を偉いと思い込んでしもうては駄目なのじゃ。もう怖くて口がきけなくなるわ。わしとても人間じゃ。何度躓《つまず》きかけたことか……現にそれ、今度の騒ぎでも、わしはすべてを捨てて、京へ逃げようとしたではないか」

「あれは、本気でございましたのか……」

「そうとも。それを家老どもが諫言《かんげん》してくれた。あの諫言なくては、わしも平五郎をつこうての計略すら思いつかなんだわ……じゃからなあ、治助。良き治政とは、名君があり、そして名臣がなくては成りたたぬものなのじゃ。そのどちらが欠けても駄目なものよ」

信幸は自分の死後に、こうした君臣を生むべき土壌をつくることが、お前達の役目だと語り、将来にどんな困難が真田家を襲おうとも、土壌にさえ肥料が絶えねば必ず切り抜けることができよう、と結んだ。

信幸は腰を上げ、両腕を伸ばし、軽く欠伸《あくび》をした。

「疲れた。えらく疲れた。今度は、わしも寿命を縮めたわい……わしは、もう眠る。そち達もやすめ」

七

沼田の真田信利が付けてくれた六名の藩士に護衛された堀平五郎が、千代田城大手門下馬先の酒井邸に入ったのは、松代を発してから四日目の朝である。

〔異変〕を感じた矢島九太夫が、平五郎の後を追わせた密偵は、信幸の命によって封鎖された松代領内を抜け出すのに、封鎖解除になった二日後まで待たねばならなかった。とても平五郎には追いつけなかったわけだ。

江戸も雨であった。

雅楽頭忠清は登城前であった。

平五郎は雨と泥に濡れた衣服を着替えさせられ、邸内奥庭の茶室に通された。

忠清が直《じ》き直きに会おうというのだ。

暗い光線を背に、平五郎の一間ほど前へ坐った酒井忠清は、このとき三十五歳。好みの偏《かたよ》った、権勢への欲望烈しい性格であった。

平五郎は、蝸牛《かたつむり》の矢立と一緒に、矢島九太夫からの密書を差し出した。

「右衛門佐様出生の事実にございます」

「何！」

酒井の顔色が変った。

「判明したか？」

「はっ」

「うむ。出かした、出かしたぞ」

眼を輝かせ、密書をひろげにかかる酒井の手は、ぶるぶると歓喜に震えている。その震え方が露骨であった。平五郎は眉をひそめた。

初めて見る酒井に、平五郎は厭気《いやけ》がさした。信幸の巨木のように根の坐った風格が、今はなつかしかった。

(こんな奴の、おれは飼犬だったのか!)

平五郎はうつむいた。

書状を繰りひろげる音が中断した。

不穏な気配を、平五郎は感じた。

眼を上げると、ひろげた書状の向うから酒井の眼だけが見え、その眼が不気味に、こちらを注視している。

(……?)

変だなと思った。つい今までの酒井とは、がらりと変った酷薄な眼つきなのである。

酒井が、また書状を読みはじめた。

読み終えると、酒井は書状をろくにたたみもせず、下へ置き、当夜の一部始終を話せと命じた。

平五郎は語った。語りつつ、声が不安に詰った。

一切を聞き終ると、酒井忠清は立ち上った。立ち上りざまに、書状を平五郎の前に蹴《け》ってよこした。

(あ……?)

驚く平五郎には振り向きもせず、敗北の苦渋に面を歪《ゆが》ませた酒井忠清は、茶室から消えた。

平五郎は書状に飛びつき、貪《むさぼ》り読んだ。

〔一筆啓上候。御無事に御座候や承度存じ奉り候……〕から始まる真田信幸自筆の、酒井忠清にあてた書状であった。

平五郎は愕然《がくぜん》とした。

信幸は酒井に、こう言っている。

親子二代の隠密・堀平五郎を御手許《おてもと》にお返しする。平五郎を始めとして御手配の密偵、城下に蠢動することしきりなるため、まことに煩わしく、此際《このさい》、密偵のいずれにも城下を去って貰いたく考え、平五郎を先《ま》ずお返し申し上げた。右衛門佐出生につき平五郎に踊って貰ったのもその為《ため》である。矢島九太夫から酒井侯へあてた密書は確かに自分が預かっている。この密書を自分がどう処置するか、それは、そちらの出方ひとつで決まることだ。なお、右衛門佐出生のことは、当方では何時何処でなりと、確乎たる証人証拠を揃えて御不審に応じよう……というものであった。

「ま、敗《ま》けた！」

顔面蒼白《そうはく》となり、思わず平五郎は口走った。

畳に突伏した平五郎の両肩が、がくがくと、不安定に揺れ動き出した。

彼は、わけもわからぬことをつぶやき、また低く喚《わめ》いたりした。畳から茶室の壁へ、天井へ、狂った平五郎の眼が、うろうろと迷いうごいた。

立ち上った平五郎は、やたらに、其処《そこ》ら一面に唾を吐き飛ばしはじめた。

雨が繁吹《しぶ》くように茶室の屋根や軒を叩いてきた。
庭に面した障子が、するりと開き、刺客の刃《やいば》が白く光った。

真田《さなだ》騒動

―恩田木工《おんだもく》―

一の章

一

信州・松代《まつしろ》藩の足軽、約千人の代表として七十五人が、寛延二年（一七四九年）九月晦日《みそか》の午後に、普請奉行・彦坂小四郎《ひこさかこしろう》の役宅へ訴え出た。

それは、年に三両から五両、または一人扶持《ぶち》、二人扶持という、彼らにとっては妻子を養うに手一杯の俸給の、しかも数年にわたって減給されたものまでも押せ押せにとどこおりがちになり、この一年ほどは、ほとんど支給されないも同様という藩庁への不平不満からだった。

奉行の彦坂は、光るような新調の衣服を着ながしにしたまま出て来ると、酒くさい弛《たる》んだ顔をゆがめ、いきなり叫んだ。

「何だ、このありさまは……身分がらをわきまえず、このような騒ぎを引き起して、それでよいのかっ。お咎《とが》めをうけるぞ、お咎めを……よいか、よく聞け、殿様御勝手元《おかってもと》が苦しければだな、家来のわれわれが俸禄を差し出すのは当り前ではないか。お前たちばかりではないのだぞ、よいか。藩士ことごとく、上から下まで、この困難に耐えているのがわからぬのか」

彦坂は、藩の執政として、いま縦横に権力をふるっている原八郎五郎の従兄《いとこ》にあたる男である。

松代藩の当主・真田《さなだ》伊豆守《いずのかみ》信安《のぶやす》は、藩祖信幸《のぶゆき》が此地《このち》を領して以来、五代目の藩主にあたり、その治政はこの年で十三年ほどになる。

この間、ことに二年ほど前から、百姓、町人たちへも無理な年貢、租税を強制し、藩士たちの給与も、どしどし減給の処置がとられ、苛酷な政令によってしぼり取られた金や米が、奇怪な濫費や収賄、贈賄の根元になってきている。

奉行との交渉は、どこまで行ってもおなじことで、奉行の怒声と、警衛の役人の圧迫とに失望した足軽たちは、奉行役宅を引き揚げ、この月の月番家老・恩田木工《おんだもく》の屋敷へ押しかけた。

恩田木工民親《たみちか》は、この日、家老月番の最後の日のつとめを終って屋敷へ帰り、着替えの世話をしていた妻女のみつをとらえ、

「どれどれ。ふむ、大層たまっておるではないか」

と、ひょろ長い躰《からだ》を窮屈そうに屈《かが》めて、みつの耳掃除をはじめたところだった。

庭の竹林や、落葉の上に、雨の音が冷たくしずかにこもっている。

あっという間にすぎ去った夏の陽射しが、昨日の夢のようにおもわれるほど、長い信濃《しなの》の冬が、もう目の前に駆けよってきていた。

雨の中を殿町へ向う足軽の群れを見かけた、みつの実弟に当る望月主米《もちづきしゅめ》が急いで裏道を駆けぬけ、恩田邸へ知らせに来た。

木工は、耳搔《みみか》きを投げ捨て、

「何処《どこ》で見かけた?」

「はあ、青山先生から稽古の帰り、たったいま、紺屋町の通りでぶつかりました。口ぐちに恩田様御屋敷へ訴え出ると、叫びかわしておりましたので、私、お知らせに……どうなされます?」

「会おう。今日一杯は月番だからな」

主米は熱しきった躰を身もだえさせて、

「私、無理のないものにおもえます」

「何が?」

「足軽どもの怒りがです。恥です。御家の……」

主米とみつが木工にそそいでいる視線には、なかば恨みがこもっている。

一藩の家老といえば藩政を主宰する最高の職制だということを忘れないでいただきたい……と、これは、木工にだけではなく、みつや主米には実父の、やはり家老職の一人である望月治部左衛門《じぶざえもん》にも、この姉弟はいいたいところなのだろう。

しばらく黙ったまま二人の視線に耐えていた木工は、

「着替える。裃《かみしも》を出せ」と、帯を解きにかかった。

間もなく、庭の向うの長土塀の彼方《かなた》から、泥濘《ぬかるみ》を踏んで近づく大勢の足音が重苦しくひびいて来た。

二

玄関から長屋門にかけ、門外へもあふれて、合羽をぬぎ、夕闇の中に、くろぐろとかさなり合った足軽たちの垢《あか》じみた木綿の着物と袴《はかま》をつけた躰から発散する強い汗のにおいが、あたりにたちこめ、その頭上に雨が白く光っている。

月番の家老として、一時も早く、この騒ぎを取りしずめなければならない責任と、家老でありながら、原一派に握られている藩の財政の内幕、その実体さえもつかみ得ない、いまの自分に不安と怒りをおぼえ、ともすれば刺立《とげだ》ちかかる気持をおさえて、

「みんな、合羽を着たらどうだな」

裃に威儀を正して応対する木工の姿には、先刻の彦坂とは全く違う誠意が感じられ、それだけに、この言葉のあたたかさが、足軽たちの激しい昂奮《こうふん》を、やや醒《さ》ますことになった。

木工もまた敏感に、その反応をみてとり、玄関式台の床几《しょうぎ》に腰をおろした。

足軽たちは合羽を着こみ、やがて、小頭《こがしら》の内川小六という者が、木工にまねかれてすすみ出た。

小六は訥弁《とつべん》ながら必死に訴えはじめた。

木工の両脇には、用人の馬場宗兵衛と精悍《せいかん》な若党・山口正平が緊張してひかえている。

足軽たちの要求は、従来とどこおっていた俸給を、一年分だけでもよいから即時に支給されたいというものだった。

前々から手続きをふみ、奉行へ上申したのも再々のことで、そのたびに何の御沙汰もなく、このままでは家族を抱えて路頭に迷うよりほかなくと訴える小六は、

「この二、三年は御領内の作物もよく実り、それに、百姓たちには先納《せんのう》（翌年）、先々納《せんせんのう》（翌翌年）までおおせつけられるからには、御米蔵がはち切れるはずだと存じます」

と思いきって皮肉に、家老の木工を前にしていったのは、小六も余程の決心を固めているにちがいない。だが、さすがに気がとがめたらしく小六は重い声になり、

「乾徳院様《けんとくいん》（信弘）のころより、殿様御手許《おてもと》もとぼしく、お困りのことは、私ども、よく、承知の上で申しあげます。そ、それにしても――」

と、また、たまりかねたように、

「それにしても、近頃の御家のありさまは、あ、あまりのことだと存じます」

訴える小六の声につれて、足軽たちの血も騒ぎ出してくるのか、ひたひたと小六の背後につめ寄せ、木工の僅かな表情の変化さえも見逃すまいとしている。

木工は、まず、殿様も出府されてお留守のことだし、今日は引きとってもらいたい。一同の気持は、よく聞きとどけた……と、ごく平凡な慰撫《いぶ》をあたえた。

「それだけでは私ども、納得ができかねます。せっかくのお言葉なれど、それだけでは……」

言い返した小六のあとから、じりじりしていた足軽たちが、いっせいに不満を鳴らしはじ

めた。

「私どもの訴えが不当だと申されますか」

「御家老様は、どうおもっておられるのでございます、いまの、いまの御家のありさまを……」

「そうだ。それをお聞かせ下さい」

「我々には霞《かすみ》を食べて生きておれ、殿様は贅沢三昧《ぜいたくざんまい》に日を送るのが真田家の家風だと、いつから、そうなったのでございますか」

「いったいどうなるのでございます。私どもは、いいえ松代藩は、これから、どうなって行くので……」

木工は一言も洩らさなかった。

雨音が強くなり、門外にいた足軽たちもひしめき合って入って来ると、邸内の、濃くなった夕闇が殺気だって騒然とゆれはじめた。

用人の馬場は白髪頭を痙攣《けいれん》させてくびをすくめ、式台に立てた蠟燭《ろうそく》の燭台《しょくだい》の柄を片手につかみ、臆病そうにあたりを見まわしている。木工は、次第に高くなる私語が乱れ飛ぶのを黙然と見つめて、機会をうかがっていた。

「こうなれば、俺たちだけで、やってみるより仕方がないぞ」

「江戸へ行こう。江戸の殿様に申し上げようではないか、それよりもう、道はない」

数人の失笑がこれにこたえたかとおもうと、

「面倒くさいわ。御公儀へ訴えよう」と叫んだ者がある。

「そうだ。それより仕方ないぞ」

すぐ調子にのって出た言葉尻を逃さず、すくいとるようにして、木工は床几から立ち、

「だれだ？　いま江戸へ上り、御公儀へ訴え出ると申した者は……此処《ここ》へ出てもらいたい」

返事はなかった。

「おぬしたちは真田家の藩士であるはずだが、まさか、おのれが禄を食《は》む主家の、いや、わが住む国の揉《も》め事を公儀や世の中に曝《さら》け出そうと本気で申しているのではないだろうな」

雨の音だけが、木工にこたえた。

領民が藩へ訴えるのとちがい、家来が藩主を訴えるなどとは家来自身が、藩主と共に幕府の裁きを受ける破目になるのと同じことで、いくら自棄《やけ》気味にいい捨てた言葉にしろ、木工から突込まれると、足軽たちも返す言葉がなかった。

それでなくとも、油断のない監視の眼で諸国の大名たちを統治している幕府は、この松代の領内にも、塩崎、篠《しの》ノ井《い》等に天領（幕府直轄の領地）を置き、代官を派遣していて、領内に何か起れば、すぐに幕府へ通告されてしまうおそれがある。

足軽たちが、思わず口走った言葉の重大さに気づき、いくらか不安になってきているのを見て、木工は（いま一息だな）とおもい、そして、一時も早く、足軽たちを解散させなくてはならないと、やや焦ってもきた。

無知な普請奉行の彦坂は、この屋敷に足軽たちが集結していることを知れば、すぐに下役

を出動させ弾圧の挙に出かねない男だ。むろん、足軽たちは牢《ろう》に入ることぐらいは覚悟しているだろうが、騒動は、もっと大きなものになる。

「一同に訊《き》くが……」

と、木工はすぐに後をつづけた。

「いま小六が申し立てたところによると、ここ数年は半知御借り、この一年ほどは全く収入が無く路頭に迷うばかりだというが、ではいままで、一同は、どうして衣食の道を講じ、何をして暮して来たのか？　一文の収入がなくて妻子を抱え、その日その日を送ることは、仙人にでもならぬかぎりむずかしいことだとおもうがな。どうだ、そのわけを、おれにも聞かせてくれぬか？」

すぐに答える者がなかったが、やがて内川小六が悲痛に、

「そ、そのお尋ねは御卑怯《ごひきょう》だと存じます。御家老様、私どもに、いままで、あんなに厭《いや》なことをさせたのは、どなたでございます」

「おれだけが卑怯なのか。いままで厭なことをしながら黙っていて急に騒ぎ出し、おぬしたちが満足するような返事をもらえなければ、すぐにも御公儀の前にこの醜態をさらけ出すぞとばかり、おれを威嚇《おど》すおぬしたちは卑怯でないと言うのか」

小六も足軽たちも気勢をくじかれ、うなだれてしまった。

彼らも、あくまで止義の旗を押し立てて、いままで来たわけではない。厭なことというのは、藩の足軽の半数以上は交替で年貢の滞りを催促しに村方へ出張し、百姓たちが不当な年

貢の取り立てを逃れるための饗応《きようおう》と賄賂《まいない》ひとつで手加減をしてやる、その収入《みいり》で暮してきていることなのだ。

しかし、近頃は足軽たちも、その唯一の財源を絶ち切られそうになってきたと、見られないことはない。

（百姓たちも怒っている。その怒りは……）

その怒りは、いまにも爆発の頂点へ駆けのぼりつつあるのかも知れない。

（とうとう此処まで来たのか……）

と、木工の唇が微《かす》かにふるえた。

足軽たちは押えても領民たちの怒りを押えることはむずかしい。同じ信濃の上田・松本の両藩にしても、上州の沼田、越後の高田藩など、死物狂いの百姓一揆《いつき》のために、たびたび手痛い被害を受けている。これは藩治がまずいことなのだが、騒動が大きくなれば幕府も黙って見てはいない。

六十年ほど前に、上州沼田の領主で、松代藩には親類に当る真田信利が民政に失敗して領民の怒りを買い、幕府に訴えられ、改易《かいえき》（領主の入れ替え）の処分をうけて、ほとんど取潰《とりつぶ》しも同然となった事件は、まだ誰の記憶にもなまなましいことだ。

足軽たちにしても百姓たちに白い眼で睨《にら》まれながら、半ば暮しのためにせびって歩くのが身にしみて辛くなってきているのだろう。

木工は、声を張って、

「真田十万石は大鋒院殿様《だいほういんでん》（藩祖信幸）以来、さまざまな苦難を通りぬけ、ただの一度も改易、没収のことなく百数十年の間、この城下町を中心に生きぬいて来たのだぞ」

と、今度は情をこめた口調になり、

「なあ、おぬしたち、移り変りの激しい信濃の国々、いや、諸国の大名の中でも、これは、われらの国が自慢にし、誇りにしてもよいことではないのかな。ただ徒《いたず》らに騒動を起し、事を計ることが、どれだけむずかしく、また危ういことか……これは何処までも、御公儀の下《もと》にある、われらの国だということを、よくよく考えてもらわねばならぬ。わかってくれるか」

おれも出来る限りは一同の願いを通すように働いてみる……と言いたかったが、いまの場合、少しの期待も言質も彼らにあたえるべきではないと考え直し、

「これで、引き取ってくれぬか、どうだ?」

ひそやかな私語が其処此処《そこここ》でかわされ、そのささやきが一つになって小頭の内川小六へあつまり、小六が進み出た。

「このたびは、御家老様におまかせ申し上げます」

木工は、肩のあたりへ濃い疲労がにじみ出てくるのを感じると共に、彦坂では始末がつかなかった足軽たちの昂奮を醒まし、彼らを説得し得たいまの自分への満足を味わっていた。

三

足軽たちが引きあげて行ったあと、木工の家来たちと共に門外を見まわしていた用人の馬場老人がもどって来て、

「塀外の暗がりに、四、五人、侍が立っておりましたが、私が出ますと、すぐに立ち去りましたようで」

「ふむ。宗兵衛が怖かったと見えるな」

「怪しい奴。何なら引っ捕えて……」

と宗兵衛は禿《は》げ上った頭へ蜻蛉《とんぼ》のようにとまっている髷《まげ》を振りたてると、

「かまうな、ま、ほうっておけ」

これは奉行配下の者が、見張りに出たものにちがいない。一人や二人は、そっと、庭先へ忍び込んでいたかも知れないのである。

望月主米が、若竹のように引き締った躰を次の間から現した。まだ式台に立っていた木工が、

「主米。どうだ、夕飯を食べて帰ったら……」

「御家老！」

廊下を奥へ入りかける木工のうしろへ、主米は身を寄せて来て、低くいった。

「原を斬ります、私……」

木工は、いきなり主米の手をつかみ、廻り廊下を、灯も入っていない書院へ連れ込み、

「軽はずみなまねは、おれがゆるさぬ」

「しかし、原さえ殺してしまえば、殿様も……」

「原八郎五郎も馬鹿ではない。おぬしは指南役・青山大学の秘蔵弟子だし、剣法では藩内でも屈指の者だが、近頃の原の身辺の警戒ぶりを見ておるか。やさしいことではない。それにな、われらの藩は、われらの国は、藩祖・信幸公以来、血を流し刃を抜き合って争ったことはただの一度もないのだ。いまになって血の汚点を残すべきではない。血で購《あがな》ったものには、必ずその痕跡《こんせき》が残るものだ――出来ればおれは血をみたくないのだ」

「ですが、こうなってみれば、領民も藩士たちも飢死をするより仕方がないのでは……」

「大形《おおぎよう》なことをいうな、主米。飢死するまで、人間が黙って手をつかねておるものか。おぬし、先程の足軽たちの騒ぎを何と見たのだ」

木工を探す女中の声が近寄って来た。

「ま、とにかく、静かにしておれ。よいな、主米……軽はずみはゆるさぬぞ」

木工が、家族たちの部屋で夕飯をはじめたのは、五ツ（午後八時）に近いころだった。

木工の子供で、九歳と七歳になる亀次郎と幾五郎も難かしい父親の顔つきと、唇を噛《か》みしめて入って来た若い叔父を見てからは、しめし合せでもしたように、ひっそりと箸《はし》を運んでいる。

膳には、久しぶりで蕎麦《そば》が出た。先代からいる老女中のたまが自慢で打つもので、木工は、これを大根おろしの搾り汁に醬油をたらし、その涙の出るほど辛いつけ汁で食べるのが好きだった。

「あ、辛い……」と、
つけ汁の器を膳に置き捨てた幾五郎に、みつが、

「だから、およしなさいと申したのに……」

と、今度は木工に、

「お父様と同じに食べて見せると申して、たまを困らせていたようでございます」

「はははは。幾もいまに好きになるさ。亀次郎はどうだ？　もう平気になったか？」

「はい。わたくしは、大丈夫です」

と、九歳の息子は眼に涙を溜《た》めて蕎麦を啜《すす》っている。

「主米。原も蕎麦が好きでな」と、木工は、

「信濃に住んで蕎麦の嫌いな者はいまいが、とりわけ、原は、これが好物なのだよ」

今を時めいている執政の原八郎五郎だが、木工は、六年前の秋……共にはたらいた千曲《ちくま》川の治水工事の現場で、昼飯の弁当に家から届けさせた蕎麦を仲よく食べあった八郎五郎の、ふっくらと陽に灼《や》けた頰と泥まみれの手や足と、たくましく蕎麦を啜り込んでいた厚い唇を想い起していた。

四

千曲川の治水工事がおこなわれたのは木工が二十七歳、原八郎五郎は三十四歳で、まだ二百石の御側御納戸見習役《おそばおなんどみならいやく》を勤めていた寛保三年（一七四三年）のことだ。

その前の年の寛保二年は春から気候が不順で、梅雨から夏にかけて二カ月余も照りつづけ、ようやく七月二十八日から降り出した雨はやむことなく猛然と降りつづけ、三十日の夕刻、城のすぐ下を流れていた千曲川は恐ろしい唸《うな》り声をあげはじめた。

この城は海津城とよばれ、天文二十二年（一五五三年）に甲斐《かい》の武田晴信（信玄）が築いて、越後《えちご》の上杉景虎（謙信）との戦いに備えたもので、平城《ひらじろ》（平地に築いた城）である。

「千曲川の様子は、ただごとではございません。殿、すぐに西条村、開善寺へ御移り下さいますように……」

出仕《しゅっし》した原八郎五郎は、すぐに信安へ進言した。

居合せた岩崎四兵衛という家老が、醜い痘痕《あばた》の顔を原と信安の間に割りこませ、

「あわてるな、うろたえるな、原……落ちつけい、落ちつけい。この御城はな、いままで、寛永、元禄の大洪水にも、多少の浸水はともかく、災害のおよぶような御城ではないこと、あきらかではないか。おぬしも百石取りの組外れ組から殿の御寵愛《ごちょうあい》を受け、いまは御側近くつとめる身ではないのか、そうであろう。あわてふためき、のちのちの臆病者と指さされぬよう、気をつけるがよいな」

まくしたてて、原の進言をほうむり捨てたのは、片時も離したがらず、原を寵愛している信安への皮肉と、岩崎から見れば、巧みに信安へ取り入って小賢気《こざかしげ》に振るまう美貌の原が、小面憎《こづらにく》くてたまらなかったからだ。

このときは信安も、父の信弘時代から家老をつとめ、勝手掛《かってがかり》（藩財政をつかさどる役目）をも兼ねている岩崎に遠慮して不機嫌に黙っていた。原は憤然として退出した。

八月一日の夕刻、堤を切った川の濁流は城下町へ押し込み、たちまちに城の内部へも流れ込み、本丸の床までも浸しはじめた。

本丸の御殿に詰めかけた家臣たちが、あわただしく立ち働く中で、岩崎が、さすがに狼狽《ろうばい》して蒼白《そうはく》になり、信安に避難をすすめると、信安は、じろりとこれを見て、原をよびよせ、

「原、どうしたものか？」

「はっ。すでに濁水満々たるいま、開善寺へ向うは危ういことでございます」

「何を申すか」

と、岩崎が横から、

「議論しているときではない。殿の御身に万一のことがあれば、どうするのだ」

と、きめつけるのへ、原は冷ややかに一瞥《いちべつ》をくれてから、

「殿、水が満潮に達しましたときには、一時、淀《よど》むものでございます。そのときこそ……いま、しばらく御辛抱をねがわしく存じます。原は、万事の用意をととのえてございます。御安心下さいますように」

岩崎は大恥をかいたが、床上六尺にもなった一夜をすごして、翌二日の午《うま》ノ刻（正午）に増水が止《や》むのを待ち、原は敏速にはたらいて用意の舟に、信安と当時四歳の嫡男豊松、五歳になる長女の満姫、それに側室のお元の方を乗せ、城下の南、烽火《のろし》山の裾の高台にある開善寺へ避難させた。

原は開善寺へ、抜目なく、藩の用達《ようたし》・八田嘉助に命じて用意させた食糧や寝具、日常の備品などを心憎いほど細やかにととのえておき、信安の目を見張らせたものである。

江戸から五十六里、中仙道、屋代《やしろ》宿から妻女《さいじょ》山の麓《ふもと》を東へ入り、保基谷《ほきや》・高遠《たかとお》の山脈《やまなみ》に抱きすくめられたかたちで、千曲川の彼方、西北にひろがる善光寺平《だいら》をのぞむ、この松代の城下町は、三方を山に囲まれているだけに徹底的な水の暴威に侵されつくした。

海津城はもちろん、領内の約三分の二に当る村々は、高六万千六百二十四石余という凄《すさ》まじい被害をうけ、流死二千人余、流家千七百三十一軒、潰家《かいか》は九百五十七軒をかぞえた。

この悲惨な現状の復旧費用に、老臣たちは、先代の信弘の遺金を藩庫から引き出してきた。

この金は、まだ老臣たちが子供あつかいにしている、いまの藩主信安には手もふれさせず、彼らが懸命にまもってきたものである。

五

藩主の遺金といえば、藩祖の真田信幸が、幕府の命により元和《げんな》八年（一六二二年）に父祖以来の所領地を追われて、この松代に移封されたときに、信幸は二十余万両という莫大な財産を持って来ている。

前の領地である信州上田と上州沼田は合せて九万石だが、実収入は十八万石といわれ、御《ご》朱印高《しゅいんだか》（将軍に確認された領地の石高）をはるかに越える実り豊かな領地が生み出す黄金の蓄積があったわけだ。

新しい領地・松代十万石は、更級《さらしな》、埴科《はにしな》、水内《みのち》、高井の四郡、二百余村だが、川欠《かわかけ》、山崩れに荒れて、実収八万石程度にすぎない。

幕府が、こういう移封を信幸に命じたのは、徳川家康の巧妙な高等政策のあらわれであり、信幸が家康の養女を娶《めと》ってまで徳川に従い、豊臣家に従った父の昌幸と弟の幸村を敵にして戦った、その腹の底が幕府には不安でならなかったのだろう。

関ケ原の戦《いくさ》の後にも信幸は、死罪を宣告された父と弟の助命を嘆願し、家康も信幸の武功の手前、仕方なく、これをゆるしている。

大坂の合戦がはじまると九度山《くどやま》に配流《はいる》されていた幸村は、すぐに大坂城へ駆けつけ、家康の首を何度も脅かした揚句、秀頼と豊臣家の悲惨な宿命に殉じている。

三河国の小領主から成りあがり、血族を犠牲にし、権謀の限りをつくして、血みどろな戦いをくりかえして来た家康は、ようやく天下をつかみ取ったとき、際《きわ》どい勝敗の分れ目に運命を賭《か》けて自分に従って来た大名たちの心を複雑なおもいでながめやった。

真田家は勝敗の両岸に肉親を分けておき、血族の存続を計ったに違いないとの疑惑をもちつづけ、信幸の武力と財力を怖《おそ》れた幕府は、大坂陣終了後八年目に、信幸を北国《ほっこく》街道の要路にあたる上田から、加増の名目をもって松代に移したのである。

信幸は、みずから率先して藩治につとめ、荒廃した領地の開発にあたったが、信幸の死後、その遺産二十余万両は、信幸の死を待っていたかのように、次々と幕府から命ぜられた課役によって使いつくされてしまった。

慶安から元禄へかけて、数回にわたる江戸城普請の手伝いや、善光寺（長野）の普請。宝永四年（一七〇七年）の富士山爆発による東海道の道普請、正徳元年（一七一一年）の朝鮮使節の饗応等、息つく間もない課役に加えて、享保《きょうほう》二年（一七一七年）の松代の大火に、城の殿閣櫓門《やぐらもん》をはじめ城下町の大半を焼失したときには全く藩の財庫は空になり、幕府から一万両の復旧費を借り入れなくてはならなくなった。

徳川幕府は諸大名を征服して全国を統一した政権だ。

その権力を永久に存続させようための統治政策は厳しく苛酷なものであり、目まぐるしいばかりの改易や取潰しがおこなわれた上、複雑な諸制度や政令に応ずるための莫大な入費によって、諸国の大名も、次第に財政の窮乏にあえぎはじめた。

真田家では、四代信弘のころになると、御殿で日常使う燈明油さえ倹約しなくてはならなくなり、信弘の長男で父に先立ち病歿《びょうぼつ》した信安の兄に当る幸詮《ゆきあきら》が、俳諧《はいかい》の師へわたす礼金に困り、家臣の金子丈助に五両の金策を手紙で依頼したこともある。

こういう財政の逼迫《ひっぱく》の中で、信弘は厳しい倹約生活を自分の上に課し、家臣をいましめると共に、苦しい十年間の政治に精根を擦りへらした。

恩田木工も十六歳から十八歳にかけて、信弘の近習をつとめ、眼《ま》のあたりに見る、まるで深山に籠《こも》った禅僧のような信弘の日常に仕えていたことがある。

木工の父親はまだ元気で家老職をつとめており、藩内の自粛ぶりは、殿様が身をもって、これをしめしているだけに、息づまるようなものがあったのだ。

その頃から、藩士の給与を減じたり、借金政策をおこなったりしていたのだが、信弘は勝手掛の塩野儀兵衛と計り、これだけは万一の非常の際にと懸命に歯を食いしばって貯蓄した金が二万両、元文元年（一七三六年）に六十七歳で歿した信弘の苦闘の後に遺されていたのである。

「この二万両あればこそでござる」

「乾徳院様は、今日、このときの災難を、ちゃんと見とおしておられたのじゃな」

「われらも、この御遺金を、固く固く、まもり通してまいった甲斐《かい》があったの」

「左様、いかにもそのとおり」

岩崎はじめ老臣たちは、水害後の復旧、領民の救済が、この二万両で、どうにか間に合うと見込みがたったとき、藩主の信安を前にして、こんなことを昂奮しながら、しきりに言いかわしたものだ。

応急の修理をした本丸の御殿へ信安を迎えてから八日目の夜、原がお伽《とぎ》に呼ばれて乱舞を見せた後、二人だけになってから、原は、

「千曲川の、川筋を、いまこそ変え、治水をおこなって永久に水難をまぬがれるべきかと考えます」

と、信安に進言した。

今度の原の目ざましい働きぶりや、老臣の筆頭ともいうべき岩崎四兵衛を沈黙させた痛快さが信安を気負いたたせ、

「もっともだな、それは……うむ。よし、そのほう、普請奉行をいたせ」

と、いってから、

「しかし、原。老臣どもが、また、うるさいの」

うんざりして酒盃《しゆはい》をとりあげる信安へ、

「おそれながら……」

原は、声に力をこめ、

「乾徳院様には乾徳院様、殿には殿の藩治があるべきかと存じます。まして、この治水工事は領民と国のため、万難をしりぞけて殿のお力を内外におしめしありたいのでございます。黴臭《かびくさ》いものには蓋をして、新しく、若々しい殿のお力を国中に……」

信安は原の言葉をさえぎって叫んだ。

「よし。よし、やるぞ、原。これからは、わしも、老いぼれどもに負けてはいないぞ」

原も異常な決意を見せた。

「私、渾身《こんしん》の力をもって事に当ります。なれど殿も……殿が肝心でございます。殿の御言葉、

御決意一つが万事を決します」

「わかっておる。わしを何時《いつ》までも子供あつかいする老いぼれどもの鼻を今度こそあかしてやるわ」

当時、信安は二十九歳であり、江戸の藩邸にいる正室の生んだ照姫、国許《くにもと》にいる側室お元の方の生んだ豊松、満姫の三児の父親になっていたが、少年のころから父信弘の一方的な倹約生活を強いられ、家督を得てからも藩治の一切は老臣たちの手に握られていて、政事にも世情にも疎い。

そして信安が、ことごとに干渉してくる老臣たちをはね返してやりたい思いに、うずうずしていたのは、何処《どこ》の大名の家でも新しい藩主が味わう苦悩と同じものだった。

この老臣たちの圧力を……信安は、自分が子供の頃から遊び相手として御殿にも上り、長じて後も絶えず父信弘の厳しい眼が光る毎日の憂鬱を慰めてくれた原八郎五郎を楯《たて》にして押し退《の》け、自分の掌中に十万石の実体をつかみ取ることが激しい願望だった。

三年前に原を抜擢《ばってき》したときも老臣たちは反対したが、このときは信安も懸命にいい張って希望をとげたものだ。

原も、万事控え目な言動の底に、信安への同情と老臣たちへの反感を燃えたたせながら、機会を待って、耐えていたのである、そこにはまた、信安を補佐して出世への道を切りひらいてゆく自分への、ふくらむような期待があった。

その翌日。

「千曲川が、この真下にあればこその要害でございますぞ、殿。千曲川無くして海津城が城としての役目を果すわけがないではございませんか」

信安が治水工事着手をいい出したのへ、岩崎四兵衛は真向から反対した。

信安への見くびりと、原への嫉妬《しっと》、反感から冷静に事を考えられない他の老臣たちも、むろん、反対であり、小山田平太夫という家老が、

「そもそも、工事の費用はどうなさいますか？　御領内と御城の復旧だけにても手いっぱいでござる。それも先殿様の御遺金あればこそでござる。われらが喉《のど》から手の出るおもいにて、ようやくまもり通してまいった御遺金ゆえ、うかうかとお考えあそばしてはなりませぬ」

と、これは信安を、むしろ叱りつける口調になっている。

この他《ほか》、矢沢・弥津の両家老など、これらの重臣は藩祖以来の名家であり、系図をたどれば、それぞれ真田家と血がつづいているという自負があるので信安などには負けていない。

習慣はおそろしいもので、信安は、父信弘の亡霊が取りついているような老臣たちの硬張《こわば》った顔を見ると、頰をふくらませて鼻白《はなじろ》んでしまう。

原は、ちらりと、にらむように信安を見たが、すぐに臆せずすすみ出た。

「将軍家の御威光が全国の大小名を統治している現在、再び戦国の世にもどることなど、まずないと見る、いや、あろう筈がありません。とすれば、再び災害をくりかえす愚さと千曲川治水の成果と、秤《はかり》にかけていずれが重いか……」

「黙れ、原……」

岩崎が怒鳴りつけるのへ、

「太夫、これは殿の御意志でございますぞ。万難を排し有難きおおせをつらぬくが臣の道と心得ます」

原は、きっぱりと押しかぶせた。

騒然となる老臣たち……。

末席にいた恩田木工は、このとき亡父の跡を継いでから二年目だったが、新参の家老職として老臣たちの圧迫を、ことごとに受けていたし、辛い日常の勤務を、じっと耐えていただけに、原が一人で信安に付き添い奮闘しているのを見て、手を打って躍り上り、原の肩でもたたいてやりたいところだった。

木工としては治水工事に賛成だったし、ことに、数日前から、原が夜更けまでも城の書庫へ入って、大小の水害に関する記録、文書を熱心に調べていたことを知っていたので、

「私は、原の申すことがもっともだと考えます」

と、口を切った。

小山田が眼で叱りつけてくるのにはかまわず、

「工事費用の不足は勿論《もちろん》のこと。原も、これを知らぬわけではありますまい。となると……」

「恩田殿。そこもとは亡き父上と違い、まだ家老職の如何《いか》なるものかを御存知ないのだ。おひかえなさい」

「御注意、ありがたく存じます」

と、木工は軽くうけながしておいて、

「原、おぬし、工事費用の工面に考えがあるのか？」

「借用するより道はありませぬ」

「何処から？」

「御公儀からです」

「馬鹿な」

とか、

「無茶にも程がある」

とか、老臣たちは、うるさく原に向って反駁《はんばく》しはじめた。

幕府から借金するにしても、簡単なものではない。

諸方へ渉《わた》る運動の複雑さと運動費が馬鹿にできないものだし、それに借金は返さなくてはならぬ。手一杯の上に、そうした余分な金が何処から出るのだと岩崎も小山田も息まいた。

原は動ぜず、

「これほどの災害なれば、わが藩の実情は、ことごとく御公儀へ聞えているはずでございます。また、信幸公以来、たびたびの課役に、御家の財産をつかいつくしてまで、御公儀の命を奉じてまいった我藩の歴史もまた、将軍家において、よく御存知の筈。となれば御公儀も……」

信安が顔を紅潮させて立ちあがり、

「原、もうよい」

と、今度は老臣たちへ向って大声に、

「わしは、わしは、どうあっても考えを変えぬぞ。何と、そのほうたちが申しても、む、むだじゃ。は、原に普請奉行を命じ、工事をすすめる。木工、そのほうは原の介添えをたのむ」

「心得ました」

老臣たちが苦りきって私語をかわしはじめた。

木工は痛快だった。

木工の舅《しゅうと》になってから三年目の望月治部左衛門だけは、口元をゆるめ、大きく木工にうなずいて見せた。

この無口で有名な家老は治水着手に賛成だったのである。

六

千曲川治水工事は、翌、寛保三年の秋から足かけ二年かかって完成した。

鳥打峠の山裾から城下の北端にある海津城の真下を流れていた千曲川は、川中島平を城から十町ほど彼方《かなた》の低地へ引きはなされたのである。

幕府は松代藩の申請をいれて、一万五千両を五カ年賦で貸してくれた。

当時の将軍は八代吉宗であり、直属の御庭番（隠密）を手足のように使って諸国の事情に通じ、みずから政務の実際に励み、それに、五代綱吉のように、やたらに大名を潰したり作ったりするようなことはなく、現状のままで、自分が示す政事の中で、これを指導して行くというやり方だったし、松代藩の借金に対する事前運動も、それほど骨が折れずにすんだ。

木工は、原をたすけて領内の施政が、治水工事を円滑に運ぶように努力したし、暇があれば現場へ出かけて、河原で働く人夫や百姓たちにまじり、彼らの労働に接し、明るく声をかけて語り合ったり、原と一緒に川筋にそって馬を駆り、工事についての説明を聞いたりするのが、たのしかった。

原もまた懸命に働いた。

藩が経験した過去の水難についての記録文書の研究や、治水に経験ある者は、身分を問わず、これを登用して工事をすすめた。

原は、自分の運命を賭けて必死だった。

「原。おれはなあ、おぬしが、これほどのはたらきをする男だとは、おもっていなかったよ」

「いえ……これも御家老のお口添えがあったればこそです」

「殿は幸福《しあわせ》だ、おぬしのような家来を持って……」

とほのかな妬心を胸の底に感じながら、木工が言うと、原は、

「それは、私から申し上げたいことです」

「どうして?」

「昨年、治水の評定《ひょうじょう》に当って、御重役方を説得なさいましたときには、私、おどろきまし

た」

「何故《なにゆえ》だな？」

「いえ。それは……」

「ふむ。ふだんは、おとなしいからな、私は……」

「は……」

「しかし、千曲川治水は当然のことだと考えたから、おもいきっていったのだ」

「御家老が、お目にかけて下さいますので、原は、実に心づよい気がしております」

「うまいことをいうなあ、おぬしも……」

「いえ……」

　原は眼を伏せたが、ちらっと上眼で木工を見るとうったえるような、むしろ甘えかかるような、恨みをこめて、

「幼少の頃から殿におつかえしてまいった原の立場、お察しねがえませぬか？」

「うむ。おぬしも憎まれているからな」

「………」

「まあ、気にするな。しかし、今度の治水工事を堂々と殿に進言したときには、おぬしを見直したよ」

「それまでは御家老も、他の方々と同じ目で、原を見ておられたのでしょうか？」

「少々はな……」

と、木工はにやりとして、

「しかし、今度は、おぬしが、御家のため、国のためを腹の底から考えていることがよくわかったのだ。そうだろう？　そうなのだろうなあ？」

木工は止《とど》めをさすように、するどく原を見つめた。

「は……」

「実をいうと、おれも、毎年、水難の季節が来るたびに、これをおもわぬことはなかったのだが、やはり、うるさい老人たちのことを考えるとつい面倒になってなあ。はははは……だから、おぬしが、おれの考えをそのまま、殿に進言してくれたのがうれしかったのだ。いや本当にうれしかったのだ」

「そういっていただきますと、原は……御家老、ありがとう存じます」

遠く善光寺平の彼方から、犀川《さいがわ》を呑み込むようにして北から西へ展開する山脈が、透明な秋の大気の中にくっきりと浮び、小高い丘や、田、畑、村落を縫って流れる千曲川の河原には、おびただしい赤蜻蛉《あかとんぼ》が飛んでいる。

河原に積み重ねた材木や石材の山。

人夫たちを指揮する役人の声。

そして、人夫たちの掛け声や労働歌が、河原の音と溶け合って響いている。

「原、おれはな、おぬしが大道を踏み外さず御奉公をつとめるかぎり、おぬしの味方だ。力をあわせてこれからもやって行きたいな」

原の双眸《そうぼう》が、じわりとうるみかかってきた。

「その、お言葉を、原は決して忘れません」

七

千曲川治水の功績により、原が、一躍二百石を加増され、従来は首席家老が兼務していた勝手掛を拝命したのは延享元年（一七四四年）の五月である。

七月には信安の長女満姫が七歳で病歿した。

翌年の九月には、三十年にわたり、たくましい精力をもって倹約励行を実践し、ゆるみかかっていた幕府の綱紀を引き締め、身をもって政治に当った将軍吉宗が隠退し、幕府は、九代家重の世に入った。

千曲川治水の成功は、原の人気をたかめ、毎年、出水の季節に起る不安と恐怖から逃れた領民たちの間でも、藩内随一と言われた原の美貌の、その涼やかな眼の輝きや、骨格の豊かな姿が評判になったし、家中の侍たちも信安の寵愛を背後にした原の、闊達《かったつ》な気性に魅せられて行くようなかたちになった。

原もまた、はじめのうちは職務をまもり、木工などとよく語り合い、老臣たちにも適度の謙虚さを見せて、相変らず苦しい財政のやりくりに苦労していたようだったが、やがて信安は三百石を原にあたえ、合計七百石、加えて家老職に抜擢した。

これで原は、名実ともに藩の執政となったわけである。

原への嫉妬と反感を一挙に爆発させようと機会をねらっていた老臣たちの先鋒《せんぽう》になって、岩崎四兵衛と小山田平太夫が、

「このような異常の抜擢は、御家の慣例にそむくものでございます。のちのちに悪い影響を残してはなりませぬ」

と、意見をしたが、信安は、もうきかなかった。そればかりか断固として、岩崎、小山田、両家老の職を免じてしまったのである。

原は、城の大手門近くの三日月堀に屋敷を移し、原自身が抜擢登用した侍たちを配下にあつめて、着々と地位を固めていたし、信安は、もう老臣の諫言《かんげん》など、少しも怖れなくなり、老臣たちも、岩崎、小山田の敗退を知って、ぶつぶついいながらも鳴りをひそめてしまった。

この事件を境にして、信安の、いままで鬱積していた享楽への欲望が、はばかることもない激しさでながれ出してきた。

これは、父信弘の膝下《しっか》に、一汁一菜、平常は綿服、歌舞音曲は一切禁止という生活を強いられ、父が出府した後は、老臣たちに監視されて、若い時代を壁に塗り込められた人形のようにすごしてきた、その反動がかたちになってあらわれたのである。

それに、前年の初夏、信安が寵愛していた側室のお元の方が病歿した。

信安は、お元の方には一も二もなく包容されて、江戸にいる、冷たく儀式張った大名育ちの奥方などとは比較にならぬほど愛してもいたし、たよりにもしていた。

お元の方は、藩士伊東治五右衛門の娘で、元文元年、二十四歳で江戸屋敷へ奉公に上った

女であるが、間もなく信安の手がついて、豊松・満姫の二児を生んだけれども、ともすれば薬餌《やくじ》に親しみ勝ちな日常だった。

しかし、お元の方は母性の情愛を身につけ、家臣たちにしても、その言動にふれるたびに、何ともいえぬこころよい温かさを感じた。お元の方は、老臣たちに阻まれては何時も苛立《いらだ》ち、癇癖《かんぺき》をたかぶらせていた信安を優しく揉《も》みほぐしていたようである。それだけにお元の方の死は信安を絶望させた。

信安の肥り気味だった躰《からだ》が幾日もたたぬうちに痩《や》せおとろえ、その蒼《あお》ざめた傷心ぶりは、老臣たちをおどろかせもし、またお元の方への哀惜を深くさせたものだ。

信安の放縦は、お元の方の死によって、拍車をかけられた。

延享二年の六月に出府した信安は、一年を江戸の赤坂南部坂の藩邸にすごしたが、この間、半年にわたって原八郎五郎を江戸によび寄せ、翌年の夏、原を従えて帰国すると、本丸の御殿を花の丸の宏大《こうだい》な庭園に移すことを命じた。

移すと言っても、事実は新築であり、莫大な藩費が計上されたばかりでなく、信安は、江戸から、宇一、城悦、富一という宮古路浄瑠璃《じょうるり》を語り三絃《さんげん》を弾く座頭を抱えて来たり、富安千十郎という鞠目附《まりめつけ》を招《よ》んで蹴鞠《けまり》に熱中し、豪華な酒宴にふけったりした。

そして原もまた、孜々《しし》として、信安の相手をつとめ、倦《う》むことを知らないといったふうを見せはじめたのである。

「半カ年、江戸へ行っていた間に、原は、まるで変ってしまったではないか」

と、望月治部左衛門は聟《むこ》の木工に、

「先年の治水工事に公儀から借りた金も、まだ返せぬうちに、このような濫費がつづいては、どうにもなるまい。殿の御気性からいって、ひとたび手綱をゆるめれば、こういうことになる危険があったので老臣たちも、きびしくしておったのだ。それを勝手掛の原が、けしかけるように贅沢《ぜいたく》に馴れさせたのでは困る。いまのうちに、どうにか手を打たぬと……」

「いや。原も、それほどおろかな男ではありますまい。いまは殿様にも、少しはたのしい思いをおさせしなくてはと、そんな気持なのでしょう」

そういってみたものの、木工も、心から享楽に熱中しているような原八郎五郎の、信安への追従ぶりに不安をおぼえずにはいられなかった。能役者なども信弘時代の倹約令に、ひっそりとちぢこまってしまい、いまは西村五郎兵衛というのが一人、辛うじて残っていたのを、原は加増して浮び上らせ、家中の侍たちも、塵《ちり》に埋れていた小鼓、太鼓、笛などを持ち出し、めくり加留多《かるた》などでする賭事《かけごと》も流行しはじめた。

永い間、自粛を強いられ、味気ない毎日を送っていただけに、信安が進んで藩の綱紀をゆるめたことは、藩士たちにも、何かわくわくするような解放感をあたえた。

藩が貧乏なことは変りがなく、予算を越えた藩主の出費は、それだけ藩士と領民の上へ犠牲を強いることになる。

信弘時代には、租税、年貢などは、なるべく増やさぬ方針で、あくまでも藩主と家臣が倹約に勉《つと》め、財政の建て直しにかかっていただけに富裕な町家から、

「あまりに殿様がお気の毒だから——」

と、たびたび上納があったほどである。

しかし信安の濫費には、たちまち領民への圧迫が始まった。

藩士たちへの減俸にしても百石以上は半減、以下は四割、三割、二割、一割三分というような従来の割合も、ほとんど正確におこなわれないようになり、一年二年とすぎるうちに収支の決算も滅茶滅茶《めちゃめちゃ》になり、藩主と執政の濫費は飽くことなく続いた。

原は、兄の郷左衛門を大目附《おおめつけ》に抜擢して藩内の監察に当らせ、異母弟の新四郎を勘定奉行に引き上げ、藩中人事の大異動をおこない、藩の政事の網の目の一つ一つを、みんな自分の手の中へつかみ取った。

この間に、馬廻役《うままわりやく》の市井忠兵衛、御納戸役の倉島甚左衛門の二人が、原に諫言して、たちまち退けられ、追放された。

木工も、原には数度、注意したこともあるが、原は腹のうちもわからない得体の知れない微笑をふくんで、

「よく、わかりました」

と、その場だけは、あっさりと聞くが改めるふうもなく、豪奢《ごうしゃ》な能舞台を自分の屋敷内に新築したり、たびたび信安を招いて酒宴や能楽を催したりした。

原も、木工にだけは何の圧力もかけないが、その他は自分の権力が藩主の威光を着ていて、どれだけ強固になっているか、ということをかたちの上で見せつけてくる。

信安の原への信頼は絶対なもので、二人がはなしているところを見ていると、礼儀や言葉づかいのちがいがわからなくなるほど親密さが濃く、木工としても、これ以上の諫言は、信安の命をもって、それがどんなに恐ろしいかたちではね返ってくるか知れたものではないという気がした。

そのうちに、千石、千二百石と原は昇進し、いまでは木工に対する言葉づかいもまったく変ってきている。

九月晦日《みそか》の足軽たちの訴えについても、木工は、事件の報告を原にすると同時に、向後の解決について折衝したが、原は、

「考えておく。まあ、急ぐこともあるまい」

と、最後には、この一言を残して、さっさと話を打ち切ってしまうのである。

二の章

一

その日。暮れ方近くおもいたって、長男の亀次郎が習字をまなんでいる大信寺住職・成聞《せいぶん》の病気を見舞った恩田木工は、病床から役僧たちを怒鳴りつけては、何かともてなしに気をくばり、引止めにかかる話好きの老和尚《ろうおしょう》と二刻《にとき》（四時間）余り雑談をたのしんでから寺の門

を出ると、初雪がふり出していた。

寺のすぐ前の神田川をわたると、番所がある。

番所の向うは、紙屋町、紺屋町、伊勢町と両側に町家が並ぶ城下一の大通りだが、いまは忘れられたように灯がにじんでいるだけで、その闇の中から落ちてくる雪が、番所の提燈《ちょうちん》の灯影《ほかげ》に点々と浮き出して見える。

番所の木戸口に木工を迎え、黙礼した足軽二人のうち一人が、何か木工に訴えかかりそうになるのを、もう一人が袖を引いてとめた。

あれから一カ月余りもたっているし、足軽たちも藩の返答を待ちかねているのだろう。

黙ったまま番所をぬけ、木工は若党の山口正平の提燈に先導されて紙屋町の通りを左に折れた。

清須町へ出ると、このあたりは、城を類焼から防ぐための火除地《ひよけち》になっていて、この広場を、原は演武場にきめ、土手を築き、濠《ほり》をめぐらせてある。

演武場と濠を隔てた石垣の上は、もう花の丸の御殿だ。

濠に沿って原八郎五郎の宏壮な屋敷の裏手へ出た木工は、腰は石垣、白壁造りの見事な塀がつづく道を城の外濠へ向って曲りかけ、急に足をとめた。

刃と刃が、激しく噛《か》み合う音を聞いたからだ。

正平もこれに気づき、息をのんで振りむくのを制して、木工は傘をたたむと、しずかに塀の曲り角から首を出した。

外濠と、原邸の間に横たわる大手門への広場の闇に眼を凝らしたが、暗くて、よく見えない。

雪が冷たく頰にあたってくる。

「斬れ、早く斬れ」

押し殺したような声だが、まぎれもなく原八郎五郎のそれと知って、木工は緊張した。

二十間ほど先らしい、と思うとたん、切迫した呼吸が闇を乱し、激しく足音が入りまじり、凄《すさ》まじい唸《うな》り声があがって……どしんとだれかが倒れた様子だ。

木工は正平から提燈をとり、一気に駆け寄って行った。

正平も脇差を抜いて木工につづいた。

闇を切り裂いて行く提燈が、その現場へ届くまでの、わずかな間に、低い気合と絶叫がまた起った。

「恩田木工だ。何事か」

提燈は一人の侍を照し出し、立ちどまった木工の耳は、小走りに闇へ吸いこまれて行くだれかの足音をとらえた。

刀身を提げたまま、ぎょろっと木工を見返した、その侍は井上半蔵といって、先年、原が出府した際、江戸で拾い上げた浪人上りの男だ。

原は、これに五十石をあたえ、絶えず身辺を警護させている。

半蔵は六尺に近い大男であり、猟犬のように黙々と、何時も原の側につき従っている。

「井上、半蔵だな」

「は……」

「しばらく待て」

提燈は倒れている男を照し出した。

「あっ、小林郡助様……」

と、正平が叫ぶ。

小林は船与力を勤める小身の侍で、その風貌も日常の言動も、ごく目立たぬ中年の侍である。

眼をむき出し、口を痙攣《けいれん》させ、小林は、正平に抱き起されると、屈《かが》み込んだ木工の腕を、ぐっとつかんだ。

「恩田木工だ。小林。小林……」

小林は幽《かす》かにうなずき、懸命に死と闘いながら、何かいおうとしていた。

顔の半面は頭から斬り裂かれ、血がふき出している。

木工は提燈を山口にわたし、小林の首を抱え込み、その口元に耳を寄せた。

「あ……あ……ううう……」

「小林、小林っ」

地の底から絞り出てくるような呻《うめ》き声がプツンととぎれ、小林のくびは、木工の腕の中へ沈んだ。

木工は立ち上り、刃《やいば》をおさめた半蔵に、わざと、

「果し合いか?」

「いえ。私、通行中、いきなり斬りつけられました」

半蔵は横柄にこたえる。

「おぬし、一人か?」

「は。いえ……」

「逃げて行ったのはだれだ?」

「供に連れた者です」

「何処から何処へまいるつもりだったのか?」

「有楽町《うらまち》のわが家より原様御屋敷まで」

「ふむ……斬りつけられる覚えは?」

「ありませぬ」

このとき、大手門の方向から数人の提燈の列が動いて来るのが見えた。

町方同心の巡視である。それと見て正平がいっさんに駆け出して行った。

外濠の向うは三の丸の石垣で、この石垣は西へ屈曲して花の丸御殿の石垣につづいているのだが、濃い闇に呑み込まれて何も見えない。

雪が、地上にうすくつもりかけている。

正平が巡視の一行に駆けこんだらしく、提燈の列がゆれうごいて、見る間にこちらへ近寄ってきた。

二

木工が、原八郎五郎の使いを受けて登城し、本丸の御用部屋で原と会ったのは、その翌日の午後だった。

昨夜の雪は二寸ほどつもって止《や》んだが、寒気は強い。

天守閣のない城の石垣の四方に立つ櫓門《やぐらもん》と松の木立が雪をかむり、鉛色の空が重く垂れこめている。

原は、御用部屋の隣に新設した二間つづきの、贅美《ぜいび》を尽した休息部屋の赤々と燃える火鉢で手を炙《あぶ》りながら木工を迎えた。

「おお。わざわざ、お呼びたてをして……」

木工は黙礼して部屋に入り、原と火鉢をはさんで向い合った。

この部屋は汗ばむほどに暖い。

いま、木工が通りぬけて来た御用部屋では城下一の穀物問屋で、藩の蔵米を金に替える商売を、ほとんど一手に引き受けている増屋嘉十郎が、郡《こおり》奉行の成沢新弥と何かささやき合っていたが、すぐに成沢とともに出て行った。

増屋は木工の登城を聞いて、この休息部屋から出て来たものらしく、床の間あたりの三方に積み上げた呉服物らしい包みと菓子箱は、おそらく増屋からの賄賂《まいない》の品だろう。

信弘時代から、たびたび藩に金を用達していた城下の豪商・八田嘉助は、原と仲が悪くなり、いまでは増屋嘉十郎が原の財政顧問というかたちになってきている。

以前は、みだりに本丸の御用部屋などへ町方の者を入れることはなかったものだが、此頃《このごろ》は、藩の侍や町人たちの、賄賂持参の休息部屋参りは、隠すべくもないほどに知れわたっている。

「藩も財政が苦しいのでな」

茶坊主が茶を置いて引き下ると、原は微笑していった。

「町方の者とも、いろいろ用事が増えるばかりで困っているのだ」

「で、御用とは？」

「足軽どもの形勢は、どうなっているかな」

「あなたの裁決を首を長くして待っている」

「ふむ……何とかしてやらなくてはならぬな」

「と申されると？」

「いろいろ考えたのだが……明年より、五十石以下の者は半知《はんち》高割御免《たかわりごめん》ということにしてはどうか？」

原は、ちらっと上眼で木工を見た。

思いがけない原の出方に、はじめはおどろいた木工も、すぐに、ぴいんと響いてくるものがあった。

（昨夜の現場に自分がいたことを、おれに見られたのではないかと原はうたぐっているのだ

な、だから、おれを懐柔しようとしている）

井上半蔵はまだ奉行所の取り調べをうけていて此処《ここ》にはいないが、御用部屋には原の配下の者が二人、ひかえている。

木工は黙って、原を見入ったままだったが、原は微笑を絶やさず、また木工の視線から少しも逃げようともせず、

「どうかの？　木工殿」

と、重ねて訊《き》いた。

「あまり突然の、御理解ある御言葉なので、一寸《ちょっと》、おどろいた」

柔らかくいってみると、原は眉の毛一つうごかさず、

「茶を一服、いかがだな？」

立ち上って次の間の茶室へ行きかけた原は、白綾《しらあや》の衣服をゆったりと着ながしたままである。

以前は澄んで精気が満ちていた瞳《ひとみ》に、得体の知れない翳《かげ》りが澱《よど》んでいるが、たっぷりと肉のついた躰も、四十歳とは思えぬ黒々と濡れた髪も、原の美貌を更に見事なものにしていたし、此処が本丸の居室だけに、まるで原が藩主になった錯覚を起しそうだった。

「永井次郎太夫様お越しでございます」

取次の声に、

「さようか……ちょっと、待ってもらえ」

「いや、私は……」

と、木工は手をあげて、

「これで、失礼しましょう」

「いや、構わぬのだが……」

「いや、これで」

襖《ふすま》を開けて御用部屋へ出た木工に、花の丸御殿の奥役人をつとめている永井次郎太夫が一礼した。痩せた小柄な老人だが、赤茶けた小さな眼が卑しく光っている。藩主の居館の奥深く勤める身の、ばかに出来ない勢力をもった男である。

次郎太夫と入れ替った木工が、何気なく、ふと振りむいたとき、原の配下の者が閉めかける襖の間から、にたりと笑って原に近寄って行く次郎太夫の横顔が見えた。

この翌朝、小林郡助の妹以乃が自殺した。

以乃は松本藩の藩士へ嫁入ったが子供が生まれず不縁になり、三年前から花の丸御殿の奥女中として奉公に上っていたもので、色の浅黒い、骨張った躰つきの女だ。兄の死以来、御殿を下《さが》り自宅へもどっていたのである。

有楽町の屋敷は奉行所の手で警備されていたのだが、以乃は、兄の刀の下緒《さげお》で両膝をくくり作法通りの見事な白殺をやったと聞いたとき、木工には、はっと閃《ひらめ》くものがあった。

昨日原の部屋へ入って行った奥役人の永井次郎太夫が、にたりと原に笑いかけた、その笑いが忘却の霧を破って、くっきりと木工の脳裡《のうり》に浮びあがってきたのである。

（そうか……いや、そうかも知れない……）

あのときの次郎太夫の笑いには醜い情事の匂いがしていたと、木工は感じた。

（原と、お登喜の方の密通……小林郡助は妹の口から次郎太夫の手引で原が御殿に忍びこむことを知っていたのか？）

木工の胸は躍ってきた。

そして木工は、花の丸御殿に住む、信安の側室お登喜の方の肉の厚い上唇に胡麻粒《ごまつぶ》のようについた黒子《ほくろ》を思い浮べた。

三

お登喜の方は去年の七月に、江戸から帰国した信安が連れ帰った女で、江戸詰の侍臣・小松一学の養女という名目だが、実は新吉原江戸町の玉屋という店で桜木《さくらぎ》と名乗っていた遊女である。

このときは、例によって信安に呼ばれ江戸にいた原八郎五郎も、信安の帰国に先立ち、江戸から女を連れて帰り、信安の帰国を待って正式に自分の妻にしている。松平備後守《びんごのかみ》家来・富田某《なにがし》の妹という触れ込みだがこれもやはり、玉屋の浜川という遊女だ。

松代にいて、こんなことを木工が知っているのは、江戸留守居役の駒井理右衛門が、そっと手紙で知らせて来るのである。

留守居役というのは、定府《じょうふ》（代々江戸藩邸へ勤める者）の侍が世襲で勤める外交官であり、絶えず他の藩や幕府の情報をあつめたり、出入りの商人たちや諸侯同士の交際、江戸城大奥への出入り等に関係していて、家老よりは席次は下でも、機密費が充分につかえるし、暮し向きはかなりゆたかなものである。

駒井の父親と木工の父親が、親しくしていたので、木工も二十歳から三年間、南部坂の藩邸に勤めていたころには、駒井の父に並々ならぬ世話をかけている。

駒井は木工より一つ上の三十四歳で六年前から父の跡をついでいた。

「国侍とは、どうも肌が合ぬが、木工さんだけは別だ」

「何故《なにゆえ》だ？」

「気が合う」

「合うわけだな。そうだろう、御留守居殿」

「はははは。そういうことになるかな」
二、三年前に用事で出府した際、こんなことをいって笑い合ったものだ。
木工も江戸にいた頃、勤務の暇をぬすみ、小遣いをやりくりして駒井と二人、若い者同士の放蕩《ほうとう》をかなりやったものである。

当時は信安が家督したばかりで、信弘時代の倹約令が、まだ老臣たちによってまもられていたし、留守居役の機密費なども切りつめられてはいたが、しかし何といっても他の藩士たちの暮しに無い余裕《ゆとり》があって、駒井の父も自分の役目に関する知識だけは、将来、家老職となる木工へ充分に注ぎこんだけれども、それ以外はあまり厳しいことも言わず、二人の若者の遊興費を、そっと用人を通じて駒井にわたしていたこともあったようだ。

木工の父も、何時《いつ》だったか、用事で出府して来て帰国するときに、

「佐吉、これをやる」

七十両の大金を置いていったことがある。

国許《くにもと》では先代の信弘の勤倹ぶりを涙を流さんばかりにありがたがり、妻や息子たちにも決して贅沢な思いをさせたことはないし、むしろ堅苦しい父親だっただけに、びっくりして、そのしわだらけの顔を見まもると、父親は厳格な姿勢と声を少しもくずさず、

「遊べ」

と、いった。

「はあ？」

「遊べよ。しかし、この金は、わしが長い間かかり、息をころして貯《た》めた金だ。遊んで、しかも学んでもらいたい。わかるな？」

「は……」

「わしの跡をつげば、もう遊ぶことはゆるされぬ。贅沢なまねもゆるされぬ」

父親の視線は鋭く木工を射つけて、

「家老職とはいかなるものか、いってみよ」

仕方なく、かねがね教えられていたとおり、木工は答えた。

「御家の……領内に住む、あらゆる人々を、幸福《しあわせ》にすることです」

「うむ。よし、この金は一期《いちご》の思い出に遣い果して帰って来い。ただし、いいか、他人にわからぬようにやれ。よいな」

気むずかしくいい終り、父親は、残り惜し気に金包みを押しいただき、木工へわたした。そして、うれしさを隠し切れぬ息子が金を懐ろに入れる、その手許を不安そうに見つめていたものだ。

とにかく、金七十両はうれしかった。

駒井に見せると、

「新吉原へ行き一晩でつかって来るか」

「馬鹿をいえ」

「それもそうか……」

若い二人にとって享楽は長引いたほうが、やはりたのしい。

当分、酒にも困らなかったが、それも使いつくし、どうにもやりくりがつかなくなると駒井にさそわれて、中間《ちゅうげん》の甚という男に案内され、細川侯の中間部屋で、ひそかに開かれる博《ばく》打《ち》場へ出かけたこともある。

駒井も木工も、自分では手を下さず、虎の子の手元を甚にまかせるのだったが、あのうす暗い中間部屋に集まった雑多な連中の、むんむんする人いきれに包まれ、眼を血走らせ、甚のうしろから、骰子《さいころ》の行方を脂汗かいて見入る気持は、いまでも忘れない。

そして、一夜のうらに賭事で儲《もう》けた金は一夜のうちに遣い果しても惜しくないものだ、ということも知った。

酒の香と赤い灯と……女たちの笑い声や化粧の匂い。派手やかな、そしてしめっぽく官能にふれてくる女たちの三味線や、その唄声。

舟で深川の茶屋へ行ったこともあるし、品川へ遊びに出かけたこともある。

芝・高輪《たかなわ》の〔石橋万《いしばしよろず》〕という茶屋は、各藩留守居役の交際の場所で、駒井の父の顔もきいていたので、二人して、よく飲みに出かけたものだ。ここへ来ると酌《しゃく》をする女たちの口から洩れるだけでも、他の藩の内幕や幕閣のうわさなどが興味深く耳に入ってきた。

酔って、門限がすぎた藩邸へ帰り、そっと門番に小粒をつかませて門内へ入りこむこともたびたびだったし、倹《つま》しい他の藩士たちにさとられまいと気をつかいながらも、目のくらむような享楽に耽溺《たんでき》していたのである。

あの当時の自分を考えてみると……木工は、原が信安と共に溺《おぼ》れ込んだ水の深さ、その魔物のように、しつっこい魅惑からぬけ切ることができなかったことが、よくわかるような気がする。

原は少年のころから、好んで西村五郎兵衛につき、乱舞や謡曲を習い、これに長じてはいたが、ひそかな慰めといってはこれだけで、小身の家の倹しい家計に生まれ育った身の、中年に近くなって異常な立身をとげ、真田十万石は自分のおもうままにうごくのだと確信にみちて思ったとき、信安の誘いにのり、はじめて踏み入れた官能の世界、濫費のたのしさに引きずられて次第に理性をうしなっていったのだ。

取巻きの侍も増え、藩の政事の細部が、この連中の手に分れて、原への追従と媚態《びたい》にくるまれた嘘だらけの政務しか耳にとどかなくなれば、原の眼も曇らざるを得まい。

それが人間というものなのである。享楽に夢中な信安の寵愛《ちょうあい》をいっそう強く自分にむすびつけるためもあったろうが、ついには、権力の座についた者の、権力という意識以外には何物もむすびつけて考えることのできなくなった男に、原はなってしまったのだ。

原は、信安の寵愛をうしなうことも怖かったが、ほとんど藩政の全面にわたって配置してある部下の媚態をうしなうことも怖くなってきた。

原は贈賄に受けた金品を惜し気もなく部下に分けあたえるようになった。

木工の江戸での放蕩も、二十三歳の夏、父の死によって絶ち切られた。

病気が重いと聞いて帰国した木工に、父親は病床から、気難かしい小さな眼で、なめ廻すように息子の顔や躰を見て、木工が照れくさくなるほど、永い間、何もいわなかったが、やがて、

「全部、遣って来たな?」

といった。

「は……?」

「金七十両のことだ」

「あ……」

「もうおもい残すことはあるまい」

「…………」

「あの七十両はな、親の慈悲だぞ」

「恐れ入ります」

「後を引くなよ」

「は……」

しかし、まだ木工の脳裡には、江戸での暮しが、駒井理右衛門の顔が、馴染《なじ》んだ女の顔や匂いが、ぐるぐると止めどもなく、風車のようにまわっていたのだが……。

間もなく父親は亡くなった。

激しい下痢が続き、高熱が下らず、朝夕は江戸と比べて段違いに涼しい松代も、毎日一滴の雨もない日中の暑さにみるみる父親は弱っていった。

息を引き取る前に、父親は、またいった。

「家老職とは、如何《いか》なるものか忘れるな、佐吉……」

「は……」

父親は、突然、床の上へ起き上り、激しく木工の手をつかんだ。

「これからも大名の暮しは楽になることはあるまい。領地が倍になり、米が倍もとれぬかぎりはな。家老は藩治をつかさどる者だ。家老が贅沢に馴れれば、無理矢理に金をつくらねばならぬ。その金は汚いものになるのだ。汚い金でなければ、この小さな国の中で贅沢に使えるものではないのだ。が、それもいい。しかし、佐吉。おぬしは、おれの死んだ後、この恩田家を背負わねばならぬ。家老のすることは、どんな小さなことでも藩士や領民の眼が油断なくあつまるものだ。身をあやまり、この家を潰《つぶ》してはならぬ。おぬしの母や弟妹、妻や子、親類一同のことを、よくよく考えてもらわねばならぬ。また、御家に間ちがいのないよう、全身をあげてつとめろ。よいか……」

「はい」

「御家に忠義というはなあ、佐吉。御家をうしなえば、われらも家をうしなうのだ。御家が潰れれば、われらも禄をうしなうのだ。禄を離れた侍ほど、あわれなものはないのだぞ。わかるなあ」

「はい」

うなずいた父親は、疲れきって横たわると、木工の母や弟妹たちを呼び寄せ、ゆっくりとその顔の一つ一つを見まわしてから、

「元気で暮せい」

こちらの胸の底に沁《し》みとおってくるような微笑を送ってよこした。

父親の遺体を運ぶ葬列の中にいて、長国寺へ向いながら、木工は、城下町を東から見おろしている尼飾山《あまかざり》のうしろに湧《わ》き出している白い夏雲の中へ、江戸で見た夢が、遠く、静かに消えて行くような気がしたものだ。

この年の冬には、父が子供たちへする厳格な躾《しつけ》を、何かと庇《かば》ってくれた優しい母も亡くなってしまった。

父母の死は元文三年のことだから、もう十一年前のことになる。

四

「数年来、半知高割遊ばされ、小身程、わけて難渋仕候に付、五十石以下、来午年《うまどし》より半知高割御免仰せつけらるる」

という布告が出たのは、十二月十一日である。

足軽を含めての下士たちの喜びはもちろんだったが、同時に、木工の舅《しゅうと》・望月治部左衛門に百石、木工の弟で二百石の馬廻役《うままわりやく》に取り立てられ分家している恩田左助に五十石の加増があった。

原は、あの日、城で木工に会ってから急いで江戸の藩邸へ出向き、政務の打ち合せという名目だったが、すぐに引き返したばかりである。

弟の左助も舅の治部左衛門も、表立って原に楯突《たてつ》くことはしないけれど、二人が、苦々しく原へ向けている不快さは、原自身、よくわきまえているはずだ。

足軽騒動の解決、舅、弟への加増と、このところ急に木工へ向けられた原の懐柔政策は、木工の確信を根強いものにした。

あの小林郡助を斬った井上半蔵は、別に何の咎《とが》めもなく、再び原の手許にもどり、小林の家は取潰しになった。理由なく通行の藩士に斬りかけ、ふとどきしごく……という罪状である。

大目附《おおめつけ》は原の兄郷左衛門だし、町奉行の依田佐十郎は原の従兄《いとこ》に当る。検察関係の組織もいっさい、原の手ににぎられている以上、正しい裁決が下されるとは木工もおもっていなかった。

小林は女中二人、下男二人と暮していて、妻子は、あの寛保二年の水害で死んでしまい、以後は独身で暮していた。

妹の以乃も自殺してしまったし、小林の親類も、いるにはいるが兄妹の葬式へも、原への遠慮からあらわれようともしない。

（目立たぬ男だったが、小林郡助という男は、原と乱れ切った藩治への激しい怒りを懸命に押えていたのだな）

と、木工はおもった。

この頃から、木工の身辺にも、原の監視の目がつきまといはじめた。

かたちにこそ見たことはないが、それだけに、外出のときなどは必ず影のように潜んでいる者の気配が感得されるのである。

木工は、あの夜、供に連れた山口正平に固く口止めをし、自分も、原を見る眼のうごき一つにも細かく気をくばり、気ぶりにも小林兄妹への関心をあらわさないようにしている。

江戸の駒井理右衛門から来る手紙なども、以後は変名にさせて大信寺の住職成聞を経由させて受けとるようにした。

原とお登喜の方の密通の明確な証拠をにぎれば、木工にとってまたとない有利な武器になる。

いまの信安が江戸にいる側室よりもお登喜の方を寵愛していることはだれが見てもわかることだ。

木工は、御殿にいる信安の嫡男豊松の教育をしている玉井郁之進だけに、すべてを打ち明け、探ってもらっているが、いまだに、何の情報も得ることができない。

事が事だけに、原も充分に手をまわしてあるとみえる。

正月が近づき、信州では、この松代の城下などまだ雪の浅いほうだが、それでも山や町は白一色に埋れ、藩士の家族たちは内職にいそがしくなった。

小身の藩士の家で、内職をしないところは、ほとんどなく、自宅の空地に菜園をつくり、自家で食べる野菜などは自給していたし、妻女が町家の子女にまで裁縫を教えたりした。

木綿、麻、紙、煙草、杏仁《きょうにん》、漆、蠟《ろう》などが領内での産物だが、藩士の家の内職といえば織物が第一で、雪のつもった有楽町、竹山町、柴《しば》町などの小身の家が並ぶ道を行くと、機《はた》の音が、どの家の土塀の中からも聞えてくるのである。

恩田家のように大身の家では、俸禄の一部を土地でもらっているので、俸禄の半分を藩に取り上げられても、米の他《ほか》に雑穀の収益もあって、どうにか余裕もあるのだが、しかし、妻女のみつは女中たちと共に機織りに精を出し、家族の着る衣類はいうまでもなく、ときには城下の商人にわたして金に替えることもある。用人と給人、若党二人、中間三人という家来や、女中三人への給与を、きちんとしてやることは楽ではない。

この年の暮れに、病気の妻女と二人の子供を抱えた力丸牧多《りきまるまきた》という下士が妻子を殺した上で、自殺した。貧苦の極に達したからだ。

江戸の駒井理右衛門が手紙をよこし、

……江戸の屋敷内に住む藩士たちは、かなり大身の者でも飯米の俵買いする資力がなく、深夜、ひそかに、五十文、百文の米を買いに町へ出て行く〔これを松代藩の提燈袋米と称し、江戸人の嘲笑《ちようしよう》を招き居り候〕と駒井は書いている。

「江戸も大変だな」

木工がそのことをみつに語ると、

「江戸のお屋敷内では内職もしにくく、ましてお長屋には畑をつくる空地もありませぬ。江戸の皆様は、お気の毒でございます」

「そうだな」

と、みつはいった。

「でも、一昨年の暮れのようなことがありませぬだけ、まだ心が休まります」

木工が足軽事件の解決に骨を折り、それも一応形がついたので、みつもこのところ夫を見る眼が明るくなってきている。

しかし、木工は、あの公約が実施されるものとはおもっていなかった。

一昨年の暮れのようなこととは……その年の秋から例によって信安に呼ばれ、出府していた原が、松代から送った江戸藩邸の歳暮の費用、藩中切米扶持《きりまいぶち》等に支払う金を、配下の吟味役・藤田右近に全部取りまとめさせ、信安と共に、新吉原でつかい果してしまった事件のことだ。

藩中のおどろきや怒りも、「殿様、御伊達引《おんたてひき》の金子《きんす》御入用」という名目にあってはどうにもならず、その年の暮れから正月にかけて、藩士たちの暗く沈み切ったこころは、むしろ原一派に追従して、少しでも藩内に於《お》ける地位と収益を得たいという媚態に変ってきたことは、否めない事実なのである。

（江戸に駒井がいてくれるので、おれも、どうにか安心していられる）

と、木工は、いつもそうおもうのだが、駒井は留守居役として、幕府からもれる情報には神経をとがらしているし、原もまた留守居役への機密費だけは、気前よくわたしているらしい。そこに原らしい怜悧《れいり》さが、まだ残っていた。

理右衛門は原一派にも追従せず、また、ちぢこまって蔭《かげ》で不満を鳴らす反対派にも雷同せず、冷静に職務に当っている。

今のところ木工に心をゆるして寄せる音信には、別に不安な状況はみとめられていない。

将軍も家重の代になってからは、隅から隅まで日本国中の大名たちを厳しく見詰めていた吉宗の精力的な眼に対する緊張がとけて、気が楽になっていることもたしかだった。

寛延三年（一七五〇年）の正月が過ぎ、二月には幕府から〝諸国人口調査〟の令があり、初夏となって信安の帰国が間近くなったが、肝心の五十石以下は給与を減じることを取りやめるという解決の実施は、一向におこなわれなかった。

三月初めに〔いいわけ〕にもならぬ僅少《きんしょう》なものが支給されたきり、何の音沙汰もなく、足軽たちは不気味に沈黙している。

木工が休息部屋に原を訪れたのは善光寺平の耕地が、田植唄に包まれはじめた初夏の或る日のことだ。

「わかっておるのだが……しかし、無いものは無いというより仕方がないのでな」

原は、例の白綾の着ながしのまま脇息《きょうそく》にもたれている。

木工は微笑を絶やさず、

「また足軽どもがさわぎ出したら、今度は、御公儀への聞えも、どうかと思われるが……」

と、言ってから、おれも、腹の中に原に対する鬱憤を微笑で押える癖がついてしまったのかと、厭《いや》な気がした。

「木工殿も気が小さいの。足軽相手に政事がとれるものではない。あまり気にかけられるな。千曲川治水で公儀から借りた金も、ようやく返せたばかりだしの。それに商家への借金も押せ押せになっておる」

「大変なことですな」

「さようさ」

「しかし、藩財政の行先の見込みは？」

「木工殿」

と、原は押しかぶせて、じろりと、

「勝手掛《かってがかり》のわしが考えておることだ」

木工も、皮肉がいってやりたくなり、

「真田十万石のいっさいをあなたが、しっかりと責任を負って下さるのですな？」

原の眼が、一瞬、敵意に光りかけたが、すぐに笑って、

「木工殿。政事というものはの、臨機応変に取りさばくものだ」

何々での、とか、何々はの、とか、やたらにのをつけて話したがる原の近頃の言葉使いは藩主の信安にそっくりになってきているのが、木工にはばかばかしく聞える。

原は煙管《きせる》を取って煙草を詰めながら、

「百姓たちからも、まだまだ取り立てるものが滞っているのだ」

と、つぶやいた。

「しかし、翌年、翌々年の年貢が滞るのは当り前のことだと思うが……」

「それを全部納めておる者も大勢いるのは、どういうわけかの。百姓たちもずるいのでな。もともと、検地の石高は充分に余裕を見てあるのだから、黙っておれば隠しほうだいではないか。奥羽や越後の諸国のように、天災や旱魃《かんばつ》がたびたび起り、山地の多いところとちがい、

善光寺平を控えた我藩では、どうにか、まだ楽な方ではないかの」

「百姓たちも、いくらかの余裕があればこそ、ささやかなたのしみもあり、酒や魚も味わえ、着物の一つも買うことができるので、これが出来ぬとなると働く気も失せてしまうわけだが……」

「ほほう、木工殿は百姓のお味方か？」

「われらの国は米が暮しの元である以上……」

「贅沢《ぜいたく》を彼らにさせよと申されるのか。ははは……木工殿のような仁がおられるから、近年、百姓どもが図にのぼせてくるのではないかの。百姓どもが豊かに暮すことは結構ではあるが、ここがむずかしいところだ。群集の動きというものは下手をすると、こちらの腹まで見すかされ、増長してつけあがられると、また一揆《いっき》などの騒ぎも起しかねぬからの」

領民のため、国のためと言い張って、千曲川の治水を原が進言したのはたった八年前のことではないのか。

「原殿のお言葉とも思えぬ。それは奉行たちのいい分ではないのですか？」

原は口をつぐみ、眠ったように眼を細め、ゆっくりと煙草を吸いはじめた。

木工も黙って、開け放した廻り縁の向うに、明るい陽の光を浴びて、したたるような緑を盛り上げている本丸の庭に見入った。その顔にめずらしく血がのぼっている。

廻り縁に置かれた瀟洒《しょうしゃ》な鳥籠で、原の飼っている鶉《うずら》が鳴いた。

ふっと、木工は、

(いまなら斬れる)

と、おもった。

急に、動悸《どうき》が激しくなった。

いま、この機会を逃さずこの自分の感情のたかぶりを、そのまま爆発させて一気に原を倒すのが本当かもしれぬ。

出来るだけ血を流さずに……という自分の心構えの一隅には、もし、原を暗殺する計画や実行が失敗したとき、また成功しても信安の激怒がある以上、元も子もなくなるという打算もたしかにあって、その方向に自分の気持をもって行くことを避けて来た恩田木工だった。

木工は、はちきれそうな沈黙に耐えていた。

原が、ふと木工の横顔を見て、喉元《のどもと》をごくりとさせ、

「井上……井上っ……」

と呼んだ。

隣の御用部屋から答えがあって、

「お呼びで……」

井上半蔵が襖を開けるのへ、

「いたのか、おればよいのだ」

原は硬張《こわば》った笑いをむりに浮べ、うなずいて見せる。

「は……?」

「よい。そこを、閉めておけ」

襖が閉まった。

原に横顔を向けたまま、木工は自分の心臓が皮膚を突き破って飛び出してくるような気がした。

木工は懸命に呼吸をととのえようとして、できるだけしずかに深く息を吸って吐いた。

原の持った煙管が畳に落ちた。

やがて、木工が緩慢な動作で躰《からだ》ごと振りむくと、原の顔のいろは灰色になっていて、脇息を左手でつかみ、木工をにらみつけていた。眼球がむき出し、ふるえる下唇を白い歯が微《かす》かに嚙《か》んでいる。

木工の左手がちらっとうごいた。

原がぎくりと腰を浮しかけた。

そのとき、異様な音が、部屋の空気を割ってひびくように鳴った。

この音は、まぎれもなく原の尻から出たものだ。

臭気がただよってきた。

原が、くずれるように腰をおろし、

「放屁《ほうひ》、放屁」

と、木工を見ていった。

そのとたん、頂点に達した緊張とは別に、どうすることもできないものが胸にこみあげてきて、木工はおもわず苦笑してしまったのである。

原が、はじけたように笑い出した。

木工の躰から急に力がぬけた。喉がひりつくように乾いていた。

「では、これで」

「さようか……失礼をした」

複雑な苦笑を原とかわし、御用部屋へ出て来ると、井上半蔵が襖の際にすわっていて、鋭い視線を木工からはなさず一礼した。

がらんとした御用部屋には半蔵一人きりだと気づいたとき、木工は（斬りつけるかな）と感じ、ひやりとした。半蔵はうごかない。

廊下へ出てきたが、原の部屋は、しずまり返っている。

木工は苦りきった顔つきになり、また苦笑を浮べ、

（斬ろうと思ってから斬りつけることなど、なかなかできないものだな）

そしてまた苦り切って……玄関へ出て行った。


この年の六月。

信安が江戸から帰国する四日ほど前の夜、木工の屋敷へ、尼飾山の南麓《なんろく》にある岩沢村に住む伊八という者が訪ねて来た。

伊八は、あの小林郡助の家にいた中年の下男である。

彼は一通の手紙を木工に渡し、

「しばらく時がたってから恩田様へお渡しするようにとのお言葉でござりました」

と、いった。

手紙は以乃の遺書である。

原が御殿を夜警する足軽に変装して、三日月堀の屋敷から濠《ほり》づたいに永井次郎太夫の手引により御殿の奥、お登喜の方の寝所へ忍び込むことが微細に書きしたためてあり、おもいよった揚句、兄郡助に打ちあけたところ、かねて憤懣《ふんまん》を押えに押えていた郡助は二日月堀に御殿から忍び出て来る原を待ち受けて斬りかかったもので、兄郡助の死も闇に葬られ、以後は屋敷の廻りも奉行所の役人に囲まれて自由がきかぬばかりか、自分も近いうちに原の手で殺されてしまうとおもう。それよりは、かねがね、兄が信頼を寄せていた恩田様に遺書を差しあげ、自分は、いさぎよく自殺する……と以乃は書き遺しているのだ。

奉公人が暇をとって屋敷を出るとき、一人残らず警戒の役人に身体検査をされたが、伊八は以乃の形見の蒔絵《まきえ》の手鏡の中に遺書を隠して持ち出すことができたのだといった。

（あのとき、原に斬りかけなくてよかった）

と、木工は、わくわくする気持で遺書をにぎりしめた。

三の章

一

信安は、花の丸御殿の庭園にある茶室で、木工を待っていた。

この茶室は信玄茶屋と呼ばれ、海津城を築いた武田信玄を記念して建てたもので、武田家の紋を壁に透き込み、長押《なげし》は大竹の二つ割。釘隠《くぎかくし》は松笠。垂木《たるき》は竹の皮付という古雅なもので、庭園の濠端に近く小高い場所にある。

このあたりから西側の桜の馬場にかけて見事な松林が濃い蔭を落し、蟬《せみ》の声が信玄茶屋を包んでいた。

「おお、木工か。暑いの」

濠の彼方《かなた》、川中島一帯に、午後の陽を浴びて今年も順調らしい青々とした耕地をぼんやりと眺めていた信安は、

「これへ」

「は……」

茶屋の座敷で、信安は茶道の大沢晏全《おおさわあんぜん》に茶を点《た》てさせていた。

野立てのような簡素な点前《てまえ》だ。

側にお登喜の方がいて、茶屋の周囲に三人ほどの侍がついている。

敬意のこもった」重な礼を木工にする晏全へ、信安は、木工へ茶を点てよ、と命じてから、

「木工」

と、むくんだように生気のない顔へ、それでも微笑を浮べ、

「豊松も十二歳になった。学問の方はそのほうのすすめで、玉井郁之進がついておるが、そろそろ武道も習得させたいとおもう。昨日、青山を呼んだのだが、青山は望月主米に相手をと申している。どうであろう？」

信安にしてはめずらしく父親としての愛情があふれた言葉であり、半月ほど前に帰国して以来、持病の痔疾《じしつ》の悪化に加えて胃腸の工合もよくなく、引きこもりがちだったし、それだけにまた、人懐こい信安の気性の一面が何かさびしい翳《かげ》りを見せているのを木工は感じた。

もともと下情を知らぬ大様さが微笑《ほほえ》ましいところもあり、優しい感情もある信安なのだ。

「主米は、そのほうの義弟に当るわけだが、どうであろう、豊松の相手として……」

「主米なれば、私は……」

「異存ないか？」

「はい」

「よし。では、そう決めよう」

満足そうにうなずき、信安は、

「もう一服どうじゃ」

「いただきまする」

お登喜の方が、何か甘ったるく信安にささやき、信安が低く笑った。

木工は、晏全の端正な帛紗《ふくさ》捌《さば》きに眼を移した。

主米の登用について、わざわざ自分を呼び出した信安の気持を木工はいろいろと考えてみる。

原が執政になって以来、木工が信安から呼ばれることはめったになかったと言ってよい。刷毛目《はけめ》の茶碗に泡立《あわだ》った緑の茶を木工が喫み終るのを待っていたように、信安は、

「近頃は、小隼人《こはやと》の方へばかり、大勢詰めかけるようだが、これはどういうわけか？」

突然だったし、それに信安の声は苛立《いらだ》たしいものに変ってきている。

眼を上げると、信安の、こめかみのあたりが細かく震えているのだった。小隼人というのは原の前名である。

「先年、帰国した折も、わしは気にかかっていたのだ。先日、本丸へまいっての、小隼人の休息部屋を見たが、あれではまるで、わしが住み、わしが暮す部屋と同じではないか」

と、木工に訴えるように、

「松代では小隼人が藩主か、わしが藩主か。小隼人は近頃、図に……図にあがっておるのではないか」

原の驕慢《きようまん》は今に始まったことではないが、一年程前から異様なかたちを帯びてきて、衣服、調度、ことに佩刀《はいとう》などは、全く信安のそれと寸分ちがわないものを新調させるようになって

きていた。

昨秋、尼飾山へ鹿狩りに出かけた原を、山中に住み藩主の顔を見る機会もない炭焼きの一人が見て原を信安と信じ、これを村へ下ったときにいいふらしたのが城下へつたわったことがある。

家臣たちも、原の歓心を買い、少しでも出世と役得の糸口をつかむことに熱中して、休息部屋へ機嫌うかがいに出入りすることが多くなり、信安の前に伺候することを忘れかねない状態になっている。

信安の性格から考えて、これに対する信安の不満が、いつかはきっとやってくるにちがいない。これを、あの怜悧な原が、どうして考えおよばぬのか、と木工は、環境に押し流され過去と未来の間に立つ自分を忘れきってしまう人間というものの不思議さが、つくづく恐ろしくなることがあったものだ。

しかし、とうとう、この時が来たらしい。

あのとき、原に殺意を見せて以来、どう原が出てくるかと気を引きしめていたのだが、不気味に原も黙っている。木工を失脚させる糸口を探しているのかも知れないが、しかし、いざとなっても、いまの信安は、もう原のいい分にらくらくと乗りそうもない、と木工は感じた。

木工は、ちらとお登喜の方を見やった。

お登喜の方は、無表情な眼を、平野の彼方の山脈《やまなみ》に向けていた。

微かに開いた唇から鉄漿《かね》をつけた歯が黒く光って見える。

その髪や衣装を遊女のものにし、あの新吉原の紅《あか》い灯影《ほかげ》の中に立たせて見ることを考え、木工は腹の中で苦笑を洩らした。

晏全が手早く茶道具を始末して、そっと一礼すると外へ出て行った。

「木工。原について何か申すことがあれば、申せ」

信安が膝《ひざ》を乗り出していった。

「は……」

「ないと申すのか？」

信安の声は共感をもとめているらしい。

信安と二人きりなら……と、木工は、以乃の遺書のことを、ちらっとおもい浮べながら、黙っていた。

信安も不興気に眼を逸《そ》らした。

降るような蟬時雨《せみしぐれ》の中で、信安も木工も、お登喜の方もみんなおもいおもいの感情に耐えている。

永井次郎太夫が姿を見せ、

「殿。奥村隆伯、罷《まか》り出《い》でましてございます」

と、告げた。

診察の時刻らしい。

「もう、よい」

と、信安は木工にいって立ちあがり、

「では明日、主米に命じよう」

「は……」

平伏して頭を上げると、信安の双眸《そうぼう》が、たかぶっている感情に耐えかねたのか、うるみかかっていた。

その日の夜更けに、木工は居間の机に頬杖《ほおづえ》をついて、信安と大沢晏全の小さな事件をおも
い出していた。
四年前の秋だったか、西条山で野懸《のがけ》(狩り)が行われたとき、今日、茶を点じていた晏全
が、いずれも貧困な小身者の、日常食べている麦飯の弁当を使っているのを見た信安が「茶
坊主のくせに贅沢きわまる奴」と怒り、晏全を足蹴《あしげ》にしたことがある。
信安は麦飯が大好物だった。
この時、従っていた木工が、
「米の飯より麦飯のはうが安価なのでございます。小身者のかなしさ、晏全は白い飯が食べ
られないので……」
「何?……米の方が麦より高価だと申すのか?」
「晏全は七人の子持ち故、麦飯を食べるのも苦労でございましょう」

信安はおどろいて、晏全に「許せ。許せよ、晏全」と、しきりに詫《わ》びていた。

その善良さを丸出しにした顔つきを、木工は忘れてはいない。

（困ったものだ）と、その時、ふっと不安になりながらも、信安を微笑ましいと見たのである。

このとき以来、晏全は信安に目をかけられるようになったので、自宅でも恩田家へは足を向けて寝ないという晏全になっている。

庭の竹林のあたりに蛍が飛んでいる。

木工が灯を消すと、青白くまたたいて、一匹が座敷へも流れ込んで来た。

（明日から、主米が豊松様のお相手か……）

若々しい義弟の木刀に相対している豊松の姿が目に浮んだ。

十二歳にしては小柄だが、学問によくはげむし、ことに習字を好んで筆を持たせると飽くことを知らないらしい。

木工が見こんで、五年前から差し出してある二百石取りの藩士だが、江戸の儒者・菊池南陽の門に学んだ玉井郁之進の円熟した教育と、郁之進の妹で豊松が幼年の頃から付きそっている乳母の清岡に守られ、御殿の一隅に置き忘れられたような存在だが、

（豊松様こそ……）

と、木工は、全身で、その将来を期待しているのだ。

「ま、暗い。どうなさいました」

茶をいれて、みつが隣室から入って来た。

二

一年余も沈黙に耐えていた足軽たちが、ついに、たまりかねて起ちあがったのは、翌年の寛延四年正月元旦のことだった。

元旦は藩主への祝儀のため、側向きの家臣たちは辰《たつ》の刻（午前八時）に登城するのだが、この朝、足軽一同は残らず結束して出勤しなかった。

各番所や曲輪《くるわ》の木戸の警備、役人の附人、使番、真田家の菩提寺《ぼだいじ》の詰所等にはまったく人影がなく、足軽たちは、彼らが家族と共に住む同心町の長屋に集結して、藩の出方を待った。

暮れの三十日まで降っていた雪がやみ、冴《さ》え冴《ざ》えと晴れわたった元旦だが、狼狽《ろうばい》した役人たちは、厳しい寒気のために凍り固められた尺余の積雪の道を飛びまわり、原も、さすがにおどろいて諸役人を召集して対策をねった。

信安が帰国中のことでもあり、足軽たちが、こういうおもいきった、他の藩にも前例を見ない行動に出るとは考えてもみなかったことである。

松代は北国街道を外れた城下町で、諸国の旅人や、他の藩の往来が、ふだんは少いところだが、これだけの騒ぎになれば、領内の幕府所轄地や、わずかに離れた街道筋の宿場へ噂《うわさ》がつたわるのは、わけのないことだ。

たびたび奉行所から同心町へ説得に出向いたが、足軽たちは頑として応じない。

小人数のことなら捕縛して、強引に事件を処理することもできたろうが、千人という人間の結束には、原も奉行所も、手がつけられない。

原はしかし、御所へ伺候して、巧みに信安を落ちつかせ、腹心の部下を配置して重臣たちの信安への面会をふせぐと共に、翌二日には滞った足軽の諸勘定は追々給与するむねを、町奉行を通じて布告させた。

ついで事件の責任者として、足軽小頭七十五名を奉行所に出頭させようとしたが、足軽たちは必死の気魄《きはく》を見せて、これを拒み、事態は悪化した。

強引に少数の者を捕えたところで、後に残った大勢の足軽たちがどんな行動に移るか知れたものではない。

彼らの抵抗は無言であったが、それだけに、粗笨《そほん》な取りあつかいをしたときには、その沈黙の反抗が、どんなに激しいものに変るか、これは原にも容易に感得された。

原の実兄で大目附《おおめつけ》をしている郷左衛門や、勘定奉行の原新四郎、それに原の七人衆と呼ばれて要職をかためている侍たちは、足軽たちへ強硬な圧迫を加え、断固たる処置に出て、暴動を鎮圧すべきだとの一点張りだ。原八郎五郎も、その単純幼稚な論法を、さすがに用いるわけにはいかない。

木工は屋敷にいて情勢を見まもっていたが、御用部屋での原一派の会議の模様を、ひそかに探らせにやった大沢晏全から聞き、一国の藩治がこういう連中の手に握られているのが、つくづく、なさけなくなってきた。

（まさか、これほどとはおもわなかった。だが、それだけに怖い奴らなのだ）

彼らの考えは、地位と権力の存続と誇示だけに集中され、どこまでも、そこから出てくる藩治でしかないのだ。

木工は騒動の実情を手紙に書き、山口正平に持たせ城下の南から山越しに地蔵峠を抜けさせて、江戸の駒井理右衛門へ走らせた。

この騒動が幕府へ洩れたときの、幕府の意向にそなえるためには、一刻も早いほうが駒井も外交官として活躍しやすい。

原としても江戸へは嘘のない実情を知らせはしまいし、とにかく駒井にだけは前後の事情をのみこませておきたかった。

三日の昼頃になって、晏全からの情報が、また入った。

原が、町年寄の増屋嘉十郎を招いて、密談をかさねているというのだ。

夜に入り、数度、町方と城とを往復していた増屋が中心となり、町年寄、町名主の招集がおこなわれた。

五日に至って城下の商家へ〝藩財政の窮乏〟の名目を押しつけ、原は五カ年賦をもっての借金に成功した。

松代には、木綿市、糸市、馬市等、盛んに市がひらかれて富裕な町家もあり、原は、いままでにも散々に御用金や借金を申し付けているだけに、商人たちからも大分不満の声があがり、もめぬいたらしいが、原も執政としての責任上、この予想外の悪化に対し、前々から結託して領内の商業の利権をあずけてある増屋はじめ、商家の有力者を督励し、威《おど》したり賺《すか》したりして真剣に立ち向い、二千六百両の金を獲得したのである。

しかし、このとき以来、町人たちは藩に対する自分たちの財力にはっきりと自信を持ったのだ。

一月十三日。

五十石以下の下士へは約半カ年分の給与を即時支給し、後は追々滞り分を返済するむねを伝え、小頭の七十五名を拘留した。

木工は、これを聞いて、すぐさま藩主の菩提寺としての威厳を持つ長国寺へはたらきかけ、足軽釈放の運動を側面から起して、二月七日の朝、足軽一同は罪をのがれ、従来の持場へ復帰させることができた。

藩主の信安は四日の未明から痔疾が悪化して、春が来るまでは床をはなれることができなかった。

三

信安の出府が近づいた四月二十六日の昼すぎ、非番の木工が今年十一歳になった亀次郎と九歳の幾五郎を並べて居間の縁側で耳掃除をしていると、望月主米が久しぶりで訪ねて来た。

「主米。豊松様の御相手はどうだ」

「ただいまのところ、お躰がすくすくと成長されますよう、こころがけております」

「さようか……」

「別に御病弱ということはないのです。が、しかし、充分に気をつけ、来春頃より少しずつ……」

「お鍛えするか」

「はあ」

「うごくな。亀次郎」

と、木工は長男の肩を押え、少し唇をひらいて、三十五歳にしては老けて見える皺《しわ》の多い顔つきをゆるませ、柔らかく乾いた耳垢《みみあか》を掬《すく》い出してくる耳掻《みみか》きの微妙な手ごたえをたのしんでいる。

耳掻きは、木工の習癖で、暇があると用人の馬場老人から老女中のたまに至るまで主人に耳を貸さなくてはならない。

「お父様、痛い」

亀次郎が飛びあがった。

「よしよし。ではな、こんどは幾の番だ」

亀次郎が耳の穴を押え、顔をしかめてはなれると、幾五郎は耳を掻いてもらうのが好きなので、にこにこして父の膝の前へ、きちんと坐る。

「おねがいもうします」

「よし、よし。ほほう、大層あるわ」

主米が笑って縁側にかけ、

「豊松様に耳搔きのお道楽を申し上げました」

「おれのか?」

「はあ。では、そのうち、恩田に、この耳垢をとってもらおうか、などとおおせられました」

「ほう。そうか。で、学問のほうは、相変らず玉井郁之進が精出しているのだな?」

「は。只今、御家の実情に即したやり方で、三度目の論語を講じておられます。それをまた、豊松様は、いちいち御日常のお暮しの中に生かして身につけておられるようです」

「ふむ。結構」

「私……」

「何だ?」

「私、豊松様家督の日が待たれてなりません」

「これ……」

木工は義弟を睨《にら》んだ。

(幾が聞いておるではないか)

というふうに眼でたしなめたが、木工も主米に同感しないわけにはいかないのだった。

瞼《まぶた》に青ぐろく腫《むく》みがきている近ごろの信安の憔悴《しょうすい》した顔や姿には、歴然と病状の進行が看てとれた。藩医の奥村隆伯が手をつくしているが、どうもはかばかしくないらしい。

大沢晏全によると、此頃は、毎日のように御機嫌伺いに出る原八郎五郎へ、信安は、冷たく白い眼を向けるだけで、ろくに口をきこうともしないらしい。

原も信安の前へ出るときは衣服なども質素なものをつけるようにして、本丸の休息所にも錠をかけて使用を止《や》めている。

根気よく信安の機嫌の直るのを待っているらしい。

信安も原との間には、放蕩《ほうとう》の共通の秘密があるので、いつかは、信安の気性を知りつくした、赤子をあやすような原の愛嬌《あいきょう》には何時《いつ》までも拗《す》ねているわけにもいかなくなるだろう……そう考えると、木工も焦ってくる。以乃の遺書をどうあつかうか。大切な、これは武器である。もっとも有効に使用しなくてはならないのだ。

初夏の陽射しに濡れている竹林のほうから紋白蝶が一羽、いかにも小さな羽をふるわせて、はらはらと庭へ舞い出して来た。

（原を斬ろうとしてから、もう一年になる）

木工が幾五郎を押しやって、自分の耳へ耳掻きを持っていったとき、竹林の葉が突風を受けたようにいっせいに騒ぎ出した。

竹林を、庭の草を、縁側を満たしていた明るい陽の光が、激しくゆれ、地鳴りが起った。

亀次郎は何時の間にかいなくなっていたが、縁側に残っていた幾五郎が青くなり、恐怖を懸命に耐えている。

床の間の掛軸が音をたてて落ち、家が揉《も》み上げられるようにゆれ、庭に瓦が振り飛ばされてきた。

この寛延四年の地震は、宝永四年九月のそれ以来四十四年ぶりの大きいもので、ことに越後方面はひどく、高田藩では領内の死者が一万六千人といわれ、松代の領内も激しい被害を受けた。城の大手櫓《おおてやぐら》、石垣、塀なども崩潰《ほうかい》し、領内での潰家《かいか》は四百六十七軒、山抜け三十一カ所、死人は五十九人を数えた。

侍屋敷や町家の破潰もひどく、更級郡の岩倉山が崩れて犀川に土砂を押し出し、流水の上に堤となってかぶさり、千曲川の堤防も数カ所欠潰して濁流は川中島平一面に流れ込み、むろん城下へも浸水があった。これで、原が行った千曲川治水がなかったならば、被害は、もっとひどいものになっていたろうが、皮肉なことにこの大地震は、原八郎五郎へも厳しい痛手をあたえたのである。

正月の二度目の足軽騒動で苦しい財政処理をおこなったばかりの原は、どうしても自分一人の力で復旧費用の捻出《ねんしゅつ》を計りきれなくなり、ついに、信安の前に重臣たちを召集して会議をひらかなくてはならぬ破目に追いこまれた。

信安は意地悪いほどに原を責めたて、原も包み隠していた藩財政の内幕を、厭《いや》でも信安の前にさらけだすことになった。といっても、相変らず年貢の租税の取り立て以外に収入はないのだし、収支を記した帳簿は、原の巧みな説明によって一応は裏づけられたものの、結果は、手持ちの金が全く無いということにつきるのである。

原に対して硬化した信安の態度を見ると、老臣たちも果然沈黙を破り、原の弱点を探し出して、何とか窮地に追いこんでしまおうと意気ごみだした。

原は、信安の白い眼から逃れるように江戸へ出発し、江戸家老の大熊靱負《おおくまゆきえ》と相談をして、幕府へ金五千両の借金を願い出た。

大熊は、よく言えば老練な家老であり、悪くいえば原一派とつかずはなれず、保身のための、先の先までも苦労して考えている老人だが、とにかく混乱状態の財政の中で、ここ数年の間、江戸藩邸の切り盛りをしてきている。大熊は留守居役の駒井理右衛門と協力し、藩邸へ出入りの商人から、ようやく運動費をあつめ、これを幕府老中の秘書官のような役目をしている表御祐筆の役人に賄賂《まいない》して老中へ運動を開始し、五月二十三日、信安の出府が、あと数日というときに、やっと借り出しに成功した。

金五千両。七カ年賦である。

六月初旬、信安は病気を押して参覲《さんきん》交替の出府をし、間もなく同月の二十日、隠居して江戸城西の丸に病んでいた前の将軍吉宗が六十八歳で死去した。

大岡越前守忠相《おおおかえちぜんのかみただすけ》が大葬の指揮に当った。

翌、閏《うるう》六月十日、江戸城より寛永寺に向う葬列の警衛として、真田家は、戸田、脇坂、牧野の諸藩と共に一ツ橋御門より小川町筋違《すじかい》門にかけての警備を命ぜられた。

またも出費が重なったわけである。

吉宗の大葬もすみ、地震の復旧も、どうにかすんだあとには索漠とした疲労が松代の城下町にただよってきた。

引きつづいて奉行所や代官所では、懸命に百姓を責めたてようとするが、百姓たちも地震の被害から作物も痛手を受けており、半分はふてくされていうことを聞かなくなっている。

足軽たちも、気のぬけた勤めぶりで、上役の督励などには耳をかさない。

原も、その一派も、おもい出したように能楽や酒宴をもよおしたりすることもあるが、それも、むしろ自棄《やけ》気味なところがあり、大村に新築するはずだった原の別荘も空地のまま、雑草の埋るに任せてほうり出されている。

大沢晏全が、木工を訪ねて、お登喜の方が懐妊しているらしいと告げたのは、もう秋風が吹きはじめるころだった。

「それは、本当なのだろうな」

と、木工が訊《き》くと、晏全は自信ありげに、

「私は、七人の子持ちでござりまする」

藩中に、まだ、このことは洩れていない。

「家族の者にも洩らしてはいまいな?」

「心得ておりまする」

「しばらく黙っていてくれよ」

木工は晏全に口止めして、少しも躊躇《ちゅうちょ》せず、すぐ手紙をそえて以乃の遺書を江戸の駒井へ送った。

使いは山口正平である。

二日たって、原は重臣たちを本丸大書院に召集し、

「藩の財政もいよいよ行きづまり、まことに御家の一大事と存ずる。この上は、乾徳院様の御遺志をふたたび奉じ、この困難を切りぬけたく、不肖、原八郎五郎、もって範をしめすつもりでござる」

と前置きして、十八カ条の倹約令を発表した。この政令は信弘時代そのままのきびしいものであり、原が何を言い出すことかと呆気《あっけ》にとられている老臣たちへ、原は厳然と、

「明日にも出府して殿の御裁可を仰ぐつもりでござる。御一同も異議なきこととおもわれるが、いかが？」

老臣たちは信弘の倹約令をまもりつづけ、これを原によって粉砕されただけに、よく原の真意がのみこめないらしい。

原の表情には、あの大地震以後の憔悴が消え、何か生き生きとした活力が浮き出してきたかのようだった。

木工は以乃の遺書を江戸へ送り、駒井の手かげんによって、なるべく早く信安の眼にかけたいという決心が間違っていなかったと直感した。

お登喜の方から生まれる子は女か男か、それは知らぬが、もし男だった場合、豊松との間に家督が争われ、これに原が介入してくる怖《おそ》れがないとは言えない。

突如、豹変《ひょうへん》した原の態度は、ここしばらくは倹約令によって、みずから謹直ぶりを示し、信安の信頼をつなぎとめておき、お登喜の方が子供を生むのを待ち、窮地へ追いこまれた活

路を見出《みいだ》そうとしているのかも知れない。

原もまた死物狂いになって、どんな手を打ちはじめるか知れたものではない。こんなことには気づかぬ老臣たちは「異議なきものとみとめる」という原の強い言葉に押し切られて、互いに顔を見合せるばかりだった。

お登喜の方は、原との密通など気振《けぶ》りにも見せていない。晏全のいうところによると、原が信安の不快を買っている最中でも、むしろ冷然として一言の取りなしもすることなく、ひたすら信安の寵愛《ちょうあい》に応えているらしい。それだけに、木工は不安をおぼえるのだ。

原が二、三日中に松代を出発しようというその間ぎわの八月十七日の夕暮れに、江戸から急使が来た。

原に、急ぎ出府せよという信安の命令である。

原は出府しようとしていたところではあるし、即刻、松代を発《た》った。

山口正平がまだ江戸へ着くか着かないかというときに、江戸を発った使者だけに、木工は以乃の遺書がどうなっているかと、待つうちに、八月三十一日の夜、原があわただしく帰国し、翌九月一日、再び重臣たちの召集があった。

大書院にあらわれ、重臣たちを見まわした原八郎五郎の顔には不可解な微笑がただよっている。

「このたび、江戸において、播州赤穂《ばんしゅうあこう》の浪人・田村半右衛門召し抱えられ、御勝手掛《おかってがかり》として藩財政の建て直しをおおせつけられた」

突然のことだし、重臣たちは仰天したが、原の声は、むしろ意外に平静だった。

重臣たちは騒然となった。

四の章

一

江戸留守居役・駒井理右衛門の手紙を持った山口正平が松代へ戻って来たのは、九月四日の夜更けである。

駒井は、恩田木工の手紙と以乃の遺書を見て、おどろいたらしい。

その手紙には……江戸の藩邸でも、いまは細かな日常の費用までも切りつめずにはいられなくなり、さすがに信安も、その貧困ぶりを知らぬ顔で通せなくなってきて自分の放縦な濫費の結果に後悔しはじめ、心身の苦悩がひどくなった。そこへ御用人の小松一学が原八郎五郎らへの不満をあらわしはじめ、小松の懇意にしている浪人・田村半右衛門の財政的手腕を推挙し、しばらくは藩邸に出仕させていたが、信安もついに決意して、このたびの沙汰があった。

江戸へ呼び出された原には、信安が病気不快と称して目通りをゆるさず、江戸家老の大熊靭負から、田村召抱えと原の勝手掛罷免がいいわたされた。

信安の、原への不快は決定的なものであり、早々に江戸を発った原八郎五郎も、さすがにさびしさを隠しきれない様子だった。その直後に、信安の病状が悪化したので目通りするのをひかえているが、なお機会を待ち、できるだけ速かに以乃の遺書を信安に差し出すつもりだ——と、駒井は書いている。駒井の筆も何か昂奮《こうふん》に躍っているようだ。

三日前、本丸の大書院で、原の失脚をよろこぶ老臣たちにも田村の登用は大きな不安をあたえ、質問がつぎつぎに原へあびせられたものだ。

原は、皮肉な冷たい眼で老臣たちを見まわしながら、口調は軽やかに、

「田村半右衛門と申すは、見たところ六十三、四歳になろうかな。瘦《や》せて、固そうで、噛《か》んではどんな味がいたすか……ま、牛蒡《ごぼう》に髷《まげ》をつけ着物をまとったような老人でござる。殿に目通りしてから二日後に、江戸に大風が吹き、御屋敷の塀や屋根などが大分に壊れたのを、その翌朝、夜の白むうちに田村が出仕して足軽どもを指図し、御屋敷の廻りに吹き散り飛散っている屋根板、木片、瓦などを拾いあつめ、一片も無駄にせず御屋敷の修理をやってのけたのが、殿のお耳に入り、これが、いたくお気に入って、すぐさまお取り立てということになったのだそうでござる」

原には、すでに傍観者の冷静さがあり、自分の手にあまり、どうにも手のつけようがない藩の財政を、これから田村が、どう料理するものか、老臣たちがどううごきはじめるか、という好奇に燃えているようなところがあった。

原は、渦中の人物の位置を田村半右衛門という男にゆずったのだ。

原は立ち上り、つづいて立ちかけた普請奉行の彦坂小四郎を、

「いや、そのまま」と制して、

「原も、今日からは御勝手掛を解かれ、一介の家老職でござる。よろしく御引廻しのほど、お願い申し上げる」

原は廊下へ出て行きかけて、見送る木工へ振り向き、いたずらっ児のように首をすくめて笑って見せた。以乃の遺書が、どういう効果をあらわしているかが、まだそのときは不明だっただけに、木工が戸惑いするほど、それは無邪気な微笑に見えたのである。

木工にとって、永い間、張り詰めてきた緊張が綿をつかむような呆気なさで、原は失脚してしまったのだ。

この四月の大地震がなければ、原も、こうは簡単に転落しなかったろう。信安の信頼をふたたび取りもどすために、どんな手を打ったか知れたものではない。しかし、いまは窮余に放った倹約政策も無駄玉になったわけだ。

おそらく江戸藩邸での原の人気も権力も、藩自体の入費に食い込むその濫費から、少しずつ不平不満がつのり、隠然と信安の怒りに歩調を合せていたものにちがいない。

大熊靱負は、すかさず、信安の勘気にふれて逼塞《ひっそく》していた重臣の岩崎四兵衛、小山田平太夫の家老職復帰を願い出た。大熊の養女は岩崎の妹に当る。大熊も江戸家老として、原の暴政の下に苦しい江戸藩邸の内情をどうにかやりくりしてきただけに信安もこれを退けるわけにはいかず、もともと二人の重臣を罷免した理由も感情から出たものだけなので、ここに岩

崎と小山田は得意満面といったかたちで再び家老の席へもどった。

これで松代藩の家老職は、岩崎、小山田の他《ほか》、矢沢刑部、鎌原兵庫、弥津数馬、同甚平、望月治部左衛門の老臣。それに江戸の大熊靫負、小田切源治郎、原八郎五郎、最年少の恩田木工を入れて十一人になったわけだ。

信安という虎の皮の手前、原の圧力に屈して黙りこんでいたこれらの老臣たちは、名も知らぬ一介の浪人を登用した主君への不満を早速に鳴らしはじめ、論議はやかましく、つきなかった。

秋が深まるにつれ原の衰亡は目に見えてきて、七人衆と言われた配下の侍たちも人が変ったように寄りつかなくなった。密通の手引をした永井次郎太夫も何食わぬ顔で御殿に勤めているが、この男が二度ほど深夜の原邸を密《ひそ》かに訪問していることを木工は探ってある。山口正平が、三日月堀の闇に潜むことは此頃《このごろ》たびたびだった。

お登喜の方の懐妊も公表されて、江戸から祝いの使者も来たが、駒井は、まだ遺書を信安に見せてはいないらしい。

原も神妙にしていて、三日月堀の宏壮な屋敷は森閑としずまり返っているが……月の良い夜に、塀外の道を通りかかった成聞和尚《おしょう》が、朗々と謡う原の声を聞いたと、木工に告げたことがある。原のいまの心境は、木工も、いろいろ想像してはみるが、はっきりとはつかみきれない。

十月に入った或る日。松代には珍しい強く激しい北風が、飯縄《いいづな》、戸隠《とがくし》あたりから雪を運んで来て城下の人々をあわてさせたが、すぐにやみ、翌日はまた、暖い秋日和にもどった。

高く澄みきった空に、真綿を引き伸ばしたような巻雲がながれ、屋敷のまわりを、鵯《ひよどり》がやかましく鳴き渡って行く。

「昨日着いた駒井の手紙なのだが……」

と、木工は、裏庭で亀次郎に稽古をつけ終り、庭へまわって来た義弟の望月主米に、

「田村半右衛門について書き送ってきたが、田村というは面白い老人らしいな。いま江戸屋敷に詰めて御勝手元を指図しているそうだが……先日な、台処目附《だいどころめつけ》の斎藤伝七に、樽《たる》や徳利《とつくり》の酒や油類の品不足は、いかにして吟味するか、とやったそうだ。斎藤、ちょっと困ったらしい。するといきなり、酒も油も、その器に入れるときに一升入れたらどの位、二升入れたらどの位と始めに試しておき、ときどき物指しを突込んで残りの分量を計っておくものだ、台処目附のくせにそれほどの心掛けがなくては、禄盗人《ろくぬすびと》も同然だときめつけたそうだよ」

「ははは……」

駒井の手紙には、まだ記してある。

信安が好んで食べる砂糖入りの小豆粥《あずきがゆ》を料理したときに、半右衛門は料理番の監督に当り、粥に砂糖を入れるときは、煮え立っている最中では利目がうすい、必ず冷ましてから入れて攪拌《かくはん》しろ、と命じたという。

「そしてな、主米」

と、木工は可笑《おか》しそうに、

「御屋敷内の炉端の中にはすべて、竈《かまど》を入れ、火を焚《た》く者の後ろには屏風《びょうぶ》のように壁を塗りまわしたそうだ。わかるか?……これはな、火を多く焚けば、焚く者の躰《からだ》が熱くなって居たたまれず、勢い少く焚く結果、薪炭の倹約になる、というのだそうだよ」

「初めてうかがいました」

主米も若いだけに、呆《あき》れたらしい。

木工は皮肉に、

「主米。こういう男が、御勝手掛として松代へ乗り込んで来たら、どうなると思うな?」

「は……」

木工は、吐き捨てるようにいった。

「殿にも困ったものだ」

二

はじめは番頭格、二十人扶持《ぶち》で召し抱えられた田村半右衛門が、一躍、二百石の勝手掛として松代へ到着する十日前に、江戸家老の一人・小田切源治郎が松代へ着いた。

十一月に改元のことがあり、宝暦元年となったこの年の十二月一日である。

小田切は、原八郎五郎を兄の郷左衛門と共に望月治部左衛門の屋敷へ呼び出し、信安の命をもって懲罰を申しわたした。

小田切のほかに望月治部左衛門、月番家老・恩田木工。それに横目の矢口佐太夫、山田忠蔵が書院に原を迎え、小田切は、硬い声を張って、一気に申しわたした。

「原八郎五郎儀、だんだん、ふとどきの儀これあり、急ぎ御仕置き仰せ付けらるべく候え共、御情をもって御知行召し上げられ、原郷左衛門へお預け仰せつけらる」

書院の外は番士が固め、横目の矢口と山田は、かつて原の恩恵に浴していただけに、心苦しそうに眼を伏せている。

原は、急ぎ御仕置き仰せ付けらるべく候え共、と小田切がいったときに、びくっと肩をうごかしたが、申しわたしが終っても、頭をあげないでいる。

続いて兄の郷左衛門へも、申しわたしがあった。

郷左衛門は可笑しいほどに、畳についた両手をがくがくさせ、顔が土気色《つちけいろ》になっている。

原は、ゆっくりと頭をあげ、木工を見つめた。

木工は二日前に、駒井からの密使が届けて来た手紙で、駒井が信安に以乃の遺書を見せたことを知っている。

信安の健康がやや恢復《かいふく》するのを待ち、おもいきって駒井は木工の手紙と以乃の遺書を見せたが、信安は、たちまちに顔の色を変え「原を斬れ」と叫んだという。

駒井は臆せずにすすみ出て、

「原の過ちは殿さまの過ちにございます。ここで原を斬っては、御家の醜い揉め事を、あからさまに世に知らしめることになり、また、殿の御威光にもかかわります」

と諫言《かんげん》するや、信安は駒井を睨みつけ、

「そのほう、わしに、それほどまで申さねば気がすまぬのか」

駒井が黙っていると、信安は、がっくりうなだれてしまい、しばらくして、

「よいようにせよ」

泣き出しそうにいったそうである。

さすがにいたわしく、駒井も返す言葉もなかったらしい。

原の直感はすべてを察し、また、いままでの木工のうごきについても、おぼろ気ながらさとったらしい。木工を鋭く凝視した原の眼には自分自身への嘲笑《ちようしよう》がただよっていた。

木工も気力をこめ、原を睨み返した。

原は、ふわりと木工から外した視線を小田切に向け、

「お受けつかまつりまする」

行儀正しく一礼した。

番士に囲まれた書院を出て行く原の後ろ姿には暗い翳《かげ》りがなかった。

むしろ虚栄と耽溺《たんでき》と、執政としての責任から逃れ出て、そしてまた残されたただ一つの、信安にかけた過去のつなぎ目も信安自身の手で絶ちきられた、そのあきらめと放心とが深いためいきのように、見送る木工へつたわってきた。

九年前の水害によって立身出世への道をひらき、今度は地震の災害によって転落した原八郎五郎……天災にもてあそばれたような、というよりは計り知れない天地の意志に逆らうことのできなかった一人の人間の哀《かな》しさが、強く木工の胸を刺した。

あれほどに怒りもし憎んでもみた原が、罪人として厳罰を受け、何の抵抗も見せずに引かれていくのを見た木工の、がっくりと力がぬけた全身に、重苦しく、やり切れない苦いものがひろがってきた。原のしてきたことが、それほど悪いことでもなかったようにおもえ、長い間、原を倒すことに精力と神経をつかってきた自分自身が厭らしい小心者のようにおもわれてきた。

その日のうちに花の丸御殿から、お登喜の方が、江戸屋敷で養生という名目で引きだされ、何気なく藩士に護衛されて江戸へ送られ、奥役人・永井次郎太夫と原の警護役をしていた井上半蔵の二人は追放の罰を受けた。

三

原の懲罰が済んでからも、江戸家老の小田切は江戸へ帰らず二日ほど滞在した。

これは、田村半右衛門弾圧の計画を老臣たちと合議したためである。

半右衛門は、麻布《あざぶ》飯倉《いいぐら》の町家に住み、金貸しをしていた浪人だが、側用人の小松一学はじめ、江戸藩士たちの中には、半右衛門から金を借りている者も、かなりいるらしい。

「播州赤穂の浪人というふれ込みでござるが、これが噂《うわさ》によると、かの不忠不義の奸物《かんぶつ》として醜名をさらした大野《おおの》九郎兵衛《くろべえ》の伜《せがれ》、郡右衛門というのが、この田村だそうで……」

と、小田切は眉をしかめて見せた。

老臣たちは大仰《おおぎょう》におどろいて見せたり、顔をしかめたりして、どよめきはじめると、復帰

したばかりの岩崎四兵衛が、

「けがらわしい。それと知りながら、何故《なにゆえ》、江戸家老のそこもとや大熊殿が黙って見ておられたのだ。何故、殿に諫言をしなかったのだ」

「それが、殿は、いたく田村の倹約政策がお気に入って……」

「ふん。殿が今更、倹約がお好きになっても、もう遅いわ」

遠慮なく舌打ちする岩崎へ小田切が口をはさんだ。

「これはな、小松一学めが、うまく殿をまるめこんだのでおざるよ。ともかく、江戸においては、大熊殿はじめ御留守居の駒井など、その他、田村召抱えに反対の者が半数以上でござる。しかし、何分にも殿の御信頼が意外に大きく、われらとしても君命に背くわけにはまいらず……そこで、これは江戸の大熊殿より御一同への御依頼でござるが……」

と、小田切は、この上は半右衛門の勝手掛としての仕事を妨害し、重臣一同の圧力をもって彼を実際上の藩政に立ち入らせないようにし、合せて信安の反省をうながしたいと老臣たちにはかった。

赤穂浪士の仇討《あだうち》にも加わらず、浅野家没落の折、真先に金を掻《か》き集めて逃げだし、臆病者、不忠者と世にうたわれている大野九郎兵衛の息子が半右衛門だと聞いて、老臣たちの反感に強い軽蔑《けいべつ》が加わった。

もともと真田家と赤穂の浅野家とは、かなりの因縁がある。六十余年前、沼田の領主だった親類の真田信利が民政に失敗して幕府から改易《かいえき》を命ぜられ、藩主信利は浅野家に御預けになった。松代藩でもこれを捨てておくわけにはいかず、江戸藩邸を通じて浅野家へも何かと挨拶に出向いたし、浅野家の藩士たちに手をまわし、信利の待遇についても心をくばったものだ。

そういうわけで浅野の藩士たちとの交際も生じたし、あの元禄十五年（一七〇二年）の仇討があって後、諸侯へ御預けになった浪士たちへも松代藩として深い同情を寄せ、恩田木工の祖父民重などは、浪士の一人・堀部弥兵衛に夜具一揃《ひとそろ》えを贈ったことがある。

浅野家の悲運に対する好意を松代藩の誰もが持っていただけに、田村半右衛門が大野郡右衛門だという噂は決定的なものとなり、老臣たちは手ぐすねをひいて半右衛門の松代到着を待ちかまえた。

小田切が江戸へ引きあげて七日目。田村半右衛門は伜の左近を連れ、五人ほどの供を従えて松代に着いた。

増屋嘉十郎が、伊勢町の豪奢《ごうしゃ》な自邸に田村を迎えたのは、原の失脚によって早くも新任の勝手掛に取り入り、引きつづいてその利権を存続させるため、機敏に立ちまわったものと思われる。

普請奉行の彦坂小四郎や郡奉行の成沢新弥など、原の配下だった連中の中にも、半右衛門到着のその夜、使いをやって遠路の出張をねぎらったりする者もいたようである。

半右衛門は到着の翌々日、江戸から同行した藩士・堀切伝助に案内されて重臣の屋敷への挨拶まわりをやった。

二日ほどめずらしく暖い日がつづいて、凍《い》てついた雪の路《みち》が融《と》けかかっていたのだが、その日は未明から冷えこみが激しくなり、鉛色の空が、いまにも雪を降らせようとしている。

半右衛門は、まず矢沢刑部邸を訪れたが、矢沢は不快と称して玄関先で追い払った。

つぎに鎌原、小山田、弥津など、各家老の屋敷へまわったが、どれもこれも、申し合せたように、「主人不快につき……」の一言で、家来が玄関へ出て面会を断わってしまう。

家来たちも主人からいいつけられているので不快と軽蔑を露骨に見せた。

半右衛門の瘦せて骨張った躰が怒りにふるえ、渋紙色の顔の飛びだした額の下に窪《くぼ》んで見える小さな眼がきょろきょろと、忙《せわ》しなくうごいた。

案内に立った堀切も閉口したが、半右衛門も、さすがに心細くなったらしい。それでも勇気をふるい起して岩崎四兵衛を訪れると、岩崎は自身で、ずかずかと玄関先へ現れた。着流しのままで佩刀《はいとう》を左手につかみ、

「田村殿とか申されたな。わが松代藩においては御勝手掛は首席家老が兼務いたすが定例じゃ。なれども殿の命によって二百石を頂戴するそこもとが拝命いたしたからには、藩の政務には口出さず、御勝手掛としての職務にのみ専念されたい。藩治をつかさどるは、われら家老の役目。これを、ゆめゆめ忘れてはなりませぬぞ」

いい捨てると岩崎は、さっと引込んでしまった。

侍にとっては見逃せぬ侮辱を受けたわけだが、田村は瘧《おこり》にでもかかったように身をふるわせ、唇を嚙んで黙ったまま出て来た。

伜の左近というのは頭の大きな顔の細い青年だが、おどおどしてしまって口もきけない。

堀切伝助は小松一学一派の侍だが、信安の命によって出張してきた半右衛門に対する無礼をたしなめる勇気もなく、

「わ、わしは、もう帰る。江戸へ帰り殿様に申し上げる。裃《かみしも》をつけ礼を正して挨拶に出たわしに、着流しのまま、か、刀をつかんで応対するとは何事だ。だ、黙っておれば、よい気になり、勝手掛のわしを……」

と、門を出てから、急に叫び出した半右衛門を懸命になだめ、恩田木工邸へ向った。

木工は老臣たちに追従することもなく、温厚ではあるが、原八郎五郎が千曲川治水を進言したときにも敢然と老臣たちにさからって原の味方をしたということは堀切も知っている。何とか木工の同情と支援を得たい気持で半右衛門を引きずるようにして恩田邸の門を入った。

案内をこうと、意外にも丁重に書院へ通された。

大火鉢に炭も燃え、熱い茶も出され、堀切はほっとしたし、半右衛門も急に元気づいたようである。

間もなく木工が現れた。裃の礼装で、にこにこしている。

半右衛門の挨拶をうけると、

「御役目御苦労に存ずる。御重役方の首尾はどうでありましたか?」

と、訊《き》いた。

半右衛門が、ぐっとつまると、堀切伝助が、あわてて、

もめでたい」

「は。いずれも上首尾にて……」

「ほほう。それはめでたい。御勝手掛は重臣方の協力なくしては勤まりかねる役目。何より

木工は、ちらりと皮肉な視線を半右衛門に走らせたが、半右衛門は、うつむいたままだったので、これに気がつかない。

木工は、寒気が強いからと言って酒肴《しゅこう》を命じ、御承知のように藩の財政は窮乏をきわめているのだが、どのように手をつけ、その建て直しをなされるおつもりか？　と訊くと、半右衛門は、柔らかな木工のもてなしに気をよくして、滔々《とうとう》と弁じはじめた。

まず藩士一同が結束して倹約に努め、藩の出費も切りつめて、諸侯や幕府との交際も地味にする。百姓や町人たちへも年貢や御用金を新たに申しつけてきびしく取り立てる。自分が眼を光らせて監督に当り、汚職を一掃して領民たちに納税の意欲を起させ、これを怠ける者には厳罰をもって徹底的に取り締る、というのが半右衛門の考え方らしい。木工から見ると他愛のない政策であり、領民を圧迫することは原の時代と変りなく、ことに木工が不安をおぼえたのは、半右衛門が領民のうごきについてまったく無知だということだった。

この正月の足軽騒動で、原が必死になって借金政策をおこなうために城下の町人と折衝した態度は従来の高圧的な強制とは違ったもので藩財政の弱体を見事にさらけ出してしまっているし、四月の大地震における醜態も冷静な目で見まもりつづけてきた町人たちが、いままでは、はっきりと自分たちの財力に自信を持ち、自分たちが藩の危急を助けたという意識を抱

きはじめてきている。

穀物問屋の増屋が原の代りに半右衛門を利用しようというのも、あくまで冷たい商人の考えを土台にした上でのことなのだ。

一方的に半右衛門を嫌うのもどうかとおもい、先日の重臣の会議にも沈黙していた木工だったが、実物を目の前に見て、駒井の手紙による半右衛門の映像が、そのまま、裏づけられた気持がした。

重箱の隅をほじくるような半右衛門の言動に、あっさりと魅入られてしまった信安の人の善さにも呆れないわけにはいかなくなる。

酒肴が運ばれてきたが半右衛門は箸《はし》もとらず、

「私は贅沢《ぜいたく》に馴れておりませぬゆえ、失礼いたします」

という。あながち虚勢を張っているのではなくて、むしろ酒などには興味がないようであり、木工にすすめられて盃《さかずき》をとった堀切伝助を厭《いや》な横目をつかってちらちらと見た。伜の左近も寒気に耐えかねて、盃に手をのばしたいらしいが、父親の手前、がまんをしているのが、ありありと木工にわかる。

やがて、半右衛門は堀切をうながして腰をあげた。

玄関まで見送った木工は、一礼して門の方へ歩きかける半右衛門にいきなり、

「大野郡右衛門殿」

瞬間、半右衛門はぎょっとなって振りむいたが、すぐにうらめしそうな表情になり、木工

の真意をさぐりとろうと懸命になっているようだ。

木工は間をおいてから、

「これは、思わず旧知の人の名を呼び、失礼いたしました。あまりに後ろ姿が似ておられるので……」

半右衛門は鼻白んだ一礼を残し、門を出て行った。

その夜、木工は妻女のみつに、

「大野郡右衛門だとすると、もう七十を越している筈だが……それにしては躰つきなど、しっかりしている。ただの噂だとしても、半右衛門がその噂を気にしていることはたしかだな」

といった。

半右衛門は、翌朝、ひどい下痢を起して、五日ほど増屋方に滞在し、躰が恢復すると、早早に松代を引きあげて江戸へ帰って行った。

岩崎四兵衛、小山田平太夫の両家老は、

「再び殿の勘気をこうむるとも……」

半右衛門を失脚させずにはおかぬと息まき、老臣たちもこれに追従して結束を固めた。

再び藩政を自分たちの手に取りもどそうと、老臣たちは気負いたった。

藩士たちは、いまのところ、半右衛門が信安の威光を楯に、何処《どこ》までこの圧力を押し切れるか見込みがつかないので、言動をつつしむよりほかはない。

やがて、増屋嘉十郎が江戸へ呼びよせられ、六千両の御用金を献じ、そのかわりに二十人扶持の給人格に取り立てられた。半右衛門は、原と仲が悪く、いまは藩用達《はんようたし》を辞めている八田嘉助をも同時に呼び出して御用金を命じたが、嘉助は承知せず、しかし、無下にも断わりきれないので金千両を献じたという知らせが、江戸の駒井理右衛門から、恩田木工にとどいたのは、この年の大晦日《おおみそか》の夕刻である。

この夜更けの、間もなく除夜の鐘が鳴ろうというときに、有楽町に住む山寺藤八という下士が、妻子を残して病死した。貧困が原因である。

四

宝暦二年の正月がすぎると、江戸からの使者があり、原の執政時代に汚職をほしいままにしていた藩士たちが、次々に江戸藩邸へ召喚され、罰を受けることになった。

郷左衛門、新四郎の原兄弟は五百両、彦坂、成沢の両奉行は三百両、その他、原の七人衆と呼ばれた奉行代官をふくめて三十数名の者が、それぞれ御用金の名目で罰金を申し渡されたのである。

田村半右衛門は小松一学を通じて手をまわした上に、昨冬、彼が共に松代へ連れて行った江戸の藩士五名に、松代滞在中、村方や町方をひそかにまわらせ汚職の調査をさせていたし、原一派の専横ぶりを憎んでいた藩士たちも、これに協力したので逃れる余地はなく、宗門奉行の関口軍蔵などは吟味役勤務中に誤魔化した五十七両まで摘発され、金井平吉は父親がつかい込んだ分まで弁償させられた。

原一派は、原の失脚以来、内心の戦慄《せんりつ》をもてあましていたのだが、罰金ですむことなら目つけものといわなくてはならない。しかし、どうにか金を差し出せる者もあったが、家財一切を売り払って血の出るような金を調達した者も少くない。脛《すね》の疵《きず》を隠し切れない弱味があるし、何よりも役職を失うことがおそろしいので、半右衛門の要求を断わるわけにはいかなかった。

この事件が終って三月に入ると、また江戸からの使者があり、原郷左衛門・新四郎の兄弟は御役御免を申し渡された。五百両の罰金を取られた上での、この辛辣《しんらつ》な懲罰には原兄弟は泣くに泣けないところだったろうが、郷左衛門は特別のはからいをもって、書院番組に入れられた。

これは、弟の八郎五郎を預かっていることに信安が気をくばったものらしい。信安としても、いくらか寝ざめがわるかったのだろう。

三月下旬、信州の遅い春が、桜、梅、杏《あんず》の花を一斉にひらかせるころになって、田村半右衛門は、江戸で腹心のものとした十人ほどの藩士を従え、再び松代にやって来た。伜の左近も一緒である。

出発にあたり、半右衛門が信安から二百石の加増を受け、合計四百石の家老職に抜擢《ばってき》されたのは信安の盲目的な信頼を、はっきりと裏づけるものだといってもよい。

それだけに、半右衛門は意気軒昂《いきけんこう》としている。昨冬、松代へ来たときには見られなかった自信が満ちている。

今度は重臣への挨拶廻りなどはしなかったし、城下へ入ると、そのまま、増屋嘉十郎方へ入り、数日は配下の侍と合議をしているようだったが、奉行も代官も、ひっきりなしに増屋を訪れて半右衛門に媚態《びたい》を見せたし、罰金のうらみなどは何処かに置き忘れたように半右衛門へ追従しはじめている。

家老たちの怒りは頂点に達した。

四月二日、半右衛門は郡奉行所へ領内四郡二百余村の村役人（肝煎《きもいり》、組頭長《おさ》百姓）を二日間にわたって召集した。

半右衛門が申しわたしたのは、今年よりの年貢を、百石に付き一割五分だけ余分に上納しろ。翌年翌々年の分までも差し出せというのは従来と変りがないが、余分の上納は取りあえず今年度分にとどめておく、というのである。

当然、村役人たちの態度は硬化した。彼らは、半右衛門の申し渡しを受けぬばかりか、うずくまったまま、上座にいる半右衛門をにらみつめている眼が殺意立ってきている。

半右衛門も、さすがに村役人たちの憤懣《ふんまん》に気づいたと見える。

「だがの、よく聞け」

今度は猫なで声になって、半右衛門は、

「その代り、今年は大検見《おおけみ》、小検見、それに百姓どもの迷惑いたす年中行事は、特に、これを免除してつかわす」

といった。

検見というのは、毎年の収穫期に藩から役人を出張させて、その年の収穫を検査させ、年貢代を定めることをいう。この検見の出張には奉行、代官、下役をふくめて各村々二十人近くの役人が出向き、村方では、これらの役人の饗応《きようおう》と少しでも年貢高を減じてもらうための賄賂《まいない》とで、大変な出費をしなければならない。

原の執政時代には何かと名目をつけて二度も三度も検見をやり、役人たちが賄賂を要求したことも、たびたびだったし、半右衛門としては、これらの出費を差しひけば百石に付き一割五分増の年貢を村方でも受け入れるだろうという自信があったのだろうが、村役人たちは、この数年来の暴政に我慢の頂点にまできていたところだし、昨年の足軽騒動以来乱れに乱れきって醜態を見せ続けの藩に対しての軽蔑を、隠しきれなくなっている。

彼らは顔を見合せては、その憤懣をたかぶらせるばかりで、半右衛門の申しわたしを受けようともしない。黙りこくったままでいる。

郡奉行の成沢が村役人を叱りつけたり、なだめるように説得したりしはじめると、村役人たちは今日はこのまま帰らせていただき、村方一同にはかった後、あらためて御返事申しあげると答えた。

半右衛門は火のついたように怒りだし、

「不承知ならば、小検見の役人をただちに派遣して、お目こぼしによる隠田《おんでん》を摘発し、これを一切、藩の手に引き上げてしまうが、よいか」

と、きめつけた。

お目こぼしの隠田というのは、年貢の対象にしない耕地のことで、これが百姓たちの、ささやかな楽しみにもなれば衣類や酒にもなる余分のものであり、隠田は禁制となっているけれども、いくらかの目こぼしのあるのが通例であり、百姓たちもこれを内聞にしてもらうために、藩の役人たちへ賄賂もつかうし、役人たちも、この目こぼしを武器にして厭がらせをやり金品をせびるということになるのだが、これは、むしろ公然の秘密といってもよい。それだけに、公式の席で、半右衛門が、こういうことをいい出したのは藩の役人たちも狼狽《ろうばい》させたし、村役人たちの怒りを倍加させてしまった。

村役人たちは、ともかく一応は帰村し、両三日中に返事をまとめてお答えすると押しきった。

二日目の村役人召集のときも同じ情景がくり返されたが、このとき半右衛門は、

「殿様御手許《おてもと》が苦しければ、年貢や御用金を余分に差し出すのは当り前のことではないか。われらもそのほうたちの苦労は充分に察しておるのだ。だからの、われらの申し付けたものを差し出した者は、賭博はもとより盗みをはたらいてもさしつかえないのじゃ。ここのところをよく考えてみい」

と、いった。もちろん、本気ではなく、かるい冗談を飛ばして村役人たちの昂奮を柔らげるとともに、お目こぼしの恩典を恩に着せようというつもりだったのだが、この余りうまくない冗談が、どんな形で跳ね返って来るか、まだ半右衛門は気づくわけがなかった。

五

四月六日の夜に入ると、領内の百姓たち、ことに四万石と称せられた西山中の百姓たちは、城下の清野村の堂島田圃《たんぼ》にあつまり、九十箇村、三千余人が、鎌、棒、竹槍などを持ち、喚声をあげ城下へなだれ込んで来た。

番所の足軽などは、むしろ、すすんで道を開けてやったし、あっという間に百姓たちは紙屋町、紺屋町の街路を駆けぬけ、伊勢町の増屋嘉十郎宅を取りかこんだ。

増屋は半町四方もある土蔵造りの豪家で、このあたりは城下で最もにぎやかな商業地であり、大通りの向い側二町ほど先に酒造家の八田嘉助の店舗もある。

百姓たちは、ひしめき押し合いつつ、幅八間の街路を埋めつくし、松明《たいまつ》の波は増屋を押し包んだ。

「半右衛門を引きわたせ」

「盗《ぬす》っ人《と》に宿を貸す嘉十郎め、出て来い。どやしつけて酷《こっぺ》え目に会せてくれるぞ!!」

「半右衛門を出さねえと、火イかけてくれるぞ!!」

「構わねえから押し込め、押し込め!!」

口々に叫び、喚いて、百姓たちは増屋の門に殺到し、丸太や材木を門へ叩きつけて破ろうとする。増屋では胆をつぶして、ただ、おろおろと家の中を逃げまどうばかりだ。

半右衛門は左近と共に裏口から逃げだそうとしたが、裏手の遊女町に接する小路もあふれるような松明の灯影《ほかげ》と喚声がゆれ動いていて、どうにもならない。

この月の家老月番は望月治部左衛門老人だったが、恩田木工は望月家へ駆けつけ、舅《しゅうと》と共に、町奉行出役の先頭に立ち、伊勢町へ駆けつけた。

奉行所の高張提燈《たかはりぢょうちん》を振り、懸命に百姓の群れを割って先導する下役人について騎乗の木工たちが増屋の前へ来ると、一揆《いっき》の総代とも見える、がっしりした躰つきの老人が請願書を差しだした。これは山上条村の肝煎で九郎兵衛という者である。

治部左衛門が請願書を開いて見ると……恐れながら口上書を以《もっ》て願い奉り候御事、とあり、博打《ばくち》や盗みをはたらいてもよいから、今度の半右衛門が発令した無理難題の年貢取り立てを完遂せよとまで言われては、領内の百姓どもは、とても立ち行かなくなる。禁令の犯罪を犯してまでも年貢を出せなどといわれては我々も承知できない……これによって田村半右衛門をわれらに引きわたして貰いたい、というものである。請願書には、領内の村役人や有力な百姓が署名捺印《なついん》している。

九郎兵衛は、半右衛門引渡しが聞きとどけられなければ、やむを得ず、百姓一同はすぐこの場から江戸表《おもて》へ出発し、幕府へ訴え出ても目的は達せずにはおかない、と、いいたてた。言葉づかいはあくまでも百姓が武士に対するへり下ったものだが、態度は強硬なものであり、原時代からの憤懣がつもりつもって爆発しただけに、決心も固い。

それに、太平の世がつづくにつれて増える一方の浪人たちが各国の農村にも入り込み、百姓から庇護《ひご》を受ける代りに、領主の民治に対する百姓たちの対策を指導する、といった傾向が多くなってきている。彼らが各地で起る百姓一揆を指導して、幕府の監視を怖《おそ》れる領主たちをおびやかしている例はいくらもある。

民治に失敗すれば、一も二もなく幕府に睨《にら》まれて藩自体も罰を食うことになるのだ。おそらく、松代藩としては、このときが初めての百姓一揆だけに、敏速な解決が必要だった。

（しかし、これだけの騒ぎになれば、領内に点在する天領〈幕府の支配地〉に聞えぬ筈はない）

と、恩田木工は、先年の足軽騒動などとは比べものにならない事態の緊迫の中で、群集の怒りと、喚声と、松明の火の狂ったように乱れ飛ぶ街路に、猛《たけ》りかかる馬を乗りしずめながら、舅の治部左衛門に、

「とりあえず半右衛門引渡しを承知なさらぬといけませぬ」

「うむ……そうだな」

「あとは明日のことです。とにかく一時も早く、百姓どもをとり静めなくては……」

「うむ」

治部左衛門は考えていたが、町奉行をまねき、木工と共に打ち合せをしてから、半右衛門は明朝六ツ時（午前六時）に蔵屋敷において引き渡すからといいわたし、百姓たちの引き揚げを命じた。

九郎兵衛は、他の村役人と相談し、半右衛門引きわたしまでは、この増屋の包囲を解くことは出来ないと言って約五百人の残留を願い出た。というよりも実物を受け取るまでは信用ができないという様子が、ありありと見える。半右衛門を受け取れば、これを嬲《なぶ》り殺しにす

るつもりなのである。

治部左衛門は仕方なく承知し、残留の他の百姓たち二千数百人が引き揚げるのを見とどけてから屋敷へもどり、すぐに重臣の召集をおこない、協議をはじめたころには夜が明けかかっていた。

増屋では街路にネコ（筵《むしろ》）二百枚を敷き、諸白《もろみ》（糟《かす》をこさぬ酒）の大樽《おおだる》を持ち出して百姓たちを懐柔しようとしたが、百姓たちは、これを頭から受けつけようともしない。

増屋を包囲する百姓たちにまじって奉行所の役人も詰めていたが、半右衛門は未明に降り出した雨の中を、伜の左近と共に百姓姿になり路地口から街路に忍び出て、恐怖にふるえながらも巧みに包囲の間を縫って鍛冶《かじ》町へ抜け、城下の東端にある長国寺へ逃げ込み、素早く頭をまるめ、雲水の姿に変装した。

夜が明けて蔵屋敷へ詰めかけた百姓総代に、治部左衛門が、

「田村半右衛門が、このたび発した命令は、如何《いか》にも非道であるに相違ない。よって、その命令は只今かぎり取り消すであろう。ただし、半右衛門は殿様の家来ゆえ、すぐに引きわたすわけにはいかぬ。半右衛門は、すぐに取り押え、殿様の御許しが出た上で引きわたす。どうじゃ、わかってもらえぬかな」

治部左衛門が出した誓約書には、藩の家老一同の署名捺印があり、その誠意が百姓たちにも感じられたのだろう。長い間、彼らも協議していたが、やがて肝煎の九郎兵衛が進み出て、これを承知した。

治部左衛門が、すぐに命を下し、番士たちが増屋方へ半右衛門父子の身柄を引き取りに向う少し前に、雲水姿の半右衛門父子は長国寺の墓地づたいに裏手の田圃へ抜け、関屋川をわたって皆神山《かいじん》の東をわたり、地蔵峠を越えて、必死に江戸へ逃げ出していた。

この事件は、もう隠しとおせるわけのものではなく、勿論《もちろん》、天領の幕府の役人にも知れわたっているだろうし、街道筋の宿場へ噂《うわさ》がひろまるのもわけのないことだ。しかし、とにかく一夜のうちに、どうやら百姓たちを納得させた思いにほっとしながらも、なお苦渋に顔をゆがめた藩の重臣たちは早打ちの使者を三回続けて江戸の藩邸へ飛ばした。

この朝から、松代では、物憂い初夏の雨が何日も降り続いた。

六

田村半右衛門は、江戸の藩邸へ逃げ帰って間もなく、四月十五日幕府の手によって捕えられた。

これは、一カ月ばかり前の半右衛門召抱え以来、彼に追従しては何かと世話をやき、取り入っていた藩士の小山孝助という者が、半右衛門の悪事を幕府の奉行所の目安箱へ投書したからである。

半右衛門は召抱え以来、重箱の隅をほじるような倹約ぶりを見せて、放埒《ほうらつ》への反省の色濃い信安の信頼を得ると同時に、その重箱の隅をほじくり出した分は、たとえ米粒一つでも自分の袖の下へ入れてしまい、昨冬の増屋たちに出させた御用金や、この二月、原一派に罰金を差し出させた、そのほとんど半分は半右衛門が小松一学と共謀してふところへ入れてしまったらしい。

小山も前々から半右衛門に分け前をもらっては、まめまめしく媚態をしめしていたのだが、ついには半右衛門も狼狽するほど汚職に熱中しはじめたので、半右衛門も持てあましはじめ、継子《ままこ》あつかいをするようになった、これを小山は恨んだのである。

小山の投書も手がこんでいた。

彼は自分の名前が表へ出るのをおそれ、去年の大晦日に松代で病死した山寺藤八の名前と筆跡を騙《かた》って投書したのだ。小山が松代にいたころ、山寺はその下役を勤めていたことがある。

幕府では密偵を放って松代藩と江戸藩邸の内情を探らせていたのだが、ついに小山孝助が投書の本人であることがわかり、小山は捕縛されるとすぐに、いっさいを白状してしまったので、半右衛門父子と共に小松一学の汚職も明るみに出ることになった。

どうやら隠しつづけてきた藩の内情も一度に幕府や諸大名の間に知れわたってしまったし、信安も、すっかり憔悴《しょうすい》し、寝たり起きたりだった病状が急激に悪化した。

四月十八日、信安は死をさとって、嫡子の豊松とともに、国許《くにもと》の重臣のうち岩崎、矢沢、望月の家老職と共に恩田木工を呼びよせるための早打ちの使者を送り、同時に幕府の老中に対し、遺書をしたためて嫡子豊松の家督を願い出た。

豊松は、このとき十四歳である。

昼夜兼行に駕籠《かご》を乗りつぎ、使者が松代へ到着したのは、二十日の夜ふけだった。

四人の家老は豊松をまもって、即刻、松代を発ち江戸へ急いだ。

一行が赤坂南部坂の藩邸に着いたのは二十四日の夕刻である。

奥御殿の寝所に横たわっていた信安は、すぐ豊松に会い、やがて四人を呼びよせた。

去年の六月、松代を発って以来約一年の間に信安の窶《やつ》れ方は想像以上であり、紙のように光沢のない顔の、どちらかと言えば大きい鼻の、その小鼻が窪んだように見える。眼のまわりは、黒ずんでいて、木工は見るなり、これはもういけない、と、はっきり感じた。

病間へ入る前に、松代から付いて来ている藩医の奥村隆伯に訊《き》くと、数日前から嘔吐《おうと》が激しくなり、吐血もあるし、黒い漆のような便が出て、衰弱が一層ひどくなったという。胃部に手を当てて見るとしこりが微《かす》かに感じられて、これがなかなかにとれない。とにかく、全力をつくしてみたが……と、隆伯は暗い面持である。

それでも信安は半身を起し、四人の家老にいった。

「わしもあと十日と生きてはおられまい」

岩崎四兵衛が、

「お気の弱いことを……」

と、言いかけるのへ、

「気休めをいうな、四兵衛。わしもな、死ぬことは厭で、恐ろしくての。いま少し、豊松が成人するまで生きていたいと、もがいてみたが、もういかぬわ」

淋しそうに四人を見まわした信安は、ふっと黙りこんだが、そのうち急に声をふるわせ、

「豊松をたのむ、無事に家督をさせてくれい。よいか、くれぐれもたのみおくぞ。よいか、よいか」

父親として藩主としての自覚と、豊松への愛情が切なく迸《ほとばし》りでた信安の言葉に、さすがに岩崎ら老臣たちも胸がつまってくるようだった。

幕府の監視と財政の窮乏に、一年一年と苦しい立場に追い込まれて来ている大名の、その国と家との存続は藩主と藩士と、その家族たちの死活の問題である。信安の願いは家来たちの願いであり、共通の苦悩が藩主と家臣の間にながれている。岩崎は平伏して、

「われら一同、身命に代えましても……」

「たのむ。たのむぞ。わしも、そのほう達に迷惑をかけつづけ、心ぐるしくおもっておるのだ。ゆるしてくれ、ゆるしてくれい」

信安の頬に涙が一すじ、静かに落ちてきた。

「豊松家督の願いを、数日前に公儀へ出したが、少し遅すぎたかの。いや、わしも、それまでは、まだ死なぬつもりでいたのだが……ともあれ、原の事件や、こたびの、田村半右衛門の騒動についても、公儀では何とおもっておるか、これが心配での。豊松家督についても、どういうことになるか……」

矢沢刑部がうつむいていた白髪頭を上げて叫ぶように、

「われら、いかようにも手をまわしましても、御公儀に対し、殿の御気持を通じさせまする。

御安心下され」

「そうか、そうか。たのむ。四兵衛も刑部も治部左も……」

と、信安は、木工に視線を移して、

「頼むぞ」と言った。

信安は、疲労で躰《からだ》を起してはいられなくなった。

四人が退出するとき、望月治部左衛門に、

「こたびの騒動については苦労であったの」

と、信安は枕の上からいたわった。

表御殿への暗い廊下をわたりながら、望月治部左衛門は木工にささやいた。

「わしは、今夜はじめて真田十万石の殿を見たような気がしたぞ」

定勤家老の長屋に分宿した、その夜更け、木工は久しぶりに留守居役の駒井理右衛門と会った。駒井は外出先から帰ると、木工の宿所へ訪ねて来たのだ。

駒井は数年見ないうちに、でっぷりと肥って、相変らず、血色のよい脂ぎった顔からは、ほんのりと酒の香が匂っている。

彼は、いま、あらゆる手をつくして幕閣に豊松家督の諒解《りようかい》運動をやっているらしい。

今日は幕府老中の秘書官のような役目をしている表御祐筆衆の一人・佐々木新三郎を、芝、高輪の留守居茶屋〔石橋万《いしばしよろず》〕へ招待して遊ばせた上、品川へくりこみ、駒井が万端ぬけ目なく取り持ちして、帰りの土産物の料理の箱の下には百両の小判を敷いて持たせて帰したという。

その前に駒井は四谷信濃町《よつやしなの》にある佐々木の屋敷を二度ほど訪問して豊松家督についての助力をあおいでいるのだ。もちろん、手土産の菓子折の下には小判が敷いてあるわけである。

表御祐筆の佐々木の手によって、家督申請の書類も速やかに老中の眼にとまることになるし、またそのときには、佐々木の有利な口添えが大きく物をいうことになる。ことに現在は将軍家重が病弱で役に立たず、幕府の政事は、ほとんど堀田相模守《さがみのかみ》以下の老中の手によっておこなわれているので、御祐筆を抱き込むことは側面からの外交政策としての常識だといえよう。

だから幕府の御祐筆と言えば余得の収入が莫大なものである。

「ぺこぺこと御機嫌を取りながら飲む酒は、うまくないな」

と、駒井理右衛門は、

「しかし、佐々木という男は割合にさばけた、もののよくわかった男だから、うまくゆくとはおもっているのだがね」

「で、今夜の首尾は？」

「うむ、上機嫌で帰って行ったよ。出来るだけ助力してくれるといってな。そうしてくれなければ困る。こっちは血の出るような金を三百両もつぎこんでいるのだからな」

真田家の親類に当る大名たちも奔走してくれているし、また駒井は、将軍家の菩提所《ぼだいしょ》である増上寺《ぞうじょうじ》へもはたらきかけているという。

「しかし、半右衛門にはおどろいたよ。まさか、あれほどの曲事《くせごと》をやっているとは気がつかなんだ」

「駒井、江戸では、おぬし一人が頼りなのだからな。しっかりしてもらわぬと……」

「わかった、わかった。で、殿にはお目にかかったのか？……いかぬだろう、もう……」

「いかぬな」

「殿もこうなってみるとお気の毒な方だが、どうも、がむしゃらでな」

「さびしがりやなのだよ。絶えず御自分を取りまいている者がいないと我慢がおできにならぬのだ。しかし、先刻お目にかかったときに、豊松様と藩のことを実に心配しておられた」

「当り前のことではないか」

と、駒井は、むしろ冷ややかに、

「豊松様家督になったら、今後こそ、うまくやらなくてはならぬぞ、木工さん」

「うむ」

「さいわい、御利発な方らしいな？」

「うむ、それはな、おれも、たのしみにしている」

「結構だ。おれも明日、お目にかかるつもりだよ」

このとき、御殿から使いがあり、木工はふたたび、信安に呼びだされた。

蒸し暑い夜で、病室に活《い》けられた紅い八重咲きの芍薬《しゃくやく》の花も汗ばんでいるように見える。

木工が入って行くと、診察を終えた奥村隆伯が奥女中と共に席をはずし、宿直《とのい》の侍が詰めている次の間へ引き下った。

枕頭《ちんとう》に坐っていた豊松が、

「父上。わたくしは？」

「よい。そなたも此処《ここ》にいてくれ」

豊松の若々しい前髪の下の端正な、やや細面の顔が、十四歳とは見えぬほど、大人びて見えた。

信安は枕頭に木工を呼び、しみじみと、

「木工。苦労をかけたの」

これは、原とお登喜の方の事件や、小林郡助妹の遺書などについての木工の配慮に対する感謝の言葉なのだった。老臣たちの前では、やはり信安もいいにくいことだったのだろう。

お登喜の方は江戸に着いて間もなく流産をし、身柄は金をつけて町方へ下げわたしてしまってある。

「おかげで、わしも、少しは物のかたちが見えるようになったとおもうたら、また半右衛門で失敗じゃ。後悔したときにはもう遅いの」

木工は頭をさげたまま黙っている。

「それからの……」

信安は、ちらりと豊松を見やり、

「原のことじゃが……」

「は？」

「原八郎五郎のことよ。憎い奴じゃがの、しかし、わしとしては、憎いともいいきれぬのだ」

　そういって、ふとためいきをつき、

「原は子供の頃より、わしに仕え、わしをなぐさめてくれたこともあった。そしての、原の悪事は、また、わしの悪事でもある。そのほうなら、わかってくれるとおもうのだが……わかってくれるか。わしの心が……」

「拝察いたしております」

「そうか、そうか。それでの、原はいま、家禄を取りあげられ、罪を受けておるが、行末、何とかして、たとえわずかな捨扶持《すてぶち》でもよい、何とかしてやってくれるよう、そのほう、ふくみおいてもらいたいのだが……」

「はい」

「原は悪い男じゃ。無理かも知れぬが……だがの、わしとしては、わしとしては……」

「殿。御心配なされませぬように……」

「引き受けてくれるか」

「ちからをつくしまする」

「うむ。たのむぞ。原にしてみれば……」

　と、信安は渋く笑って、

「わしを恨んでおるやも知れぬ」

豊松は目ばたきもせず父と家老を見まもっている。

「豊松」と、信安は頭をあげて、

「そちは成人いたすにつれ、何かと木工を相談相手にいたせよ。よいか」

「はい」

豊松は大きくうなずく。

「木工も、駒井などとちからを合せ、豊松をたのむぞ」

「はっ」

駒井理右衛門などの必死の運動が功を奏したのか、豊松家督の許可が四月二十七日に幕府から下った。

このように書類の裁決が敏速におこなわれたのは異例であり、これは信安の臨終までに吉報を間に合せようと駒井らが必死の手をつくしたからだ。

駒井は、木工にいった。

「松代藩も、このところ散々に味噌《みそ》をつけてな。諸侯の間でも評判になるし、むろん、老中の耳へもすっかり入っているのだが、しかし、藩祖信幸公以来、公儀からうたがいの目で見られてきた用心に身をつつしみ、公儀からの手きびしい課役に何度も応じて文句一ついわず、お家の財産をつかい果してしまった御先祖に対して、いままでは公儀も、いくらか気がねをしてくれているのだろうな」

信安は豊松の家督を訊き、安心して二日後の二十九日の朝、息を引きとった。

苦しそうにあえぎつづけて、病間につめかけた豊松はじめ、奥方や重臣たちを息苦しいおもいにさせたが、臨終近くなると、いくらか落ちついてきて、豊松の手をさぐり、

「豊松、死ぬことを考えつづけていたときは死ぬが恐ろしく、脂汗かいて切ながったものじゃが、いざとなると、おもいのほか、恐ろしくないものだの」

信安の享年、三十九歳である。

五の章

一

信安の死後、豊松は、まだ年少のために直接藩政にたずさわることなく、江戸の藩邸に暮すことになった。

望月主米は松代から出府して江戸詰になり豊松の近習として仕え、御守役《おもりやく》だった玉井郁之進・清岡の兄妹も出府して、豊松の傍《そば》に侍《はべ》ることになった。

信安の二人の弟でそれぞれ養子に出た伊予小松一万石の柳生備前守俊峯《やぎゅうびぜんのかみとしみね》や、下総《しもうさ》古河五万石の本多中務大輔《なかつかさのたいふ》などが、後見の形で面倒をみてくれたが、藩治は重臣たちの合議のようなかたちでおこなわれはじめた。御勝手掛《おかってがかり》として特別に財政をつかさどる者は置かず、老臣

たちがそれぞれ自分たちの権限を主張し、互いに牽制《けんせい》し合うようになってきた。豊松も、まだ正式に将軍に目見得もすんでないし、年少なので沈黙をまもっている。

岩崎四兵衛は信弘時代からの家老職であり、勝手掛を原八郎五郎に横取りされ、信安の怒りにふれて、職を免じられただけに、今度の復帰については非常な意気込みになっていて、昔日の権限を、ふたたび自分の手中に握るべく策動もしたし、強引に重臣たちの先頭に立とうとする。しかし、矢沢刑部、鎌原兵庫両家老なども黙ってはいず、いえば帰り新参の岩崎に掻《か》きまわされるのを好まない。

他の家老たちにしても、それぞれ言い分があり、簡単な議事一つにも、散々にもみ抜かなくては気がすまない。藩主の信頼、又は寵愛《ちょうあい》を背負った執政が一人出て来なければ、分散した重臣たちの勢力争いは果てることを知らないのだ。

藩士もまた、いまはどちらへ首を向けてよいのか、うっかり向けた首が、後になってまわらなくなる不安もあるので気が気ではないのである。

望月治部左衛門は、また苦々し気な沈黙の中に閉じこもりはじめたし、恩田木工などが、会議の席上で一言でも何か口出ししようものなら、老臣たちは目の色を変えて、この若い家老の言葉を封じようとかかる。

このときばかりは老人たちの気持がそろうのも若い木工の勢力の擡頭《たいとう》をおそれるからだ。老臣たちの目から見ると木工が第二の原八郎五郎に映るという、そんな不安があるようである。

幸いにあの大地震以来、松代では収穫も順調だし、全国の各地でも、あまりひどい饑饉《ききん》や風水害による凶作もないようだが、幕府も大名も財政的にかなり苦しくなってきている。

日本全国の中央政府である徳川幕府は全国で四百万石余の土地を領しているのだが、これは価格にすぎず、実質はその土地によって石高《こくだか》通りにならぬところが多く、およそ百三、四十万石程度の経常収入しかない。幕府はこれをもって京都の朝廷を奉養し、全国に散在する天領を維持し、江戸における経費を賄わなくてはならない。もともと家康の莫大な遺金を財政の源泉にしてきたようなところもあるだけに、幕府の威光や政務がひろがって、繁雑になればなるだけ出費が嵩《かさ》んできている。

ほとんど米穀が経済の原動力なので凶作ならば米穀が欠乏し、豊作ならば米価が下落して貨幣の収入が減少することになるのは幕府にも大名にも同じ悩みになってきているのだ。

しかし幕府は、その威光によって内実にはいろいろな収入もあるし、それほどひどいこともないのだろうが、大名たちの財政は一年ごとに疲労し、あえぎはじめてきている。

物々交換の素朴な時代はすぎて生活状態は向上し繁多複雑となり、人間の嗜好《しこう》が増長し、社会の取引物資や人事のすべてが貨幣によっておこなわれているいま、米価の相場の高下一つに、すべてがかかっている。

吉宗時代に貨幣を改鋳し、その価格を騰貴させたことも原因の一つだが、新田の開発や、このところ順調な全国の収穫、それに交通運輸の発達により、米穀の損害の減少等により、米価はともすれば下落し勝ちであり、各藩の財政は苦しくなるばかりに見える。

松代藩としても、老臣たちが勢力争いをやったところで、結局は、町人百姓からの租税がたのみなのであり、出費が嵩めば嵩むほど、領民を圧迫せざるを得ないということになる。

原の時代のように、藩主や重臣が放埒や濫費をするようなことがなくなっただけに領民も我慢してはいるが、一年、二年とたつうちに代官や役人たちの汚職も元へもどりはじめてきたし、百姓たちもまた憤懣《ふんまん》を隠しながらも賄賂《まいない》の習慣に馴れ、できる限り余剰の米穀を隠すことによって、その不満をはらすようになってきた。

白い眼を向け合った老臣たちの確執と、相変らずのやりくり財政の逼迫《ひっぱく》がつづくうちに、時はすぎ、日はながれた。

宝暦四年の十月朔日《さくじつ》。

豊松は、廃人同様と言われた将軍の家重に初めて目見得をゆるされ、十月十八日、伊豆守《いずのかみ》に任ぜられ、幸弘と名乗ることになり、これで名実ともに藩主となって、翌年には松代へ入封して藩治にたずさわることになった。

幸弘は、十六歳になっている。

この年の十二月七日に、恩田木工の義弟・望月主米が単身帰国して来た。

この春から病床にある母を見舞うという名目なのだが、これは年少の藩主幸弘の密命を帯びて来たものだった。

主米は二十五歳。此頃《このごろ》は、ぐっと落ち着きも出て重々しい風格さえ感じられるようになり、ここ数年の藩内の動乱を黙ったまま注視させてきた木工の配慮が、主米の判断力に磨きをかけてきていることはたしかだ。

主米は到着の夜を病母の枕頭にすごし、翌日の昼下りに、二町ほど離れた義兄の屋敷へ出向いた。

相変らず重苦しい信濃の冬の空から、暗い雪が降ったりやんだりしている。

二

人払いをした居間で、長い間、主米と語り合っていた木工は、考えにふけりながら、もてあそんでいた火箸《ひばし》を灰に刺し込み、嘆息した。

「おれは駒井が適当だとおもう。人物としてはだ。駒井なら、おれも手助けができるが、しかし、駒井は江戸で無くてはならぬ人間だからな。また、おぬしの父おれには舅《しゅうと》の治部左殿を、と、考えてみぬこともないが、義父上《ちちうえ》は、もともと政事の中央に立って物事をさばくことなどは……」

「困ったな、主米……」

「不得手、と申すよりも父は駄目でございます」

「うむ……となると、……」

「人が無いではすまされませぬ」

「それは、そうなのだが……」

幸弘が主米にあたえた密命というのは……この数年、藩治に、いろいろな失敗を重ねた上、大地震の復興に幕府から借りた金の年賦返済も来年度は満足に返せるかどうかという財政状態になり、年少の幸弘が率先して切り詰めている江戸の入費すら満足に行きとどかなくなり、十万石の大名としての交際の上にも破綻《はたん》が来ることもあきらかだということになると、何とかして藩財政を建て直さなくてはならない。それには老臣たちが反目し、施政方針の骨格がきちんと決まらないことにはどうにもならないので、誰か一人、この苦境を背負って藩政を統べて行く執政が必要だ。これは、老臣や家老などでなくとも、それだけの力量のある者ならば、藩主の命をもって権限をあたえたい、ついては恩田木工としては誰が適当だと思うか、これを遠慮なく思うままに聞かせてほしい、というものである。

十六歳の幸弘が、それを近習の主米だけに洩らして、充分な用心のもとに松代へよこしたことは、木工をおどろかせた。しかも撰《え》りに撰って自分のところへ意見をもとめにきたことは、この春、用事で江戸藩邸へ出向いた折の小さな事件があるだけに、木工は意外におもったのだ。

その小さな事件とは……亡父信安に代って藩邸の主となった幸弘が、日常、勉学と武芸にはげむだけの、三度の食事にさえ、少しでもぜいたくのいろを見ると、これを指摘してあらためさせるといった、いじらしいほどの暮しぶりに、そして何となく家来から見て気づまりな堅苦しい勤倹ぶりに、側役の山寺彦右衛門というのが、

「御家のため、いろいろと御心労あそばされるのは有難いことではございますが、なれども何のたのしみも遊ばされませいでは、心もゆるむこともなく、御身にもさわりますかと存じ

ます。時折は何かおなぐさみをあそばしてはいかが」

と、しきりに飼鳥《かいどり》を奨めた。

幸弘は取り合わなかったが、山寺がなおも奨めるのを見て、これを聞き入れ、山寺に命じて高さ七尺、幅六尺、という大きな鳥籠を作らせた。山寺は鶉《うずら》か文鳥でもとおもっていただけに不審を感じたが、とにかくこれを作り上げて見せると、幸弘は、山寺を鳥籠に入れて、

「工合はどうか?」と尋ねる。

山寺も苦心して作らせただけに、やや得意になり、籠の中から、

「これよりも上等の鳥籠はまずございますまい」

「ふむ。そのほうの気に入ればよし」

「はっ。して、この鳥籠には何の鳥をお入れあそばしますか?」

「まあ、急ぐな」

幸弘は、そのまま、山寺を、どうしても鳥籠から出さないのである。

三度の食事も、かなり贅《ぜい》を尽したものを特別にこしらえさせて籠の中で山寺に食べさせ、自分は、これをじいっと見まもっているので、ついに、山寺が悲鳴をあげてうったえると幸弘は、

「いや、我をなぐさめるのも奉公なり」

と、いって、出ることをゆるさない。たちまちに噂は藩邸内にひろがり、山寺は笑いものになってしまった。

山寺が涙を浮べて、再三許しを乞うと、幸弘はようやく、

「それほどに苦しいか？」

「ことのほか苦しく……何とぞ、おゆるしを、願いあげまする」

「では許す、出よ。そのほうを苦しめてなぐさめにするつもりはない」

幸弘は山寺を籠から出し、居合せた側近くの者も呼びよせた前で、

「鳥籠の中はせまいというが、しかし、この鳥籠は三畳敷きのものじゃ。人ひとりの寝起立《ねおきたち》居《い》には充分であろう。其上《そのうえ》に仕事もさせず、三度の飯を食べさせ、大小便の節は外へ出し、となれば少しも難儀ではあるまい。しかし、出すこととならぬといえば、苦しがり、涙をながしてあやまる。ことに天地を我物として暮す鳥類においては、その苦しみはどんなにひどいものであろう」

と、籠に入った鳥の悲しみをひいて、人の慰めに飼鳥するなどは心ある人のすることではないと戒めた。その上で、心得違いではあるが藩主をなぐさめようとした心は有難く受ける。山寺を籠の中に入れ辱しめたのは自分自身に、今後の倹約を誓わせ、家来の手前、心をゆるめぬように自分の手足を縛ったのである、と幸弘は説き、山寺彦右衛門は、つまり、わしのために諫言《かんげん》し、わしに今後の慎みを誓わせてくれたのと同じである。

自分が飼鳥すれば家中一同も、これにならって飼鳥を好みはじめるようになるかもしれぬ。この窮乏の極にある藩中で、このようなぜいたくが起らぬように期せずして戒められたのも、みな山寺の功績であるといって、幸弘は貧しい手許にある金を十両包み、山寺に褒美《ほうび》として

あたえた。

藩邸内では大変な評判になり、有難き御名君、恐るべき御利発……というので、涙をながしてよろこぶ老藩士もいた。

山寺も、涙をながしつつ退出したが、この涙は可哀想な自分自身にながしたものだと、ちょうど江戸藩邸に来ていた木工は感じた。

そしてその夜、決心して幸弘に目通りを願うと、人ばらいをした上で奮然として幸弘に諫言したのである。

「殿。飼鳥のぜいたくをおたしなめあそばされるならば、何故《なにゆえ》、そのまま山寺をお叱りなさいませぬか。鳥籠の中で三度の餌《えさ》まで啄《ついば》んだ山寺彦右衛門は、どれほどの御褒美をいただこうとも、今後、家中の誰彼に、山寺は鳥だ鳥だと指さされるは必定でございます。殿、人間は万物の霊長でござる。たかが一羽の鳥とはくらべものにはなりませぬ」

幸弘の頰にぱっと血がのぼり、しばらくは口もきけないほどの昂奮ぶりで、木工を睨《にら》みつけていたが、やっと、しわがれた声で、

「さ、下れ」

といった。

その翌日かまわずに目通りを願い、用事も相すみましたからには帰国いたします、と挨拶をすると、幸弘は、

「御苦労であった」

と、無表情に横を向いてしまった。

幸弘としては、十六歳の年齢が、勉学の結果と立派な藩主たろうとする自覚とに一つの衒《てら》いとなってあらわれたのだった。

しかし、たしかに自分の諫言は、幸弘に不快をあたえてしまったと、いまも感じているだけに、今度、幸弘が執政銓衡《せんこう》の意見をもとめてきた気持には青年らしい素直な反省がくみとられるような気がして、木工はうれしかった。

結局、木工は、江戸家老・大熊靱負を推すことにした。

大熊は保身の術に長《た》けた男だが、古い家柄で、老臣たちへの押えもきくようにおもわれたし、舅の治部左衛門の姉が大熊の亡兄に嫁いでいた関係もあり、ひいては木工の意見も、かねてから尊重してくれている。この点、大熊がくずれかかれば、横合いからの忠告で、かなりの成果がのぞめそうだとおもったからだ。

主米は、この旨を幸弘につたえることを約し、木工の屋敷を辞去するときに、

「私は、太夫ならば、見事にやってのけられるだろうと存じているのですが……」

「おれが？」

「はい」

「ばかをいうな」

そんな重い苦しい責任をこの肩に乗せられてはたまったものではない。おれは、どこまでも傍にいて、いや傍にいる者だけには、はっきりと見える目を光らせている、それがおれに

は向いているのだ、そうおもいながら、木工は本気でいった。

「おれに、そんな器量があれば、とっくに自分を売りこんでおるわ」

主米は、三日たって江戸へもどって行った。

木工は、妻のみつだけには、幸弘が自分にかけてくれた信頼を語ると、この春の、良人《おっと》の諫言のいきさつを聞いていただけに、みつも安心して、

「ぶしつけないい方でございますけれど、あのお若さで、旦那様のお心をおくみとり下さいましたのが、みつはうれしゅうございます」

その年の暮れは、小身の藩士たちの、しかも割の悪い役目についている者は、町家からの借金でくびがまわらなくなり、家財を売りはらうものや、中には借金の催促に来た町家の者と口論して、これを傷つけるというような者も出て来た。

木工も家老たちも、手のまわるだけは少しずつでも金や品物をあつめ、藩庫の金に足し、貧困な下士たちの救助に当てたりした。しかし、藩士たちの減給は、依然としておこなわれているわけである。

年が明けて宝暦五年の二月十八日、江戸からの使者があり、家老はじめ重臣一同は月番の者一人ずつを残して急ぎ出府すべし、という幸弘の命をつたえてきた。

木工は、大熊靭負の勝手掛就任が決定したのだとおもい、期待に胸をふくらませながら、重臣一同と共に江戸へ出発した。月番家老の弥津甚平を残した七人の家老と六人の重臣に供

の者を入れ、合せて二十三人の一行である。

三

一行が江戸へ着いたのは二月二十四日の夕刻である。

幸弘は、この夜も、翌日の昼すぎになっても重臣たちに会おうとしない。

二十五日の夕刻になり、真田家の親類で大和郡山の領主・松平美濃守伊信《まつだいらみののかみまさのぶ》と、播州小野の領主・一柳《ひとつやなぎ》土佐守末栄《すえよし》が南部坂の藩邸へやって来た。この二人には信安の妹二人が嫁いだもので、幸弘には義理の叔父ということになる。

つづいて、かねてから年少の幸弘の後見ということになっている二人の叔父・柳生俊峯と本多中務大輔が藩邸へ入り、幸弘を囲んで夕飯が出された。

これは、昨冬、望月主米を通じて、木工が幸弘に進言したもので、もし大熊を執政の座につけるときは大熊に充分の権限を持たせるために、藩主の親類の諸侯と老臣たちを一堂にあつめ、その前で大熊に執政の就任を幸弘から申しわたすべきだというのである。幸弘は賢明に、この進言をいれたものと見えた。

駒井に訊《き》くと、一月の中旬頃に一度、親類の諸侯を招待しての会議があったらしい。内容は藩邸の誰も知っていない。

夕飯の饗応《きようおう》が済むと、重臣たちは、はじめて、表御殿の大書院に呼び出された。

不安と動揺と昂奮を押えながら大書院に入って行く重臣たちの後ろから木工が入りかける

と、襖際《ふすまぎわ》に坐っていた望月主米がにやりと笑った。

(大熊に決まったらしいな。いや、御苦労)

というように、木工は、うなずいて見せた。

上座には幸弘を中心に四人の親類が坐り、幸弘は黒の礼服をつけて端然としており、色白の頰を昂奮に染めているようだ。

一同が平伏すると、幸弘は右隣の柳生俊峯に会釈し、俊峯はうなずいた。

俊峯は信安そっくりの風貌だが、今年三十五歳、早くから柳生家へ養子に行っただけに苦労もしており、親身に年少の甥《おい》と真田家のことを考えている。幸弘の家督についても、俊峯は側面から大いにはたらいてくれたらしい。俊峯は口を切った。

「このたび、そのほう達を呼び寄せたのは、元来豆州殿(幸弘)御勝手不如意につき、われら親類の者は豆州殿と相はかり、真田十万石の勝手取直しの役儀を申しつけることになった。前年の原や田村のごとき失態をくり返さぬよう、そのほう達も心して勤めてくれい。さて、勝手掛として藩治に活を入れる人物についてじゃが、豆州殿の推挙もあり、われらも、これに異存はないので……」

と、俊峯はちょっと言葉を切り、声を張って、

「恩田木工民親に、勝手掛申しつくる」

木工の胃部が、撲《なぐ》りつけられたように痛んだ。

息苦しい沈黙を浴びて面《おもて》を伏せたまま、

（大熊ではなかった。この、おれに……困った。これは困った）

と、原や田村の失態を熟知してきただけに、木工は、今更ながら執政の責任の重大さが鉄の扉のように重苦しく躰《からだ》一杯にのしかかって来るようにおもえ、困惑を持てあましていると、俊峯が、

「木工……木工。これ、面をあげい」

木工ははっとなり、焦点のきまらぬ眼を上げると、正面の幸弘の微笑にぶつかった。

どぎまぎしながら、「木工」と、呼びかける俊峯に、「はっ」とこたえると、

「そのほう、今後は、国許《くにもと》の政道、心任せに取りはからえ」

老臣たちに微妙なざわめきがながれうごくのを感じつつ、木工は一礼して膝行《しっこう》し、すすみ出ると、

「恐れながら……」

「何か」

と、これは澄んだ幸弘の声だ。

「身にあまる有難き仕合せ。なれども、かかる重き御役目が、私のごとき微力者には到底相勤まるものではございませぬ。何とぞ何とぞ御ゆるし下さいますように……」

木工は懸命にいった。

幸弘が何かいいかけるのを左隣の本多中務大輔が押えて、気短かに大声で、

「不忠者か、そのほうは……」

「は。いえ……」

「どちらなのだ。豆州殿に不忠をいたすつもりか」

「いえ、そのようなことは……」

「ならば、お受けせい。この一月、われら親類一同をあつめられて豆州殿はな、木工ならばかならず、この役目を果すと申された。だがのう、木工。真田家の貧乏は評判のものだ。そのほうが力をつくして、なおうまくゆかぬとしても、そのほうの不調法にはならぬわ」

と、くだけた笑い声をたてると、四人の大名たちも苦笑してうなずき、それぞれに木工へ言葉をかけて「受けよ」と、すすめるのである。

木工は、先刻の主米の笑いの意味が、ようやくわかった。

幸弘は、万感の信頼をこめて木工の返事を待っている。

ひそやかな袴《はかま》の擦れる音が背後に近寄り、舅の望月治部左衛門が木工の耳元にささやいた。

「何をしておるのだ、お受けいたせ」

切迫した舅の声が、鋭く腹の底にひびいたように感じ、木工は、ぱっと平伏してしまった。

幸弘がすかさず、

「受けてくれるか、木工……」

頭を上げて、幸弘の若い輝く瞳《ひとみ》に出会ったとき、思ってもみなかった激しいものが胸にこみあげ、木工は、とっさに決心がついた。

おもい迷って行動へ踏みだす前と、踏みだした後とでは人間の精神の変化にはかり知れないものが出てくるものだし、決心すると同時に強い自信がわきあがったのは、過去に見てきた執政の座というものに対する経験と乱れた藩治への内面の苦悩とが、一つの力となって木工の勇気を奮いたたせた。

「御辞退申し上げましたところ、かえって不忠とのおおせ、恐れ入りましてございます。木工、お受けつかまつりまする」

幸弘一人ならば騒ぎ出すにちがいない岩崎、小山田などのうるさい老臣たちも、親類の大名四人の賛成が好感をもって木工に向けられているのを知っては、どうすることもできない。みんな面を伏せたままである。

柳生俊峯に、また幸弘が目くばせをした。かねての申し合せだったらしく、俊峯はのみこんで、

「木工。この際に願いのすじあれば、遠慮なく申せ」

「はっ。重々有難き仕合せ。ならば申し上げまする」

と、打てばひびくように乗りかかった木工を見て、幸弘は予期したものが適中したというように四人の大名に微笑を送ると、大名たちも軽くうなずいたようである。

「御役目を勤めるにつきましては、私の申すことを何事によらず反対されましては、充分に、相勤まりませぬ」

きっぱりと言って、木工は、自分がおこなう政事についてはいっさい異議を申し立てないという老臣はじめ重役一同の誓約がほしい、自分もまた汚職や不忠のことがあった場合、ど

んな刑罰を受けても恨まないという誓詞を、それぞれこの席上において取りかわしたい、と、恐れ気もなく一気にいってのけたのは、後になってみて自分でも呆《あき》れるほどの気魄《きはく》に満ちたものだった。

幸弘も親類の諸侯も、木工をえらび出したことに一層の満足を感じて、これをゆるしたので、老臣たちも、胸の中が煮え、圧しつぶされるような不快感をおぼえながらも、望月主米がいそいそと運ぶ筆硯《ひっけん》、料紙によって、一札《いっさつ》を入れないわけにはいかなくなった。

重臣たちと木工は、誓詞を交し合った。

望月治部左衛門だけが、老臣の渋い顔の中で、ともすれば顔中が笑みくずれそうになるのを押える努力で、懸命になっている。

やがて、御殿を退出して来る時の、木工の顔は、蒼《あお》ざめていた。

一日置いて、二月二十七日の朝、江戸を発つときに駒井理右衛門が、木工に、

「留守居役の費用を剰《へず》るようなことはしまいな？」

「増やすつもりだ」

駒井は、

「うむ」

と大きくうなずき、

「おれは、前々から、おぬしを殿に推挙するつもりでいたのだ。これが実現してうれしい。

何だか生甲斐《いきがい》が出て来た。一生懸命、おれもやるよ」

「頼む。駒井、おぬし、おれのことを殿に申し上げたのか？」

「いいや、殿おひとりの御決心らしい、だからさ、なおのこと、おれはうれしいのだよ」

よく晴れた朝で、めっきりと春めいた江戸の空から、陽の光が明るく零《こぼ》れ、藩邸の御切手門を入ったところにある木蓮が、ぽっかりと白い花をひらきかけている。

「国許では、まだ雪が積っておるのだろうな」

「駒井、おぬしも一度、松代へ来いよ」

駒井は代々の江戸詰なので、まだ一度も松代の風物に接していないのである。

「しかし、田舎なのだろう、国許は……」

「江戸のようにはいかぬさ」

定勤家老長屋のほうから、旅仕度の老臣たちが、木工と幸弘への不満不平を陰気な視線にふくめて、ぞろぞろと出て来るのを見た駒井理右衛門は、

「太夫、道中お気をつけられて……」

わざと丁重な一礼を木工へ送ってよこした。

六の章

一

松代へ帰国した木工は、すぐに親類一同を自邸にあつめた。

分家している実弟の恩田左助はじめ、二人の妹が嫁いだ薄田《すすきだ》、岡島の両家や妻女みつの実家・望月家の者まで十七名ほどの人数である。

木工が執政就任のことは、早くも城下町にひろがっていたし、親類の中には平生がさばけて気さくな木工だけに、執政ともなれば清濁合せ呑む、といったような大まかな施政をやって親類たちにも多少の恩恵や加増などを望めないものでもあるまい、と考えていた者も中にはあったようだが、木工は、妻子はじめ家来、下女までも一人残らず同席させた上、いつもの愛嬌《あいきよう》のある冗談も、微笑も少しもにおわせず、人が変ったような苦渋に満ちた表情で、

「このたび、再三の辞退にもかかわらず、君命をもって、止《や》むなく執政の役儀をお受けすることになり、御一同にはまことにお気の毒に存ずる」

と、話し出した口調も、冷たく、きびしいのである。

木工は、大命を受けた自分に、藩内や領内の、あらゆる人々の眼が光り、油断なくその一挙一動を注視していることを、原や田村の事件を例にひいて説き、藩政の建て直しをやる自

分が、この監視の中で、

「嘘をつかぬこと、賄賂《まいない》を、いっさいやらぬこと、倹約につとめること、それればかりか、あらゆることにおいて、後ろ指ひとつ指されぬほどの立派な模範をしめさなくてはならなくなったのでござる。私もただの人間なので、これは、まことに辛い苦しいことであり、とても、とても、我慢の出来ようはずがないと考え、殿に御辞退申し上げたのだが……」

しかし、いったん、お受けしたからには、これをやりとげなくては、原や田村の二の舞をふむことになる。自分も死んだ気になってやるつもりだが、この固苦しい緊張と圧迫を親類一同へ押しつけるつもりはない。これは自分一人だけのことではなく、恩田一族、その家来、親類一同のうち、一人でもこれに耐えられない者があっては自分のすることが全部嘘になってしまう。だからこの際、自分が執政就任中は義絶ということにしてもらいたい、と、木工はいい出した。

「左助。おぬしは先程、私に祝儀を述べてくれたが……」

と、木工は弟を叱りつけるように、

「それどころの騒ぎではないのだ。軽々しく考えてもらっては困るぞ」

「は。しかし……」

「このお役目に、もし私がしくじってみよ。累はことごとく、家族、親類におよぶのだからな。義絶ということになれば、おたがいに気楽だ。また、このような人間ばなれのした、禅坊主のような暮しむきを一同に押しつける気持は私も持ってはいない。考えてもみよ、左助。

そうだろうがな。第一、少しの嘘もつけぬ、というのが、どれほど難かしいことか……」

木工の裃《かみしも》をつけた、ひょろ長い躰が鉄の棒をのみ込んだように引きしまって見え、深く沈んだ顔の色や、鋭い眼が、就任の挨拶と祝儀の招待ほどに考えていた親類たちをあわてさせた。

「原八郎五郎、田村半右衛門と、この十年にわたる藩治を見つづけてきた私には、自分の微力を考えただけでもぞっとする。ことに、いままでも貧乏な我藩の内情を横眼で見ながら食いしん坊の私は、酒も飲み、膳の上の皿数が少いのが大嫌いな男でござる。それが、これから一汁一菜衣類も綿服、たまさかの酒を酌《く》むことすらゆるされぬことになったのだ。しかし、私は、やらねばならぬ。執政として倹約の範をしめさなくては命を下すこともできぬ。おわかり下さるか？　おわかり下さるな？」

江戸では桜が咲きはじめたころだが、松代の雪も、ようやく融《と》けかける気配を見せ、春めいた陽射しが静まり返った書院の障子に明るく映っている。

木工は、これも酒好きな、ふっくりとした童顔を困惑に曇らせている弟に向って、

「左助。義絶のこと承知してくれるな？」

「は。いえ、それは……」

「御一同にも、この難行苦行を共にしていただこうとは、毛頭おもってはおりませぬ。義絶のこと、御承知下さるか？」

「待て」

木工が予期したとおり、舅の望月治部左衛門が真赤になり、

「心外なことをいうな、木工。あまりにわれわれを見くびりすぎるわ、無礼だ、心外だ。御家の大事に身命をかけてはたらくおぬしに、力を、力を合さぬ者が一人でも親類中におるとでもいうのか」

間髪を入れず、木工は書院一杯に響き渡るような大声をあげ、

「では、御一同も、この木工に協力して下さるか」

瞬《まばた》きもせずに見廻してくる木工の視線を受けて（これは厄介なことに……）と、おもった親類たちも賛意をあらわさぬわけにはいかなくなり、恩田左助が兄の傍《そば》へにじり寄って、

「あ、兄上。左助、兄上の苦しみを分けて頂きます」

と、口を切ったのをきっかけに、親類たちも、口々に声をあげて協力を誓い合った。

木工は涙を浮べて感謝の意を表し、つぎに家来たちに向って、暇をとらせるといい出した。理由はもちろん、執政の家に仕える者の苦しさ辛さをおもいやって、というのである。

今度は用人の馬場宗兵衛、若党の山口正平などが血相を変えて末座から飛び出し、木工につかみかかりかねないほどの昂奮ぶりで、給料もいらないからこのまま置いていただきたい、誓って旦那様に迷惑はかけないといい張る。

前々から家来には温い木工の人柄にもよるが、妻女のみつが心をこめて彼らを親身にあつかってきた結果が下男や下女までにあらわれ、一同は必死になって奉公を続けさせてくれと木工にせまった。

「一同の願いを聞きとどけてやれ」

また、舅が口をそえてきた。

木工は、もとより家来たちが協力を誓い、これを実行してくれるならば暇を出すつもりはない、と重ねて念を押した上で、これを承知した。

最後には妻と子供たち、今年十五歳の亀次郎と十三歳の幾五郎に釘《くぎ》を刺し、

「妻や子は、わが身も同然のものだ。少しの心のゆるみでも見えれば、容赦なく義絶をする」

と、いいわたしたときの木工の眼と声は亀次郎と幾五郎の、きちんと袴の上に置いた両手がふるえ出したほどに凄《すさ》まじいまでの真剣さがある。

みつが、もの静かに、自分を含めて家族としての協力を誓った。

昂奮と緊張に躰を固くしている人々の中に、みつだけがゆったりとした、ものやわらかな落着きを見せているのを感じて、木工は、

（女房だけは、おれを怖がってはいないわ）

と、苦笑をこらえた。

親類たちは、木工の決意のきびしさに、あわてたり困惑したり、失望したり……それがまた、はなしがすすむにつれて（大変なことになった）とおもいながらもあきらめが決心に変り、強い緊迫感につつまれて、木工の屋敷を辞し去った。

その夜更け……。

居間にこもったきり、いつまでも寝ようともしない木工に、みつが茶を持って行くと、木工は、みつの手鏡に自分の顔を映して身じろぎもせずに机の前に坐っているのである。

茶が冷えてしまってから、やっと鏡から顔をはなし、はじめてみつが居るのに気づいたようだ。木工はむずかしい顔つきをくずそうともせず、黙って茶を飲んでいる。飲み終えて茶碗を置いたときに、ふっとみつの眼と眼が合った。

二人は黙ったままで、かなり長い間を見合っていたが、そのうちに、どちらからともなく笑い出した。

「今日は、大層強《きつ》いお顔でございました」

と、みつがいうのへ、

「はじめは顔も声も舞台に上った役者のように作っておったのだが、何時《いつ》の間にか本気になってしまってな。涙まで出たのには我ながらあきれた」

「それは、元々の御覚悟が本気なのだからでございましょう」

「それはそうだ。こちらの心を相手方へ充分に通すためには役者上手にならぬといかんな」

「それで、鏡を……」

「うむ。ふしぎなものだな、こうして鏡を見ていると、自分ながら、いろいろの顔があるものだな。我ながら、よい顔もあるし厭《いや》な顔もある。このあたりを……」

と、木工は、眼や唇のあたりの筋肉を指してうごかしながら、

「この辺をこうすれば、どういう顔になる。眼をこうひらけば、こんな顔、こう唇をむすべ

ば、こんな顔と、自分で自分の顔つきをおぼえるということは、大勢の人間をおもうところへ引っ張って行くための手段《てだて》として、これは馬鹿にはできぬことだな。おれも若い頃江戸で な、団十郎や、宗十郎の舞台を見たことがあるが、あの役者たちがおもうままに見物の心を引きまわして行くちからというものが、いま、ひょっと、つかめたような気がするのだよ」

「なれど、無事に勤まりますでしょうか?」

「おれにか」

「恐ろしいような気がします」

木工は苦笑を嘆息にかえて、

「だがな、原や田村のして来たことや、彼らの行末を見とどけて来たおれだ。まさかに、おもいあがることもあるまい」

「いえ、それは……」

「しかし、おれも人間だからな」

「みつが目をはなしませぬ」

「ほほう。これはたのもしいことをいうではないか」

「命に替えましても」

と、いいきったみつの眼が吊《つ》り上っていた。

三月、四月とすぎ、新藩主の幸弘が松代へ帰国する日がせまってきたが、木工は屋敷へ引きこもったきりで、決まった用事以外は登城もせず新しい政令も施《し》かず、沈黙したままである。しかし、藩庁の、ことに財政に関する帳簿いっさいは恩田邸にはこびこまれた。

　これが不気味な感じで藩士たちの不安を増大させた。

　おもいきった人事の異動や、田村騒動以後もなお、おこなわれている密《ひそ》かな汚職、賄賂に対する摘発への調査が、秘密裡《ひみつり》に木工の手でおこなわれているという風説も立ち、身に覚えのある者たちは、そわそわして落ちつかなくなったし、老臣たちは老臣たちで、

「木工もお受けしたはよいが、手が出ぬわ。まだ若いからの、荷がかちすぎるのだ」

　などと嘲笑《ちようしよう》している者もいるようである。

　木工は、毎日一人きりで鏡を見つめていたり、机の前で夜通し何か書いては算盤《そろばん》をはじいたり、一日も二日も黙りこくったまま考えにしずんでいたりした。衣類などは従来のものを、ことさら木綿物にあらためるようなことはないが、一汁一菜、その一菜も、たまたまのことだという恩田一族の倹約ぶりは早くも城下へひろまり、藩士たちを狼狽《ろうばい》させ町家の者たちに好感を抱かせた。このうわさが領内の百姓たちへとどくのも遠くはないはずだし、藩士も領民も、木工のうごきを息を呑んで見まもっている。

　五月に入って、深夜、まったく隠密裡に、城下一の酒造家で以前は藩の用達《ようたし》をしていた八田嘉助が、二度ほど木工の屋敷へ招《よ》ばれたことがあった。

二

真田幸弘が三年ぶりに松代へ帰国したのは六月二十一日である。

家中の祝儀、目見得のことがすむと、木工は廻状をしたためて、今月二十五日領内の村々の代表と町方の代表、それに藩の重職諸役人中の主だった者を本丸の大広間にあつめ、藩主幸弘の出座のもとに施政の方針を発表した。

新藩主の幸弘が、十六歳とはおもえぬ気品のある若々しい風姿を質素な木綿の衣服に包み、厳然と従った執政の、これも木綿姿の恩田木工と静かに大広間に出て来た態度は立派なものであり、ことに町方や村方の者たちにとっては、はじめて幸弘を眼前に見ただけに、強い感動をあたえたらしい。

ことに大廊下まであふれた村方の者は、城内へ入ることをゆるされたのが異例のことであり、領民たちの前で施政方針を発表する席上に藩主の出座があった、ということも異例のことである。

藩士たちも一様に引きしまった面持になったし、村方や町方の者は領民にしめす藩庁の施政の中の良心を感じた。

「いずれも、今日は大儀に存ずる」

と、木工が領民の協力をもとめる挨拶をおこなったときには、期せずして、この新しい藩主と執政に好感を抱かざるを得ないという空気になってきていた。

木工は、信安時代の藩治や、原、田村の施政については一言もふれず、きびきびと、これからの方針、計画について話をすすめた。

藩主が不利になる言質は一言もあたえず、幸弘の領民たちへ対する深い愛情というものを強調しながら、藩と幕府との関係から国を治めることのむずかしさを、これも幕府への非難ではなく、幕府が大名と共に日本全国を治めることの苦しさを強調して、わかりやすく説き、現在の藩財政の内幕を、かなり打ち割って発表しておいてから、従来、百姓に課していた先《せん》納《のう》(翌年)、先々納《せんせんのう》(翌々年)の分までの年貢の取り立てと、町方に課していた御用金や寄附の強制を、今年より、すべて廃止するむねを申しわたした。

大広間の空気がよろこびと不安の入りまじった、低いどよめきでゆれた。

不安というのは、このあとで、どんな難題を持ちかけられるか知れたものではないという領民の疑惑であり、当面の財源を何処《どこ》から得るのだろう？　という藩士たちの不審である。

しかし、木工は、説きすすめて行く自分の表情や声が、この席にあつまっている人々の心をつかみ、魅了しつつあることに自信をもちはじめてきていた。

木工は、先納、先々納の年貢を完納した百姓の努力、御用金を完納した町方の奉仕を賞めあげると共に、巧みに賄賂を使って、当年分の年貢さえも未進している者へは帳簿をきつけて摘発した。

「過分の年貢さえも差しあげるはたらきさえある者の中に、当年分のものまでもおさめず、口をぬぐって知らぬ顔をしているなどとは、いくら憎んでも憎みたらぬやつどもである。役人たちも、何故《なにゆえ》、この者たちを未進のままに捨てておいたのだ」

木工の、恐ろしい叱責《しっせき》の声が、大広間一杯にひびきわたった。

責任者の郡奉行は、原時代からの成沢新弥だがすくみあがってしまい、出席している代官たちも蒼くなっている。

今日の木工には今まで藩中の者が見たこともない強烈な激しさがあり、薄ら笑いを、はじめは浮べていた老臣たちも、

「狡賢《ずるがしこ》い百姓どもも役人も、わしは憎い。憎くて憎くて八つ裂きにしてもあきたらぬ」

と、躰をふるわせながら立ちあがった木工が、広間の天井のあたりを凄まじく睨《にら》んだまま、しばらくはうごこうともしないのを見ると、

(これはとても楯《たて》を突くわけにはいかぬ)

と、悟ったし、身に覚えのある役人たちは明日からの自分たちに、この新しい執政の、どんな怒りがかたちになってあらわれてくるかをおもい、べっとりと脂汗をかいている。木工は、天井を見上げたままだった。

幸弘は、身じろぎもせずに木工の後ろ姿を見入ったままだ。

木工はやがてゆっくりと坐り直し、

「私がこのように憎み、怒るのも、また理屈というものかもしれぬ」

と、領民たちの胸にしみとおるような、あたたかい口調になり、

「殿様御手元不如意のことを、よく知りわけて、余分のものまで差し出す者の中に、なお、

当年分のものまで差し出せぬというのは、よくよく貧乏の上に不時の災難や長患いの病人などもあってのことどあろうな。また役人たちも、これをよく察して、この上の取り立ては貧乏な百姓の、百姓つぶれにおよぶものと考えたのであろう。民は国の本と申す。百姓つぶれが、たとえ一軒でもあっては殿様の御本意ではない」

と、幸弘に一礼して、また向き直り、

「よって、これまでの未進の分は、残らず取り消しにいたす」

村方も町方も、いっせいに平伏した。

木工は、そのかわり今年よりは一粒の未進もゆるさぬと釘を打ってから、ふたたび藩財政の内幕を先刻説明したよりも、立ち入って説き直し、

「そこで相談なのだが……」

と、いままで取り立てた余分の年貢や御用金は、全部これを藩の借財にし、余裕の生まれ次第の返済ということにして、今年度分からの年貢や租税は従来どおり納めてもらいたいといった。

藩財政の内幕までも割ってくれた執政の真摯《しんし》な言動は領民たちに国に対する愛情というものを湧《わ》きあがらせた。

財政の内幕というものは、実際にいって、あまり滅茶苦茶《めちゃくちゃ》にすぎ、そのままではとてもはなして聞かせられるものではないのだが、木工は長い間かかって領民たちが納得できるような仕組みに、自分の頭の中へこしらえておいたのである。

木工はまた、賄賂《まいない》を厳禁した。

賄賂のために村方や町方が消費していたものを刻明に分解して見せ、この無駄な費用が、これからはまったく不要になることを、しっかりとのみこませた。

この費用は馬鹿にならぬものだし、役人たちへの賄賂が通じなくなれば、増屋嘉十郎のように困る者もいるにはいるだろうが、これからは利権を独占することもむずかしくなる、いや、できそうにもないとさとって、一同は、これからの公平な負担を分け合う心を決めたようだ。

ことに、原八郎五郎とは仲が悪かった八田嘉助などは全面的に賛意を表して、しきりに木工の言葉にうなずいている。

木工は、村方も町方も今日は一応帰った上で、それぞれに領民一同と相談の上、七月一日までに返事を取りまとめ、藩庁へ差し出すように申しわたした。

「いま私が申し渡したことは、一言一句も嘘をいわぬ覚悟で申したのだ。執政として、この二カ月、考えぬき、調べぬいた上でのことなのだが、これは殿様の深い思《おぼ》しめしの上に立ち、われらも領民も心を合せ、真田十万石の国を建て直したいという決心を固めた上での御政道である」

領民の代表、二百数十名は、いそいそと城を下って行った。

その夜、木工の屋敷へ、伊勢町の八田嘉助が招ばれた。

木工は礼服に威儀を正して書院に嘉助を迎え、酒肴《しゅこう》などは出さず、一杯の茶だけで応対した。

木工はずばりといった。

「この間からのたのみを聞いてはくれぬか？　今日、お城の大広間で私が申しわたしたことを聞き、おぬしもよくわかってくれたこととおもうが、どうかな？」

「これは、秘密の御用金でござりますな」

嘉助は、にやりといった。小柄な老人だが、原の威勢にも屈しなかった男だけに、商人でも骨があり、木工の前にいて、少しも臆したところがない。

「もちろん、秘密だ」

「何に、お使いなされます」

「八田嘉助ともある者が、知らぬわけはあるまい。城中で一同に申しわたした約束を果すための財源ではないか」

「原様とは仲の悪かった私におおせつけられますのか？」

「原と私とでは、御用金の使い道がちがう。これは、わかってもらえたはずだが……」

「引き替えに何を下さいますか」

「百石」

「はあ？」

と、さすがにおどろく嘉助に、

「私は、勝手掛主役《かってがかり》。おぬしに下へついてもらい、ともに藩の財政建て直しに協力してもらうつもりなのだ」

「私をお取り立てに……」

「侍になってくれぬか？　八田の家は息子にゆずってもよいころだと思うが……」

淡々と事もなげに、いい捨てているようだが、木工の言葉には退っ引《のっぴき》のならない真剣さがあり、嘉助の胸をうった。

原時代から、嘉助は嘉助なりに、恩田木工という人間を見つづけているし、その記憶の集積は悪いものではない。ことに今日、城で執政としての木工の言動には好感をよせつづけていた嘉助だけに、すぐ決心がついた。

それに、百石取りの武士に取り立てられるという魅惑には、町人の嘉助にとって抗しきれないものがあることは、木工も前々から見ぬいていたのである。

「お受けいたしまする」

「頼むぞ」

嘉助が帰ってから、入浴をした木工が、あまりに長い間、風呂場から出て来ないので、みつが様子を見にいくと、一坪ほどの洗い場に裸のままあぐらをかき、羽目板に頭をもたせかけて、木工は、ぐったりと疲労しきって眠りこけていた。


翌日の午後。

木工はふたたび重臣一同を大広間にあつめ、倹約第一の藩治を申しわたした。

「しかし、御前向御用筋は倹約もならず、何処までも十万石相応の格式を落さぬこと。これをくれぐれもおふくみ願いたい。なお、今年より御一同の知行扶持米《ちぎょうふちまい》の給与は、手前が勝手掛を相勤めます間は、誓って歩引《ぶび》きなしにおわたしいたす」

〝半知御借り〟が廃止になり、半減されていた給与が全額支給されると聞いて、藩士たちは、賄賂厳禁の上、給与も歩引きでは……と、落胆していた者もあるだけに、きっぱりといいきった木工の言葉が、急には信じられない様子だった。

原八郎五郎は足軽たちの給与歩引きの廃止すら、政令に出した上でなお、実行できなかったではないか、老臣たちの中にはあまりに無茶すぎると、あきれたように木工を見まもっている者もいた。

永年にわたり御家のために給与を減じられた、その苦しみが消えるのだから、向後はいっさい賄賂は厳禁する、と木工はもう一度役人たちにいいわたし、

「これからの私は、賄賂を憎みたいと存ずる。賄賂がおこなわれれば、たとえ米一粒、一文の金においても容赦なく厳罰をもってのぞむ覚悟でござる。これよりは御奉公第一、少しも間ちがいのないようにお勤めねがいたい」

何といわれても、給与が全額支給されるという破天荒な政道がおこなわれると木工が誓った以上、藩士たちは文句のいいようがない。

自信に満ちあふれ、力強い木工の声を聞いては、老臣たちも、その財源への疑問を問い質《ただ》す気にもなれないらしかった。

三

領民たちは、木工の政令にそむかぬことを誓約した。

翌年、翌々年の分までの年貢や租税を納めていたものは、そのすべてが藩庁へ無期限に借り入れられ、今年度から新しく納め直さなくてはならないので不満をいいたてる者もあったが、すべて村役人の指揮の下に、村方が自主的に年貢を上納するということになったのが百姓たちに誇りをあたえた。

役人たちが年貢の督促と賄賂の要求と、二股《ふたまた》かけて村方へ出張して来るのも、ぴたりと廃止になったし、代官所への賄賂も必要がなくなってみると、百姓たちも一年中の予算がたてられるようになり、不満や憤激に心身をさいなまれることもなく、仕事に専念出来るのが彼らの生活に、安定した、ゆったりとした気分をつくり出し、不満だった者も、しだいに寛容な明るい考え方に変ってきた。

木工は追いかけるようにして、この年八月、年貢の月割納法を施行した。

年貢（正税）は水陸田を通じ籾俵《もみだわら》をもって納め、毎年耕地の検見《けみ》による等位を元として、その価格は、その年の領内民間の米価と隣国諸藩の米価とを平均して割り出し、金十両に籾何十俵と定め、これが決まるのが毎年十一月ごろで、価格が決まれば年内に納税するのが慣例である。

木工は、これを一、二、三月は納税なく、四、五、六月を一期、七、八、九月を二期、十、

十一、十二月を三期に分け、当年分の年貢を収穫に先立って、一期二期中に納入した者は何割かの減税をし、また一年分を一度に納めた者は三割ほどの減税をおこなうことにして、納税意欲を勘定高い百姓たちにもたせるとともに、火の車の藩の台所への油を切らすまいとしたのである。

たとえ貧農でもいくらかの余分の収穫を毎年みとめてあるので、一年たてば百姓たちも計画をたてられるし、翌年の収穫の見通しもたち、前年分に余っていたものを月割にして納めていけば、それだけ年貢が歩引きになるので、この方法は村方の好評を得ることができた。

木工は、八田嘉助が出した二万両の金を土台にして、いままでの藩士の給与借入れを棒引きにさせた代りにこの年からはきちんきちんとその俸禄を支給した。

幕府の借金や、江戸屋敷出入りの商家から信安時代に借りた金も遅滞なく年賦の定めによって返済してゆき、この年の十二月には先をあらそうようにして村方の年貢が上納された。

順調な収穫だったということもあるが、数カ月の間に百姓たちの鋭い目は、木工の施政が約束どおり運ばれてきたことに信頼と希望をもちはじめてきたのだ。木工に力を合せて国をもりたてていこうという気分に、百姓も町人もなってきたようである。木工もまた、藩庁自体の綱紀を清潔で明るく、折目正しいものにしようと懸命になった。

あれだけの宣言を藩主の前でおこなったにもかかわらず、執政の座についてみると、町方や藩士たちの中から、いろいろなかたちで賄賂が木工の屋敷へ贈られてくる。望月邸へも親類たちへも何かの形で賄賂がしめされるのだ。

木工も親類たちもこの誘惑に抵抗した。その中でも増屋嘉十郎は八田嘉助の登用を見てすぐに木工へはたらきかけたし、みつや家族の者、家来たちにまで手をまわして賄賂をつかってきたが、とても通じないと見ると嘉助と木工の関係を蔭《かげ》にまわっては醜く言いたてたりした。老臣の中でも疑惑の目を向けている者が少くなかったし、岩崎四兵衛などは、木工の汚職へのうたがいを公言してはばからない。だが、木工は平気だった。藩主の信頼と、執政としての権限を握った者の強い自信というものが想像していたものよりもっと大きいものだということを木工は知ることができた。

老臣たちの蔭口などは全く気にならないのだ。自分の計画が順調に進行して行くのが充分な手応えで感得された。

従来は、平常の藩庁の執政は、それぞれの役宅でおこなわれていたのだが、城の本丸の御用部屋に、毎日かならず出勤して、木工は各役所の報告を受け政務に当り、幸弘にも日に一度は目通りして報告するようにした。

うしろ暗いところのある侍たちは、それぞれに、木工の出方を不安と恐怖のうちに見詰めていたが、木工は、別に人事の異動をおこなわなかった。

彼らの私曲と悪事については、目安箱を設置し、恨みのつもっている領民たちに投書させたりして、一度はその汚職の実情を幸弘にもつたえ、公表もして、彼らを居ても立ってもいられない気持にさせたが、しかし罰をあたえることはなく、厳しい訓戒の後に従来どおり、その役目につけて鞭撻《べんたつ》した。禄を失った侍の苦しみは考えただけでもおそろしいものだけに、木工のとった処置は彼らの心構えというものを一変させてしまった。有難いことだの一言につきるのである。蘇生《こせい》のおもいで彼らは役目にはげむようになった。

八田嘉助は、馴れない侍姿に身をかためて城へ出て来るのが、はずかしくもあり、藩士たちにも退《ひ》け目をおぼえていたようだったが、木工の油断のない眼にまもられて厭なおもいをすることもなく、やがて仕事に眼の色を変えて没頭するようになった。

松代でも指折りの商人として財力も才能もある男だけに、嘉助は、一家の商売の切り盛りとちがい、一国の財政に算盤をはじくことが大きな生甲斐《いきがい》になってきて、木工のよき助言者になった。

翌年の宝暦六年の春、ようやく財政もととのい、どうにか行手の見込みが立つと、木工は家中藩士の生活の指導をはじめた。

青山大学によって武芸を、玉井郁之進の師である菊池南陽を江戸から迎えて学問を指導させ、ことに少年と青年の日課を定めて心身を鍛えると共に、娯楽としての諸芸の稽古も、酒や女の附随することのない明るい空気の中で、どしどし奨励するようにした。

蹴鞠《けまり》、絃歌《げんか》、囲碁、能楽、俳諧《はいかい》など、国法にそむくもの以外の娯楽と、文武二道の精神とを日時の配合によって規定させ、従来の惰気をはらうと共に、倹約令による藩士たちの緊張を解きほぐすようにしたのは、信弘時代の厳格な倹約令が藩士たちばかりではなく、信安にまで息苦しい圧迫をあたえ、それが原時代の反動となってあらわれた事実を忘れなかったからだ。

宝暦六年の暮れには、藩の財庫にも、いくらかの余裕《ゆとり》が生み出されるようになった。

この年の大晦日《おおみそか》に、訪ねて来た大信寺の成聞老和尚《おしょう》と、久しぶりに囲碁に興じた木工は、藩治の成功をしきりによろこぶ成聞に、

「いや、殿様がおえらいのだ。先日、江戸屋敷へ用事で出向いた折に御殿でな、原八郎五郎の罪を、そろそろゆるしてやれとおおせになった」

「殿様が？」

「真田十万石に恨みは残したくないとおおせられるのだよ。先殿様（信安）のことを、よくよく知りつくしておられるわ」

「ふーむ、成程な……御公儀でも評判がよろしいそうではないか」

「よいとも。お、それから和尚、来年はな、領内の寺社仏閣に殿様みずから、扁額《へんがく》を揮毫《きごう》されて贈られるそうだ」

「ほほう、それはありがたいな」

「神仏を尊ぶ風を起し、民治の一端にされたいのだそうだ。そしてな、仏事の折には酒肴や馳走の饗応《きょうおう》をゆるすようにしたらどうかとおおせられた」

「ますます悪くない。だが、これは、どうも太夫が進言したような臭味《くさみ》が感じられるな」

「ははは……とにかく御自分は、毎日たゆむことなき倹約励行なのだ。お若いのに、辛かろうとお察しするのだが……しかし御家が潰《つぶ》れてはどうにもならぬ、ということを身にしみて感じておられるらしい」

「ふむ、ふむ。とさに、太夫の評判も大したものだの。世直しの神様だと領民は申しおる」

「馬鹿な……」

と、木工は何度も舌打ちして、

「前が悪すぎたので、当り前にしていることが良く見えるのだ、和尚、私は運がいいのだよ。悪いお手本を、さんざ見て来た上にえらい殿様の下ではたらけるのだ。こんなにやりやすいことはないのだ」

「だが、藩治が、こうも順調にゆくと、悪い気持はせぬだろう?」

「ふむ。少し前までは、おれの力でこうなったと、うぬぼれることもなかったとはいえないな」

「あぶない、あぶない」

「その、うぬぼれが怖いのだな。ちゃんと顔に出るものらしい」

「うむ、うむ」

「それをまた、女房が、ちゃんと見ぬいてな」

「ほほう」

「旦那様、原に顔が似てまいりました、などとやられたものだ。三度ほどある」

「ふふふふ。奥方がの、これはいいな」

と、成聞は、小さな手荷物の包みを解いて、あたりを見まわしながら、

「殿様には悪いことだが……」

と、酒の壺と、盃《さかずき》を二つ取り出した。大根の漬物まで用意してあるのだ。

「もう、どれくらい飲まぬ？」

と、成聞がいった。

「家来たちの手前、大っぴらには飲めぬが、しかし、たまにはな……」

「御妻女がか？」

「うむ。そっと寝床へ運んで来てくれる。蒲団をかぶり、灯を消し冷たいのを飲むのさ」

「可哀想にの、太夫も……」

「みつは、おれに内密で、たまには家来たちにも飲ませてやっているらしい」

「御苦労なことだの。さ、飲もうではないか、御家老」

「とんだ仏事になったな」

しんしんと凍りつくような、雪の大晦日の夜である。

歯に沁《し》みるような冷酒をなめながら木工は、ふと、原郷左衛門邸の座敷牢《ざしきろう》にいる原八郎五郎をおもい浮べた。

（いまごろ、原は何をしているのだろうかな）

四

原八郎五郎が罪をゆるされ、二十人扶持をあたえられて城外を二十町ほどはなれた清野村の民家へ隠居ということになったのは宝暦七年の三月である。

この年の初夏の或る日。

恩田木工は家老職見習として傍《そば》に置いている望月主米をつれて、城下から一里ほど西にある岩野というところへ、前々から開拓を命じてある千曲川に沿った荒地の状況を見に出かけた。

これは木工が奨励している殖産事業の一つであった。そこの荒地も桑畑にさせるつもりで、寺尾村に住む篤農家の滝右衛門という老人を招んで指導させている。

川筋から離れた北国街道の屋代宿へ出る街道のあたりから妻女山のふもとにかけては、第一期の計画が実り、嫩葉《わかば》がひらいた桑の木には淡黄緑色の花が咲いている。

千曲川の彼方《かなた》にひろがる耕地からは、さんさんと降り注ぐ午後の陽光を浴びて田植にはげむ百姓たちの唄声が、初夏の微風に送られてきた。

碁の目田に、通りをよく植えろ、
しやり田に、戸隠《とがくし》山で鳩が鳴く
何となく、つきこよ、つきこよと言うて鳴く、

「今年は豊作だという噂だな」

と、木工は、山裾の桑畑から街道へ出て馬を止め、これも騎乗の義弟へ振り向いていった。

主米は騎射笠をあげて木工にうなずくと、

「日本国中、米だけがたよりの私ども、人間というものが……」

と、いいかけて、黙った。

「米を頼りの人間どもが、どうした？　うむ？」

「は。哀《かな》しくもおもわれ、愛《いと》しくもおもわれます」

主米は、今年三十歳になり、八年前に原を斬らせてくれと、木工につめよったころの主米とは問題にならぬほどの深味が、その言動にあらわれてきている。

木工も、今年四十一歳になっている。

街道で出合う領民たちは、みんな木工に向って、親しげな、そして尊敬をこめた礼をして行った。

「御家老のおちからで、松代藩も息を吹き返しましたな」

と、馬を進ませながら、主米はいった。

「おれなどは、少しも苦労などせぬよ。よいか、原と田村と、ここ十余年の藩治を見ていて、同じ道に迷いこんだら、もう人間というものではない。万事が、うまく運んでくれたのも、前々からの苦しみがあったからこそ、おれの考えが通ってくれたということなのだ。おれも十年前に権力をにぎっていたら、原八郎五郎と同じようになっていたやも知れぬ」

「ですが、御家老のように私心を捨て去り、他人のことを、国のことを専一に考えるということが私などから見て、まことに、御立派なことだと……」

「いや、味気ないことだよ。だがな、主米。これを我慢し通せば、執政という仕事も、かなり生甲斐のある面白いものになってくることはたしかなのだよ。他人のことのために私心を捨てるということはな、いまのおれにとっては、一つの快楽だといってよかろう」

木工は嬉しそうに笑った。

木工は、あれほどたのしみだった耳掃除にさっぱり興味がもてなくなり、自分の耳垢《みみあか》さえ、みつに掃除してもらうようになってきている。

馬蹄《ばてい》の音が、のどかな二人をつつみ、時折、街道沿いの農家から、矢のように燕《つばめ》が走った。供はなく、二人だけの騎乗は、城下に向って進み、田植歌はどこにいても二人の耳にここ ろよく聞えてきた。

耕地という耕地は、田植の最中である。

お前は誰《た》が子、誰が娘、
七夕の一夜の契りぞ子娘、
今朝来た虚無僧《こむそう》よい男、
あみ笠の、しめ緒となりて行きたい、

「おれはな、ここ二年というもの、毎日、国の凶作を怖《おそ》れぬ日とてなかった。これからもそうなのだろうが……」

木工のしみじみという声を聞いて、主米も八年前の義兄とは格段にちがってきている木工の、小びんのあたりの薄い白髪を、斜め横に馬を寄せながら、ながめやった。

木工の長身が、ゆらりとして、

「もう清野村だな、どうだ。主米。原八郎五郎を訪ねてみようか？」

「太夫さえよろしければ……」

「そうか……もう五年も会わぬ。懐かしいのだ。ちかごろは、しきりと原が懐かしいのだ」

街道を妻女山の山裾が南へ屈曲した、その奥の山村の一隅に、藁葺《わらぶ》きの民家を改造した原八郎五郎の閑居があった。

小高い山裾の杉林を背後にして、四間ばかりの小さな家だが、千曲川を見はらした一軒家で、門もなく塀もなく、庭へ通じる枝折戸《しおりど》の傍に、四、五丈もある朴《ほお》の木が、木蓮のような白い大きな花を開いて、その香気があたりにただよっている。

枝折戸に近寄ると、縁先で縫物をしていた原の妻女が木工たちに気づき、あわてて奥へ引込むと、すぐに原八郎五郎が袴《はかま》をつけながら出て来た。

「おう。これはこれは……さ、どうぞお入り下さい」

質素な茶の綿服をつけてはいるが、原は執政時代と少しも変っていない。

髪も黒く、ふっくりとした頰も艶《つや》やかだし、いかにもなつかしそうに微笑をふくんで近寄って来る姿には、みじんも悪びれたところがないのに、木工は感嘆した。

座敷へ通ると、原が全盛の頃、城中の休息部屋で愛用していた見事な鉄瓶が炉にかかっていた。

妻女が現れて挨拶をした。

木工は初めて会うのだが、江戸の遊女あがりだとは、とてもおもえぬ品のよい女で、とりなしの落ちついたさまや、原や木工たちに何かと気をくばる様子が、木工に、信安の愛妾《あいしょう》で家臣からも慕われながら若死したお元の方をおもい出させた。

原は妻女と並び、きちんと一礼して、

「このたびのご配慮については、われら夫婦、ありがたく御礼申し上げる。殿様にも、よしなにおつたえねがいとうござる」

「いや。それよりも、何か御不自由なことはないか？」

「何一つありませぬ。ただ、ありがたく日を送るのみ」

原は茶を点じ、妻女は台所で蕎麦《そば》を打ちにかかった。

「用事の途中、おもいたって寄ったので、何の土産物もなくて……」

と、木工がいうと、原は茶筅《ちゃせん》の手をとめ、じっと木工を見まもり、どちらからともなく、二人は微笑をかわし合った。

「千曲川の治水工事のころが、おもい出されますな」

原はしんみりと、

「私は先殿様の御寵愛《ごちょうあい》になれ、先殿様を、もったいないことだが、まるで幼友達のように知らず知らずおもいこんでしもうたのが、失敗《しくじり》の元でござった」

茶を喫み、妻女がもてなしの蕎麦をよばれて雑談をたのしみ、木工が晴れ晴れと原の家を辞したのは、もう夕暮れ近いころだった。

原は、妻女と共に送って出て、

「愚息岩尾については、向後、よろしくおねがい申し上げる」

と、父親の愛情を満面にほとばしらせ、木工にたのんだのは、今年六歳になる原の長男が、いずれ成長の上は藩士に取り立てられるという幸弘の内命を、木工が、ひそかに知らせてやったことについてである。岩尾は伯父の原郷左衛門が、あずかっている。

「木工、身にかえて引きうけましょう」

「有難うござる、ありがとうござる」

「では……」

「また、おはこびねがいたいのですが……」

「お邪魔でなければ……」

「お待ちいたす。原、お待ちしております」

原は朴の木の下に立ち、街道へ下りて行く木工と主米を、いつまでも見送っていた。


二人が城下へ戻り、紺屋町の通りから殿町へ入り、城の濠端《ほりばた》へ出ると、大手門の上の櫓《やぐら》から、時の太鼓が鳴りはじめた。

木工は、大手門の前の路《みち》に馬を止め、しばらく城の櫓に見入った。

そして放心の視線を、桔梗《ききょう》色に暮れかかる空に向けたまま、

「城も侍も合戦のために生まれ出たものなのだが、いまは合戦の起る世の中ではなくなった。となると、われわれは、これからどうなって行くのだろうかな」

　八田嘉助は町人だが、その財力を藩に役立て、いまは二百石の侍になり、押しも押されもしない。町人や百姓の力が、これから先、どんな勢いをもって、侍の中に入って来るか……とにかく、いまの大名や侍たちは、町人の財力に頼らなければ立って行けなくなりつつあることはたしかなことなのだ。木工にとって、それが怖いというのではなく、時が移り世が変るにつれ、どんなことがあっても天地の下に生きる人間たちが、人間らしい知恵をはたらかせて、うまくやって行ってもらいたい、それだけを自分は祈っていたい……木工はそうおもった。

「主米。おれはな、此頃《このごろ》、つくづく悟ったことがあるのだよ」

「はあ……?」

「それはな、人間というものは、百年と生きられぬものだということなのだ」

　木工は、かるく馬の首を叩き、濠に沿って歩ませながら、主米を見返り、明るく生き生きとした笑顔になり、

「おれ達の一生が、おれ達の後につづく人々の一生を幸福《しあわせ》にもするし、不幸にもする。主米、はたらこうな」

　濠の水に余韻を引いて太鼓の音が熄《や》んだ。

　西の空には、まだ残照があったが、静まり返った濠端の道を包んだ濃い夕闇の中に、騎乗

の二人の姿が溶け込んでいった。

この父その子

一

「あまりに、お気の毒でござりますゆえ、なにとかひとつ、若殿さまにお気ばらしをおさせ申したい、と……ま、かようにおもいまして」

と、そのはなしをもちかけてきたのは、三倉屋徳兵衛であった。

「気ばらし……?」

ふしぎそうに問いかえしたのは、信州松代《まつしろ》十万石の城主・真田《さなだ》伊豆守《いずのかみ》の家来で、江戸留守居役をつとめている駒井理右衛門である。

「さようでございますよ」

「どんな、気ばらし?」

「吉原へ、おしのびにておつれ申し、美しいのをずらりとならべまして……」

「冗談どころではないのだよ、三倉屋」

と駒井は、むしろ苦にがしげに分別ざかりの顔をしかめて見せ、

「こうして、おぬしをよび出したのも、恥をしのんで金借りに、ではないか」

「はい、はい」

「よいかげんにしてくれ。な、三倉屋。それでのうても、おぬしがところからは、だいぶんの金を借りているのだ。それも返せぬというに、尚《なお》もこうして……」

「はい、はい」

「若殿の気ばらしどころではない。御家が、この年を越せるか越せぬかという……」

「はい、はい」

「いったい、貸してもらえるのか、もらえないのか。どうじゃ」

「御用立ていたしましょう、と、先刻からおもうていたところでございますよ」

「えっ。まことか……」

と、駒井理右衛門が、満面によろこびの色をかくそうともせず、

「あ……助かる、助かる」

ちょっと、三倉屋へ両手を合す仕ぐさをしたものである。

徳川将軍のもとに、諸国大名それぞれに忠勤をつくし、天下泰平の世となってから、およそ百年。

しかし、享保《きょうほう》五年（一七二〇年）のこのころになると、上は将軍から大名、下はその家来たちにいたるまで、金づまりもひどい状態となってきている。

金は、どしどし町人たちのふところへ入ってしまい、生産とむすびつかぬ武家は、天下の指導者としての権威を、町人たちから見ると、

（ふりまわしているにすぎない）

のであった。

現に、だ。

いま、三倉屋徳兵衛と駒井理右衛門が、

（若殿さま）

とよんでいるのは、真田伊豆守の嗣子・蔵人《くろうど》信弘のことだが、この若殿、なんと今年で五十一歳になる。

真田家では養父・伊豆守が、まだ老体にむち打って藩主の座についている。

このため、妻子もあるし、五十をこえた信弘が、まだ十万石の当主になれないのである。

もっとも、真田信弘は、ひそかに駒井理右衛門へ、こうもらしたそうな。

「とうてい、わしには十万石のあるじとして責任《せめ》を負うだけの器量はない。できることなら、わしのほうが父上より先へ死にたいものじゃ」

上は幕府から、下は三倉屋のような商人にまで、真田家が借りている金は一万三千両におよぶ。現代の金にして一億数千万円にあたろう。

このような借金を背負った家をつぎ、一国の主《あるじ》として、家来たちや領民をしたがえ、苦難の道をたどらねばならぬというのでは、

（とてもとても、わしにはできぬ）

気の弱い信弘が、おもいなやむこころもわからぬではない。

信弘は嗣子であるから、ずっと江戸藩邸に暮しつづけている。

養父・真田伊豆守もそうなのだが、信弘の日常の暮しというものは、とうてい十万石の大名の跡つぎのものとはおもわれぬ。

「先《ま》ず、あるじたるものが身をもってしめさねばならぬ」

という養父のいいつけを、かたくまもり、朝などは塩粥《しおがゆ》に梅干、香の物のみ。夕食の膳も一汁一菜だし、

「われらのほうが、まだしも、ましなものを口に入れているほどだ」

と、つくづく駒井理右衛門が、かねてから親しい三倉屋徳兵衛に語ったこともあるほどなのだ。

五十をこえた〔若殿〕がいじらしいのは、それぱかりでない。

近ごろのことだが、夜になると、信弘が住み暮す居間や寝所に灯《あか》りがつかない。

家来たちが、いろいろしらべてみると、燈明の油も蠟燭《ろうそく》も切れていたのだ。

これは信弘が、

（わしのみにても倹約をすれば……）

という気もちから出たもので、暗い居間の中にいて、信弘は好きな習字の稽古を、

「どうしてなさっておられた、と、おもうな」

と、駒井が三倉屋へ、

「闇の中へお手をさしのべて、ゆびで字を書いておられたそうな」

燈油や蠟燭のみではなく、習字の紙も切れていたのを、信弘は家来たちに請求しなかったのである。

このことをきいたときに、三倉屋徳兵衛は、

（これは、あまりにお気の毒な……よし。ひとつ若殿さまにお気ばらしを……）

おもいたったらしい。

そのときに、三倉屋は燈油も蠟燭も真田家へ寄進させてもらっていたが、信弘は尚も、自分はよいから、他の夜の公務に役立てるよう……と、いったそうだ。

尚更に、いじらしい。

こんなこともあった。

信弘は、俳諧《はいかい》を好み、師匠についていたが、その礼金をはらうこともならず、侍臣たちが少しずつ出し合い、ようやく金五両を調達した。

このとき信弘は、

「十万石をつぐべき自分が、わずかのたのしみのための金五枚の都合がつかぬというのでは……」

いいさして、痩《や》せた小さな体をふるわせ、凝《じっ》と泪《なみだ》ぐみ、しばらくは化石のようになって、うつむいている姿を見たとき、侍臣たちの中には、あまりのなさけなさに、声をはなって泣き出したものさえいたという。

ま、こうしたわけで……。

養父・真田伊豆守幸道が六十四歳になって尚、蔵人信弘に藩主の座をゆずりわたさぬのも、他意あってのことではない。

（わしが、やれるかぎりは負債をへらして……しかるのちに、信弘へゆずりわたしたい）

こころなのである。

この養父と養子は、従兄弟《いとこ》同士なのであった。

二

留守居役・駒井理右衛門が、芝・高輪《たかなわ》にある料理茶屋〔石橋万《いしばしよろず》〕へ三倉屋徳兵衛をまねき、金の借入れに成功し、麻布《あざぶ》・谷町にある真田藩邸へもどって来たとき、すでに夕闇が濃かった。

「首尾よう、二百両ほどを」

と、駒井が、江戸家老の大熊四郎左衛門に報告するや、

「やれやれ……」

用部屋で、じりじりしながら待ちかねていた大熊は、がっくりと肩を落し、

「よろこんでよいのやら、嘆いてよいのやら……」

「よろこんでいただかねばなりませぬ」

「む、すまなんだわい。三倉屋と日ごろ仲のよいおぬしゆえ、役目がらにないことをたのんでしもうた」

「いや、なに……」

「ともあれこれで、なにとか年を越さねばならぬ」

「そこは、御家老におまかせいたしましょう」

年も暮れようとしているのだ。

越年の費用は、毎年、十一月の末に国許《くにもと》の松代から送りとどけて来る。今年も送って来たが、とても足りない。

出入りの商人たちへ払う費用を少しずつにしても、まだ足りぬのであった。

翌朝。

駒井理右衛門は、御殿へ出仕し、真田信弘に目通りをした。

〔若殿〕の、白髪まじりの髪も、このごろはめっきりうすくなってきている。

「お人ばらいを、ねがわしゅう存じまする」

と、駒井がいった。

信弘が青ざめた。

「なにか変事でも起ったのか」

「はい」

「む……」

うなずいた信弘が、小姓や侍臣を遠ざけ、せきこむようにして、

「なにごとじゃ?」

「は……」

「国許で何か起ったか。父上の御身に何ぞあったのか。それとも、また何やら物入りのことでも……?」

金にゆとりがないと、大名の子でも、こうなるのである。

〔変事〕

ときけば、かならず入費がともなうからだ。

駒井理右衛門が、にやりと笑った。

「いかがしたぞ?」

「御案じなされますな」

「なに……?」

「変事ではございますが、悪いことではございませぬ」

「そ、そうか……」

「どうやら、年も越せましょうかと存じまする」

「そうか、そうか……それは、なによりであった。うれしい。安堵《あんど》いたした。そのほうたちのはたらき、うれしゅうおもう」

「つきましては……」

「うむ?」

「一日、御身を理右衛門へおあずけ下されたく」

「わしの身を……なんとする?」

「実は、御用達《ごようたし》の三倉屋徳兵衛より、いささか金を借り入れまして」

「ほ……ようも、貸してくれたものじゃな」

「さ、そこでござります」

「そこ？」

「三倉屋が、ぜひにも若殿をお招きしたい、と、かように申しまする」

「わしを招く……？」

「町人どもが虚栄なのでござりましょう。さる場所へ、若殿をおまねきいたし、御酒をさしあげたいと、申しますので」

「困るの、それは……」

「はい」

「わしが屋敷を出て、か」

「はい」

「そりゃ、なるまい」

「おしのびにて、でござります」

「それにしても……」

「三倉屋とは、若殿をおまねきするとの約定にて、私めが金を借りうけました」

「む……」

小さな体をすくめるようにして、信弘が困惑の表情をうかべた。三倉屋にとっては〔虚栄〕であろうが、信弘にとっては〔恥〕である。いずれは一国の城主となるべき身がかるるしく町人のところへ酒をよばれに行く。つまり、町人のきげんとりに行くようなものではないか。

するとと、駒井理右衛門が真剣な面持となり、

「なにごとも、御家のためでございます」

するどくいった。

信弘が、うなだれて、

「いかにも……」

かすれた声で、

「家来たちに知れぬか？」

「そこは理右衛門におまかせ下さいますよう」

「よし、行く。家のためじゃ」

わずかにあげた信弘の顔の、その双眸《そうぼう》が、ひたむきに純心であった。

駒井は瞬間、胸に熱いものがこみあげてきて、

「ははっ……」

おぼえず、ひれ伏していた。

翌々日の朝となって……。

駒井理右衛門ほか、四名の侍臣にまもられ、編笠をかぶった真田信弘が藩邸の勝手門から外へ出た。

これは、信弘と駒井が、侍臣四名に、

「江戸市中を、ひそかに視察のため」

といいふくめたのである。

江戸家老の大熊すら、このことを知らない。勝手門の門番もまったく気づかなかった。

一行六名は、徒歩で溜池《ためいけ》から虎ノ門へ出た。

ここまで来ると、信弘が四名の侍臣へ、編笠の内から、

「これより、屋敷へもどれ」

と、いった。

「それはなりませぬ」

侍臣たちがおどろくのへ、駒井が、

「案ずるな。わしが御供をしておる」

「なれど……」

「うまく取りつくろうておけ。暮れ六ツ（午後六時）までにはもどるゆえ……」

駒井理右衛門がつとめている〔留守居役〕というのは、江戸屋敷に勤務する藩士が世襲でつとめる外交官……というよりも、大名の家にとっての外務大臣に匹敵する役目だといってよい。

絶えず、幕府や他の大名のうごきに目をくばり、いろいろと秘密情報をあつめたり、他の大名家や幕臣たちとの交際なども一手に引きうけねばならない。

たとえば……。

三年ほど前、真田家は幕府から金一万両を借りうけることに成功した。

もっとも、このためには、幕府の関係すじへ数百両の金をふりまかねばならぬ。この運動費は主として国許の豪商たちから借り入れた。

その運動費を駒井は巧妙につかいわけ、一万両の借り出しを成しとげたものだ。

こうした役目柄ゆえ、平常の交際がまことにたいせつなものとなる。そのための入費は、

「できるかぎり惜しむな」

と、殿さまの真田伊豆守も江戸家老に念を入れていてくれるので、駒井もありがたくおもっている。

つきあい酒に酔って帰邸する駒井を、

「なにをしているか知れたものではない」

と、白い眼で見る家来たちもいるし、藩邸内の長屋に住む駒井の家族たちも、

「この御役目だけは、まことに辛い」

こぼしているらしい。

真田家が貧乏にあえいでいるだけに、尚更のことなのだ。

しかし、一万両借り出しの成功以来、藩士一同の、駒井理右衛門への評価は一変した。

「やるのう」

「さすがに駒井殿じゃ」

と、いうわけであった。

その駒井が、しかと請け合っていることでもあるし、若殿も、

「早う行け」

しきりにせきたてるので、侍臣たちはまごまごしながら、

「では、これにて……」

別れて行った。

三

この日。

駒井が途中から駕籠《かご》をやとい、真田信弘を案内したのは、根岸にある三倉屋徳兵衛の別荘であった、といわれている。

駒井理右衛門にしてみれば……。

昼間のことでもあるし、吉原の遊里へ〔若殿〕をさそい出すようなことは、なるべく避けたかった。

「それなら別に、考えがござります」

と、三倉屋がいくつもの案を出し、そのうちの一をえらんだのであった。

二人が、上野山下から坂本をすぎ、奥州街道へむすぶ往還を西へ切れこみ、寺院や木立が散在する畑道をまがりくねって三倉屋の別荘へ着いたとき、まだ昼前であった。

別荘は石神井《しゃくじい》用水に面し、うしろに竹林を背負った藁葺《わらぶ》き屋根の瀟洒《しょうしゃ》なかまえで、小川に

かかる石橋をわたると、門の前に三倉屋が何やら茶人めいた身なりで待ちかまえていた。

「これはこれは……ようこそおはこび下されました」

つとめて気やすげに、三倉屋がいった。

「三倉屋徳兵衛か。こたびは、こころいれをうれしゅうおもう」

と、白髪の若殿。年越しの金を借りたことをおもえば下手な世辞のひとつもいわねばならない。ともかく、信弘はまことによく気がつく。それも貧乏ゆえにとおもうと、なんだか駒井理右衛門もわびしくなってきた。

「さ、お通り下されますよう」

と、三倉屋の応接ぶりは妙にへり下っているところがなく、それでいてすこしも威張ってはいず、信弘へのあふれんばかりの親愛の情が言動にこもっていたものだから、信弘も、わるい気持ではなかったようだ。

師走も中ごろだというのに、春のようなあたたかい陽ざしが小川の水に光っている。

五間から成る母屋から渡り廊下をわたって行くと、二間つづきの、これも藁屋根の〔離れ屋〕があった。

「けっこうなつくりじゃ」

先ず、香がたきしめられた奥の間へ通された真田信弘は、ものめずらしげにあたりを見まわしていたが、森閑としずまりかえっているあたりの気配に耳をすませ、

「のどかじゃのう」

と、いった。

いかにも、こうしたところは大様なものだ。

「おくつろぎなされますよう」

「うむ、うむ……」

「先ず、御袴《おはかま》をおぬぎなされますよう」

「よいのか？」

「かまいませぬ。本日はぶれい講でござります」

と、駒井が信弘の袴をぬがせてしまった。

このとき……。

次の間から、軽い酒肴《しゅこう》の用意をととのえて、四人の女があらわれた。

いずれも若い。

化粧は淡くほどこしているが、若い女の血色が顔にも手足にもみなぎっている。

女たちの身なりは、いずれもこのあたりの農家ふうのものながら、それでいて、衣裳《いしょう》にも髪のかたちにも丹念な工夫が凝らされてい、素朴でありながら歌舞伎芝居の舞台にでも出て来るような色彩の美しさがあり、立居ふるまいの優美なことは、

（む、さすがに三倉屋……）

と、役目柄、あそびごとにもなれているはずの駒井理右衛門が胸の中で感嘆したほどだ。

これらの女たちは、いずれも踊り子である。

つまり、のちの芸者の前身ともいうべき女たちであった。

踊り子の発生は、元禄のはじめごろだそうな。

江戸には、踊り子を抱えた〔組〕がいくつかあって、依頼に応じ、大名や武家の宴席へ出張させ、遊芸を見せ、酌《しゃく》もする。もちろん金しだいで抱かれもするという……むかしは踊り子たちの芸も相当なもので、中には某大名の側妾《そばめ》にまで成り上った女もいる。

そのころから見ると、いまは料亭も多く、船宿などからも踊り子をよべるし、町家の人びともこれを気軽に利用することができるようになった。

三倉屋がひいきにしているのは、日本橋・橘《たちばな》町の〔井筒〕という組の踊り子たちであった。今日、この別荘へよび寄せておいたのは、芸事のほうは未熟であっても、踊り子となって前後二年ほどの若い女たちばかりなのである。

踊り子の衣裳も扮装《かんそう》も、みな三倉屋が考えたもので、

(ようも三日の間に、これほどの趣向をととのえたものだ)

と、駒井は舌をまいている。

踊り子が、信弘をかこみ、接待にかかった。

信弘は、と見ると……。

目をみはったまま、身じろぎもせぬ。

五十一歳の今日まで、松平下総守《しもうさのかみ》の女《むすめ》に生まれた正夫人のほかには、女を知らぬ信弘であった。本家へ養子に来て以来、倹約につぐ倹約を強いられ、いまはそれが当然のものとおも

い、御殿に奉公する侍女たちへもこころがうつらなかった。

もっとも……。

信弘が十万石の主になれば、一年交替で、江戸と国許の松代とを行ったり来たりせねばならぬ。国許へ帰るのは一国の領主として政治をおこなうためであり、江戸へ来るのは、徳川将軍へ忠誠のしるしを見せるために定められた掟《おきて》によってである。この道中の費用だとて、まことに大きなものなのだ。

そうなると、正夫人を国許へつれては帰れない。これも幕府が定めた掟によるものだ。したがって、国許へ側妾を置くことをゆるされるのである。

だが、まだ信弘は〔若殿〕なのであった。

踊り子の一人が信弘の酌をする。

一人が笛を吹き、一人が三味線をひく。

一人が舞う。

「三倉屋……」

信弘が、ほろ酔いになって、

「こころたのしいぞよ」

と、いった。

「へへっ……」

三倉屋もうれしげに、

「ゆるりと、おたのしみあそばしまするよう」

こたえて、ちらと駒井へ目くばせをした。

うなずいた駒井理右衛門が頃合を見て、信弘へ、

「さ、お立ちなされますよう」

「帰るのか?」

「いや、ともあれ、こちらへ……」

「どこへまいる?」

「先ず……」

駒井が先へ立ち、信弘を離れ屋へ案内をした。すでに、ここへも酒肴の用意がなされている。

「理右衛門。あの女たちは……」

「お気にめしましたか……」

「む……」

しわのふかい信弘の顔に、はじらいの微笑がうかんだ。少年のような美しい微笑であった。

「見たこともなき女たちじゃ」

「どの女が、もっとも、お気にめしましたか?」

「わしの傍《そば》にて、笛吹きし女……」

「ははあ、なるほど」

「あの女、ここへまいるか……?」

「めしつれまする」

「さようか……」

と白髪の若殿、上機嫌である。

駒井が去って間もなく、かの女があらわれた。

ほっそりとした、しなやかな体つきの女で、色白の肌にもくちびるにも淡紅の血色が鮮烈に浮きたち、障子を透《とお》しての陽光を背に、

「妙《たえ》と申しまする」

と、女が名のった。

「うむ、うむ、これへ……」

「あい」

と、こたえも何やらなまめいている。

妙が傍へすり寄って、酌をしにかかった。

このような酌のされ方を、されたおぼえがない信弘である。

眼前に、妙の横顔がある。まさに新鮮な果実そのものであった。

「そちは、いずこの女か?」

妙は、こたえない。

そのかわり、上眼づかいに信弘を見やって、

「わたくしにも、酒下《ささ》さりませ」

ささやくようにいった。

「む。よし」

「あ……お盃《さかずき》はいりませぬ」

「なぜじゃ。盃がのうては酒がのめぬではないか」

こたえのかわりに、妙がくびをふる。

「なんと？」

「口うつしに、のませて下さりませ」

「く、口うつしに、か……」

「あい」

踊り子の、仕こまれた手管ではあるが、妙もこの〔職業〕へ身を投じてから二年にならぬ。ゆえに仕ぐさもぎこちない。ぎこちないことは初々しいことにもなる。

信弘もまた、五十をこえて純心そのものだし、こうした場合を経験したことは、かつて一度もない。これまた初々しい。

そうした男の態度がうそかまことか、すぐに若い女は直感してしまうのだ。妙は、母屋で信弘をもてなしているときから、信弘に好感を抱いてしまっていたらしい。

「か、かようにいたせば、よいか……？」

妙が酌をしてくれた盃の酒を口にふくみ、信弘が妙の肩をそっと抱くと、両眼をしっかり閉じた妙が顔をさしよせてきた。

二人の口と口が合った。

酒が、信弘の口から妙の口へながれ移った。

「あ、あとの者は……?」

あえぐがごとく、信弘が、

「三倉屋は……駒井は?」

妙が、またしてもかぶりをふる。

「なんと?」

「ここは、わたくしひとり」

「よ、よいのか?」

「あい」

しっかりと、妙が信弘にすがりついてきた。

いつしか……。

信弘の右手が、妙の、やわらかな胸もとへさしこまれている。

細い体に似合わぬ乳房の量感に、信弘は瞠目《どうもく》した。

正夫人の、しなびきった乳房にも、もう何年もふれてはいない。

正夫人は病身の上に、今年で四十八歳になる。

四

妙は、真田信弘にはじめて抱かれたとき、十八歳であった。

踊り子としての名は〔花里〕という。

妙はその後、三倉屋徳兵衛の庇護《ひご》をうけるようになり、信弘は月に二度ほど、駒井理右衛門の配慮により、微行で藩邸をぬけ出し、根岸の三倉屋の別荘へおもむき、妙と逢った。

三倉屋は、もうすっかり信弘に好感を抱いてしまい、親身になって世話をしてくれたものだ。

商人ながら三倉屋徳兵衛は、徳川家康が天下の権を手中につかみ、江戸幕府を創始して以来、江戸城下に住みついた家柄であるし、財力がある上に、先祖が甲斐《かい》の武田信玄につかえた武士であったとかで、気性も商人とはおもえぬ剛腹なところがあった。

真田家も、もともとは武田信玄の麾下《きか》にあって戦乱の時代を乗り切って来た家柄である。

それだけに三倉屋は、真田家に対して利害をこえた親愛感をもっていた、といえぬこともない。

「信玄公が、いますこし生きておわしましたなら、織田信長も豊臣秀吉も、あったものではございませぬよ。ましてや……」

と、ここで声をひそめ、三倉屋徳兵衛が駒井理右衛門に、

「ましてや、徳川家康なぞは、信玄公の槍先にかかってとっくに、あの世へ行っておられま

したろうよ。となれば徳川の天下も何もありませぬ。いまごろは武田の天下。真田さまも私のところも、さしずめ幕府の御老中《こうぎ》といったところで……」

などと、冗談をいったことがある。

さて……。

白髪の若殿が、妙と何度あいびきをしたろうか。

翌享保六年の秋の或る日。

三倉屋徳兵衛が、柳橋の料亭〔中村〕へ、駒井理右衛門をまねき、

「今日はその、こみいったことを申しあげねばなりませぬ」

と、いう。

「なんだな?」

「実は……踊り子の妙が、若殿さまのお子をはらみまして」

「まことか……」

駒井の顔色が一変した。

だが、三倉屋は落ちついたもので、

「それは、あたりまえの成り行きでございますよ」

「そりゃ、ま……まさに、そうだが……」

「おどろかれるにはおよびませぬことで」

「なれど三倉屋。これは困った。わしは若殿を、お好きな俳諧の運座にことよせ、外へおもし

のびでおつれ申していたのだ」

「はい、はい」

「存じてもいようが、大名の家で、素姓も知れぬかくし女に子ができたとなると大事になる」

「やせても枯れても十万石の御家でございますものな」

「つけつけと申すな。よいか、このたびのことは、わしとおぬしのほかにはだれも知らなんだことだ。と、申して、若殿の子に……」

　といいさして駒井が、はっとなり、

「三倉屋。あの踊り子は他の男とも寝たのであろう。生まれる子が若殿の子だという証拠がどこにある？」

「若殿さまの御手がつきましてからは、花里の身柄を私が引きとっております」

「まことか……」

「他の男なぞ、ふれさせはいたしませぬ」

「ふうむ……これは困った」

「なんでもないことで」

「え……？」

「これからも、あなたさまと私の胸のうちへ、なにごともしまっておけばよいのでございます。花里も、まさかに相手が真田家の若殿さまとは、存じおりませぬゆえな」

「それで？」

「なにごとも、金で相すみまする。なれど、若殿さまと花里は、今日より別れ別れになっていただかねばなりませぬ。そのかわりに花里と、生まれる子の身柄は、三倉屋きっとおひきうけいたしましょう」

「このことが、他にもれてはならぬ。大丈夫か？」

「さてさて、御大名の家というものは不便なものでございますなあ」

「不便なればこそ、成り立っておるのだ」

「なるほど、なるほど……」

「なれど、女が子をはらんだことを、若殿は御存知あるまいな？」

「それはもう、御念にはおよびませぬ。花里がそれと気づいたは五日ほど前のことなので……そこでな、念のため、お玉ケ池の井上卜仙《ぼくせん》先生に診ていただきましたところ、まさしく身ごもっておりまして」

「さようか……」

駒井理右衛門が、真田信弘に目通りをしたのは、翌日の昼下りであった。

信弘は、奥御殿内の自分の居住区にある〔炉の間〕で読書をしていた。

来年の四月までは、養父の伊豆守幸道が参覲《さんきん》で江戸藩邸に暮している。

幸道と信弘の〔殿さま父子《おやこ》〕が、そろって倹約を励行しているものだから、江戸屋敷の藩士たちは、

「いやもう、息づまるようじゃ」

「うかつに酒ものめぬ」

緊張のしつづけ、といってよい。

しかし、伊豆守幸道は、主人たる自分の倹約を家来たちの生活へ押しつけるようなことはない。

家来たちへの俸給は、少しずつ減らされてきているけれども、きちんと支給しているし、その範囲ですることなら何も〔とがめだて〕はせぬ。

それでいて、自分へも信弘へもきびしい倹約生活を強い、中食をぬくことすらある。立派な御殿に住み、多勢の家来にかしずかれてはいるが、日々に食べるものといったら、藩の足軽が口にするようなものといってよい。

日常にはく足袋などは、

「もはや、どのようにつくろうてよいのか、途方にくれまする」

と、侍女たちがなげくほどに、はき古すのであった。

今年の五月に……伊豆守幸道は国許から出て来て、蔵人信弘に対面をしたとき、

「ほう……血色もよく、若やいでまいられたの」

うれしげに、いったそうである。

それは、家来たちの目にもあきらかであった。

ちかごろの信弘はいよいよ若やぎ、言動にも生気がみなぎっている。だからといって、内

密に御馳走を食べている様子もない。月に二度ほど、駒井理右衛門が供をして、学者や町人たちがひらく俳諧の運座へ微行でおもむくのが、

「よほどに、おたのしみらしい」

「下々のものどもと打ちとけて、いろいろ語り合うのも、めずらしゅうおぼしめさるのであろう」

「それにしても、お気の毒な……」

ふるっても鼻血すら出ぬ藩財政を知りつくしているだけに、信弘の、それ以外の遊興なぞ、彼らにはおもいもよらなかったのだ。

五

はなしを、炉の間の信弘と駒井へもどそう。

駒井理右衛門は、おもいきって口をきった。

踊り子の花里こと妙が、さる町人のもとへ嫁ぐことになったので、中に入った三倉屋も困りはてたが、なんといっても男のなぐさみものになるのではなく、妙の幸福のためゆえ、引きとめることもならず、

「ここは、なにとぞ……」

いいさして、平伏をした。

信弘は、だまっている。

きになっていた。

駒井が顔をあげると、信弘が、中庭の方をながめたまま、なんともいえぬさびしげな顔つきになっていた。

どこからか、菊の香がただよってきている。

中庭で、しきりに鶸《ひわ》が鳴いた。

（わしも三倉屋の口車にのせられて、ばかなことをしたものだ）

信弘の愁いにみちた、小さな横顔（老顔といってもよいほどだ）を見ているうちに、駒井は自分で自分を舌うちしたいようなおもいになった。

この前に、信弘が妙と逢ったのは半月ほど前で、そのとき帰邸してから、信弘は風邪をひいたとかで十日あまりも病床についた。駒井にとっても半月ぶりの目通りなのだが、ほんらいならば、次に妙と逢う日のことについて打ち合せをすべきはずなのに、病後のやつれもとれぬ信弘へあまりにもむごいことをいったわけだ。

信弘が妙を気に入り、

「このように、たのしいおもいを、この年齢《とし》になってから味わうことを得ようとは、おもいもよらなんだぞよ」

有頂天になって、駒井へもらしたことがある。

（ねむった子を起してしまったようなものだ。このようなことなら、いっそ、あのようなおもいを若殿におさせ申さぬほうがよかったのではないか……）

このことなのである。

ながい沈黙の後に、真田信弘が、

「わしに、妙をわがものとするちからがないのじゃから……いたしかたもない」

かわいた声で、そういった。

駒井は、またもひれ伏すよりほかに仕様がなかった。

これよりのち、信弘の微行外出は熄《や》んだ。

その後、駒井が三倉屋と会ったとき、妙のことを問うや、

「もはや、すんだことでございますよ」

三倉屋は笑って、取り合おうともしなかった。

信弘の生活は、またも以前のわびしいものへもどった。

このときから六年後の享保十二年五月二十七日。

真田伊豆守幸道が病歿《びょうぼつ》し、ここにようやく信弘が〔伊豆守〕をつぎ、真田十万石の当主となった。

ときに信弘は五十八歳。

これまでに先代幸道は、借財を半分ほど減らしてくれたが、

「ちからおよばなんだわい。信弘に苦労をかくるが、こころ苦しい」

と、幸道は死にのぞんで、そうもらしたそうである。

これほどに借財を背負ってしまったのは、なにも幸道の政治が悪かったのではない。

幸道が、わずか二歳で、真田家の当主となったときには、祖父が二十万両もの遺産をのこ

しておいてくれたのだ。

ところが、幸道の代になると、それを待っていたかのように、幕府からつぎつぎに課役を申しつけられた。

江戸城の普請の手つだいは何回も命ぜられている。

そのほかに長野の善光寺の普請や、宝永四年（一七〇七年）の富士山爆発による東海道の道普請や、朝鮮使節の饗応《きょうおう》も申しつけられた。

これらはみな、将軍の命令でやるのだから、莫大な費用を、すべて、こちらで負担しなくてはならない。

それは、まったく息をつく間もない課役のくり返しであって、これではいくら金があっても、

（たまったものではない）

のである。

ま、こうしたわけで、信弘は、しょんぼりと藩主の座についたわけだが……。

そのころ、ようやく時代が変ってきていた。

ときの将軍は八代・徳川吉宗であった。

吉宗は、幕府の赤字財政をたて直し、合せて、町人の経済力の進展を押しとどめようというので、武芸・学問の奨励をすると共に貨幣を改鋳し、法令をあらため、きびしい倹約生活を武家に実行させ、同時に殖産や新田の開発にちからをそそぐという……いわゆる享保の改

革を断行した。

町人たちや、金もちの大名・武家にとっては、

（これはたまらぬ）

ことになったけれども、真田家のような貧乏大名にとって、まさに、将軍吉宗の政治は、

（かたじけなし）

の一言につきる。

これまでのように、むり算段をして見得を張らなくともよいし、倹約が堂々と実行できる。将軍や幕府も、いたずらに意地のわるい課役を命じてはこなくなった。これが、なによりも安心であった。

だから真田信弘も、いざ藩主になってみると、

「よし、わしもやってみしょうぞ」

老体をひっさげ、信弘は一所懸命に藩の政治へ立ち向って行ったのである。

領国である信州・松代の産物、木綿・麻・紙・煙草・杏仁《きょうにん》・うるしなどの生産にもちからを入れたし、藩士の家で織物の内職をすることをゆるしたのも、信弘が藩主になってからのことだ。

六

信弘が藩主となって七年目のことであるが……。

相変らず、真田家・江戸藩邸の用達をつとめている三倉屋徳兵衛から、ある浪人を一人、真田家で召し抱えていただきたい、との申し入れがあった。

「なにを申す、三倉屋ふぜいが……」

と、江戸藩邸の重役たちは息まいた。

信弘の努力と家来一同の結束によって、財政も好転し、三倉屋から借りた金もほとんど返済していたから、重役たちも強気になっている。

「この御時世に、新規の召し抱えなぞ、できるものか。おもうてもみよ」

「町人ふぜいが出すぎたことを……」

「はねつけてしまえ」

重役たちは息まいた。

だが、留守居役・駒井理右衛門としては、

(金を借りるときには、このわしが三倉屋へ手を合せたこともある。それに……それに、若殿と、あの踊り子のことについても、三倉屋のこころいれはなまなかのものではなかった……)

たしかに、町人の三倉屋が仕官の口ききをするというのは、出すぎているけれども、それをまた強硬にしりぞけようというのも、

(むかしのことを忘れすぎる、ふるまいではないか。三倉屋に、わしも若殿も笑われよう)

ついに決意し、折しも江戸へ来ていた伊豆守信弘へ、このことをひそかに言上した。

すると信弘は、すぐさま、

「すてではおけぬ。三倉屋の申す浪人を当家に召し抱えよう」

と、いってくれた。

〔殿さま〕の命令に否《いな》やはいえぬ。

重役たちも、しぶしぶ承知をしたが、このため駒井は、ひどくにらまれたようである。

召し抱えた武士は、大沢源七郎といい、三河・刈屋の浪人で四十七歳。でっぷりと肥えた堂々たる風采《ふうさい》で、目見得に伺候したときも立派な服装であったし、文武に通じてもいる。妻はあるが、子は一人もなかった。

信弘は、大沢源七郎へ、

「五十石をあたえよ」

と、いった。

そこでまた、重役たちがもめ出したが、信弘は押し切ってしまった。

明けても暮れても藩政に尽瘁《じんすい》している信弘は、白髪も歯も、すっかりぬけ落ちてしまい、まるで八十の老翁にも見えるほどなのだが、得意の倹約が時流にのり、藩財政を見事に立て直しつつあるものだから、気力だけは、むかしの若殿時代よりさかんになってきている。

重役たちも、この殿さまの実績をみとめぬわけにはゆかない。

しばらくして……。

三倉屋徳兵衛が、柳橋の料亭〔中村〕へ、駒井理右衛門を招待した。

「お久しぶりでございますな。おいくつになられました？」

「五十をこえた。おぬしは？」

「間もなく六十でございます」

「元気で、なによりだ」

「このたびは、すっかり御めいわくをおかけ申しました。あの大沢源七郎さまと申すは、以前から、私めが親しく世話をさせていただいておりましたお方なので」

「そうだとな。いや、はじめのうちは、いろいろとうるさかったが……大沢源七郎の円満な人柄ゆえか、このごろは家中の評判がよくなってきた」

「それは、うれしゅうございます」

「ときに、三倉屋。十余年前の……あのときの踊り子はどうしておるな？」

「亡くなりましてございます」

「なんと？」

「男の子を生みましてから、間もなく……はかないものでございますなあ」

「男の子が、生まれた……どこにいる？」

「それは、もう、すんだことでございますよ」

「なれど……かのお子は、殿のお子じゃ」

「はい」

「きかせてくれい。わしの胸ひとつに、しまっておきたい」

駒井は、おぼえず泪《なみだ》ぐみ、われながら老けた、とおもった。

そうした駒井理右衛門の顔を凝視していた三倉屋徳兵衛が、

「私、去年の春に、跡つぎの子を亡くしまして……」

「それは、きいた」

「その子と嫁との間に、悲しや、子が生まれませなんだ」

「ふむ……」

「そこで、このたび、養子を迎えました。名は豊太郎。年は十三……」

瞬間、駒井の脳裡《のうり》に、ひらめくものがあった。

三倉屋は落ちつきはらい、

「いけませぬかな」

「むう……」

「ことのついでに、申しあげておきとうございますが……」

「な、なんじゃ?」

「私方へ養子に入る前の豊太郎は、大沢源七郎さま御夫婦が養育いたしくれました。豊太郎は大沢さまを実の親とおもうております」

「げえっ……」

これには駒井も、仰天したものだ。

「それもこれも……」

「事の成り行きじゃというのか」

「はい、はい」

「おぬしという男は、な、なんという……」

「まさか、お怒りではございますまいな」

「おどろいているのみじゃ」

「他言は無用でございますよ」

「なんで、このことを他言できよう」

「あなたさまと私のみの……」

「秘密か」

「はい。はい。豊太郎は体も丈夫にて、顔だちは母親似なれど、利発さは殿さまゆずりでございます」

「世辞を申すな」

「ま、ゆるりと今夜は……」

「これが、のまずにおられるものか」

七

二年後。

すなわち、元文元年（一七三六年）の十二月二十七日。

真田伊豆守信弘は、国許の松代の居城において、六十七歳の生涯を終えた。

これより先、信弘は死期をさとるや、急使を江戸藩邸へ派し、駒井理右衛門を松代へ呼び寄せた。

駒井は取るものも取り敢えず、松代へ急行した。

祖父の代から江戸藩邸勤務をつづけている駒井にとって、はじめて見る領国であり、城であった。

松代の城下町は、善光寺（長野市）と川中島をへだてて南方二里のところにあり、城は、戦乱のころに武田信玄がきずき、上杉謙信との大合戦にそなえた海津城である。

駒井理右衛門は、家老・望月治部左衛門《もちづきじぶざえもん》の屋敷へ旅装を解き、夕暮れどきではあったが、休む間もなく礼服に着替えて、城中へ伺候をした。

御殿内の病間に、真田信弘は駒井を待ちかねていた。

人ばらいが、なされている。

しかし、一人だけが信弘につきそっていた。

これが、去年から信弘の侍臣として、この松代へ移った大沢源七郎であった。

「お……理右衛門か」

「ははっ」

「ようぞ、間に合うてくれた。死ぬ前に、ひと目、会いとうての……」

「おそれいりたてまつる」

「近う……近う寄れ」

「はっ」

こうなれば、主従とはいえ、遠慮なしの間柄であった。

信弘は、骨と皮ばかりになっていたけれども、意外に明るい表情で、

「いよいよ、この世からおさらばじゃよ」

「なにをもって、さような……」

「これよ。気やすめを申すな」

信弘の病みおとろえた老顔には、

(やれるだけのことはやった)

という満足感がただよっていたが、急に顔色をひきしめ、

「わしのあとは、信安がつぐことになるが……」

と、いった。

伊豆守信弘は、すでに病歿した正夫人との間に五男一女をもうけている。

そのうちの三男一女が早死をしたが、長男の幸詮《ゆきあきら》は残念なことに、この年の二月に二十五歳で病歿してしまった。

幸詮は、父信弘の倹約生活を目のあたりに見て成長し、信弘も次代の藩主として期待をかけていただけに、その急死が信弘の病状をさらに重くしたともいえる。

幸詮が亡くなったからには、三男の信安が当主になるわけだ。

信安は、ときに二十三歳で、これも亡兄同様、倹約生活を強いられてきたわけだが、

「信安は、亡き幸詮とは、いささか、ちごうようにおもわれる」

と、信弘が死の床にあって、駒井理右衛門へ、

「信安は、これまで、いやいやながら、わしに従うてきたようじゃ。そこで、わしが死ぬと、若いさかりをつつましく暮してきた信安が、にわかに……」

倹約生活の反動が、藩主としてのちからを得て、にわかに贅沢《ぜいたく》と享楽へ転化しはせぬか……。

「それを、わしは恐れておるのじゃ」

と、信弘は、

「理右衛門。それに源七郎、くれぐれもたのむぞよ」

と、いうのである。

それはよいのだが、駒井としては、この席に大沢源七郎がいることが不可解であった。自分に「くれぐれもたのむ」と、殿さまがいいのこすのはわかるが、真田家の臣となって、わずか二年しかたたぬ大沢が、殿さまのお声がかりで「たのむ」といわれるのは、あまりにもおかしい。

そうした駒井のおもいが表情に出たものであろうか。信弘が苦笑をうかべ、

「理右衛門。先《ま》ず、きけい」

「は……?」

「大沢源七郎は、かつて、わしが子の養い親であった男じゃ」

駒井理右衛門は、脳天をなぐりつけられたようなおもいがした。

（と、殿は、御存知じゃ。三倉屋が殿へ申しあげたのか……いや、そのはずはない。では、大沢が、みずから申しあげたのか、それならば、ふとどきな男だ）

伊豆守信弘が、さらにいった。

「理右衛門。わしはな、妙と別れる前に知っておったのじゃ。妙が、わしが子を身ごもったことを、な」

「すりゃ……？」

「妙はのう、三倉屋へ打ちあける前に、わしへ打ちあけたのじゃわえ。そこで、わしも、身分やら何やら、すっかりと妙に打ちあけた。たがいに、何も彼《か》も、ゆるし合うた間柄ゆえ、な」

「むう……」

「打ちあけた上で、生まれる子を手許に引きとれぬわしの苦しみをも語った。妙は、ようわかってくれた。そのときふたりは、別れ別れになることを覚悟したのじゃ」

ことばもなく、駒井はうなだれた。

「源七郎は、三倉屋と親しかったそうな。そこで、根ほり葉ほり、問い質《ただ》し、問いつめたのじゃ。もしや、妙と、わしの子のことを知ってはおらぬか、と、おもうてのう」

このとき大沢源七郎が、駒井へ、

「殿には何も彼も御存知でおわしましたゆえ、私も、かくすことなく……」

と、いった。

大沢は、主人が愛人と子の身の上を忘れかね、おもいなやむ姿を見て、ついに、すべてを語る決意をしたのだ。

「ま、ゆるせ。そちにだまっていたことを、な。なれど……せっかくに、そちや三倉屋がはかろうてくれたことゆえ、わしからも、ついつい、いい出しかねてのう」

「いえ……私めが不明を、なにとぞ、おゆるし下されますよう」

「もはや、すんだことじゃ」

殿さま、三倉屋徳兵衛と同じような口調でそういい、

「なれど……たのしき夢であった……」

「は……?」

「妙とのことよ」

「さように、おぼしめし下されまするか」

「むろんのことじゃ。そちと三倉屋のおかげにて、わしは、この世に生きてある男のあかしをようやく得て、あの世へ旅立てる」

「ははっ……かたじけのうござります」

「うれしかった……礼をいうぞよ、理右衛門。このことを、み、三倉屋へも、よしなにつたえ……」

いいさして伊豆守信弘は、急に昏睡《こんすい》状態となり、以後、三日をそのままにねむりつづけ、安らかに息絶えたのであった。

八

信弘の杞憂《きゆう》は適中した。

もっとも、はじめのうちは、真田家・五代目の藩主となった信安も、父信弘の遺訓をまもり、おとなしくしていたようだ。

父のころからの家老たちや老臣が、三十にならぬ若い主人をきびしく監視していたから、信安も勝手なふるまいはできない。

しかし、信安には、

(わしは一国の主である。何事も、わしのおもいどおりにやりたい)

このうっぷんが内攻しつづけている。

こうなると、口喧《くちやかま》しい老臣たちに対抗するため、若い殿さまとしては自分の傍《そば》に〔新しい勢力〕をつくることが、もっともよいのだ。

そこで信安は、かねてから寵愛《ちようあい》していた原八郎五郎という家臣を抜擢《ばつてき》し、折から起った領内の大水害の復旧にあたらしめた。

原は、復旧のみではなく、

「むかしから、われらは千曲《ちくま》川の水害になやまされつづけております。このさい、千曲の川すじを変えてしまわねばなりますまい」

と、いい出した。

「金もないのに、そのような治水工事ができるか」

重臣たちは大反対をしたが、信安としては、このさい、なんとしても自分と原の存在を重臣たちにみとめさせねばならぬと考え、

「かまわぬ。治水工事を起せ!!」

必死に、応援をした。

老臣どもは、若い主人と原八郎五郎のことを蔭《かげ》で嘲笑《ちょうしょう》していたようだが、原もこのときこそ、と決意したものか、いのちがけで活動を開始し、ついに、幕府から一万五千両を五カ年賦で借り入れることに成功した。

老いた駒井理右衛門も、留守居役として原をたすけ、最後の奉公をしたが、治水工事が成功したのち、駒井は急におとろえ、隠居をねがい出て、家督を長男忠蔵にゆずりわたした。

忠蔵は父の名、理右衛門をつぎ〔留守居役〕となったわけだ。

理右衛門は隠居して〔妙斎〕と号した。

さ、そこでだ。

治水工事に大成功をおさめたものだから、殿さまの信安の権力が急激に増大した。

老臣たちも、これをみとめざるを得ない。

原八郎五郎は、一躍二百石を加増され、勝手掛《かってがかり》に任ぜられた。これは大蔵大臣のような重

要な役目である。

八代将軍・徳川吉宗が隠退したのも、このころであった。

九代将軍は徳川家重。

家重は吉宗の子たが、生来虚弱で、とても独裁将軍はつとまらぬ。そこで隠居した吉宗が政務をたすけたのだけれども、吉宗も老いてきていたし、むかしのようにはならぬ。

こうして、またも時代は変りつつあった。

真田家では、いよいよ殿さまが、好き勝手なことをやりはじめる。

ながい間、祖父や父と共に倹約生活に堪えてきただけに、いったん藩主としての実権をつかむや、信安は、いままで鬱積していた享楽への欲望が猛然とうごき出したようだ。

御殿を新築する。酒宴をひらく。歌舞音曲を流行させる。

そのうちには、原八郎五郎をしたがえて江戸へ来たとき、なんと吉原へ、おしのびであそびに行き、玉屋という店の遊女で桜木というのを身うけし、これを江戸詰の侍臣・小松一学の養女という名目で、自分の側妾《そばめ》にし、松代へつれ帰った。原も負けてはいない。同じ店の浜川というのを身うけし、これは自分の正妻にしてしまった。

「さあ、大変なことになった……」

重臣たちもあわて出したが、どうにもならぬ。

原八郎五郎は、すでに千石の家老職となっていて、殿さまの信安と自分のすることに反対するものは、どしどし押しこめたり、役目をとりあげたりしてしまう。

こうなると、原へもみ手をするものばかりとなり、原の威勢は殿さまをしのぐほどになってしまった。

「わしには、もはや口さしはさむちからもないが……これから御家は、どうなってゆくことやら……」

と、駒井妙斎は病床にあって、しきりになげいた。

ところで……。

あの三倉屋徳兵衛が亡くなったのも、このころであった。

徳兵衛亡きのちは、養子の豊太郎が家をつぎ、七代目・三倉屋徳兵衛となって、立派に家業をつづけてもいるし、依然、真田家の用達をつとめていた。

六十九歳になっていた駒井妙斎が、江戸藩邸内の自分の長屋で亡くなったのは、寛延二年十一月二十日であった。

この年の九月には、国許の松代で、藩の足軽たち約千人が、ストライキをおこなっている。

彼らの給料が、もう三年間も支給されていないのに、たまりかねたのだ。

殿さまは酒と女におぼれつくし、贅沢三昧《ざんまい》に日を送っていて、幕府からの借金も返せぬし、家来たちの給料まで〔御借り〕という名目でつかい果してしまっている。

これでは、幕府が、

「とても大名の資格はない」

と、きめつけ、真田家を取り潰《つぶ》してしまいかねない。

「いやもう、ひどいことになったものじゃ」

亡くなる三日前に、長屋へ見舞にたずねて来た若い三倉屋徳兵衛へ、駒井妙斎がいった。

「おぬしの父ごとわしが元気だったころは、先代殿さまもまことに息苦しいほどの貧乏ぶりであったが……なにやら、いま想うてみると、こころたのしかったような気もする」

徳兵衛は、だまって妙斎の顔を見つめている。

体つきもたくましく、浅ぐろい顔が、いかにも若々しくひきしまってい、両眼が巨大であった。尋常の面相ではない。豊太郎に信弘のおもかげはなかった。

(世が世なれば……いや、あのとき、亡き殿のお手許に金がゆたかにあったなら、この徳兵衛、真田家の若君になっていたところじゃ)

徳兵衛が実の父親とおもいこんでいる大沢源七郎は、原八郎五郎に反抗したので、いま役目をとりあげられ、松代城下の自邸へ引きこもったままだという。

徳兵衛は、なにかと江戸から贈物をしたり、金をとどけたりして大沢夫婦をなぐさめている。

「せっかくに、おぬしのところから借りた金を返せたのに……近ごろは、またも借金がふえたそうじゃな」

「駒井さま。私も実の父親が御世話になっている真田様のことゆえ、できるかぎりのことはさせていただきまするが……それにしても、借りた金のつかいみちが、みな、殿さまの酒と女に化けてしまうのでは、困ったものでございます。金のちからが生きてまいりませぬ」

徳兵衛は、はっきりという。

「もっともじゃ」

「私も、先代から、前の殿さまのことをいろいろときかせてもらいましたが、御立派な御方だったそうでございますね」

「む……立派。まさに、立派」

どうも、この徳兵衛と語り合っていると、先代の徳兵衛、先代の殿さまとの想い出がまざり合い、駒井妙斎は複雑きわまる心境になってくる。

「どうじゃ、三倉屋、商売はおもしろいかな?」

「はい。なにしろ先代が立派なお人でございましたゆえ、骨は折れますが、それだけにまた仕甲斐《しがい》もございます」

「なるほど」

「駒井さま。私は、松代から父親を引きとろうとおもいます。いかがでございましょうか」

「大沢源七郎殿は、なんといっておる?」

「先日も手紙がまいりまして……いますこし辛抱してみる。辛抱をするだけののぞみもないではないゆえ、と、かように申しておりますが……」

「ふむ。辛抱をするだけの、のぞみもないではない……とな」

「はい」

「ふうむ。さようか……」

「いやなに、わしはもういかぬ。いまの理右衛門をよろしゅうたのむぞ」

「駒井さまも、早うお元気に……」

九

大沢のいう〔辛抱するだけの希望〕の芽が吹き出しはじめたのは、真田十万石の内乱が頂点に達したときであった。

なんといっても〔金〕だ。

金がなくては、殿さまの信安も原八郎五郎も、どうにもならなくなってしまった。

信安は、享楽におぼれつくしたむくいで、すっかり躰《からだ》をこわしてしまい、重病となった。

一大事である。

信安の跡つぎは豊松といい、ときに十三歳。もしも信安が死んだ場合、かねがね、真田家の内情をこころよくおもっていない幕府は、

「豊松は幼年ゆえ、家督相続はむりである」

との理由のもとに、真田十万石を没収する意向であった、といわれている。

こうなると、家来たちもだまってはいられない。

原八郎五郎一派の勢力をしりぞけ、なんとしても主家を存続させねばならぬ。

正義派が起ちあがった。

家老の恩田民親、望月治部左衛門が先頭に立った。

こうなると、留守居役の駒井理右衛門もいそがしくなる。

先代の理右衛門におとらぬほど、いまの理右衛門も外交官として優秀な人物であった。

なんとしても、幕府にごきげんを直してもらい、ぶじに年少の豊松の家督相続をゆるしてもらわねばならぬ。

駒井は、運動を開始した。

それには、先ず、幕府の要路へ金をふりまかなくてはならぬのだが、藩庁からしぼりつくした運動費では、

（とても足らぬ）

のであった。

そこで、

「たのむ、三倉屋」

駒井は、たまりかねて三倉屋徳兵衛へ借金を申しこんだ。前に三倉屋から借りた金は、まだ、ほとんど返済していないのである。

「よろしゅうございます」

だが、三倉屋は莞爾《かんじ》として、

「今度、御用立ていたします金は、御家のおためになることでございますゆえ、よろこんで……」

「まことか……」

「はい、はい」

「このとおりだ、三倉屋」

と、恥も外聞もなく、駒井が両手を合せてみせた。

「なんの、なんの……私も、実の父親が、お世話になっております故か、どうもその、真田様のことになると、実のところ、他人事にはおもえなくなるのでございます。そのために、ずいぶんと損をしてまいりましたが……」

「まことに、相すまぬことだ」

「なれど駒井さま。首尾よく、若殿さまが御家を御相続なさいましたときには、これほどに骨折った私の胸の内も、くんでいただかねばなりますまい」

「む。なるべくすみやかに、返済いたす」

「いえ、金のことよりも、国許に押しこめられております父のことでございます」

「むろんのことだ。そのことを私も、日夜、おもわぬことはない」

「それをきいて、安心をいたしました」

三倉屋徳兵衛は、このとき以来、江戸家老の大熊靫負《おおくまゆきえ》や駒井にたのまれ、一種の財政顧問として、かげながら、いろいろと相談をうけるようになった。

それまでは、近ごろ召し抱えられた田村半右衛門という老人が、江戸藩邸内の財政を取りしきっていたのである。

半右衛門は、もと麻布・飯倉《いいぐら》に住んで金貸しをしていたものだが、この半右衛門こそ、播《ばん》州《しゅう》・赤穂《あこう》の浪人で、かの〔忠臣蔵〕事件では、不忠不義の奸物《かんぶつ》として知られる大野九郎兵衛のせがれ、郡右衛門だ、という噂もあった。

半右衛門の政策は、

「先ず、倹約」

これはよいとしても、つぎに、

「領民たちから、しぼりとれるだけしぼりとれ」

というのだ。

冗談ではない。

これまでに、そのようなことはやりつくしている。

第一、そうした乱暴きわまる命令を町民も農民もきくものではない。出せるものは出しつくしているのだ。

或る日のことであった。

田村半右衛門が、藩邸の大台所へあらわれ、そこに切ってある大きな炉の前へ来るや、

「みなのもの、よくきけ」

そこにいた人びとへ、

「御座敷内の炉ばたの中には、すべて竈《かまど》を入れなされ。そして火を焚《た》くもののうしろへ、屏《びょう》風《ぶ》のように壁をぬりまわしたものをつくっておきなされ」

と、命じたものだ。

なぜかというと、

「これはな、火を多く焚けば、焚く者の躰が壁の熱の反射《てりかえし》をうけて熱くなり、居たたまれなくなるゆえ、いきおい、火をすこしずつ焚く。これすなわち、薪炭の倹約になるのじゃ」

というわけだ。

一同、呆気《あっけ》にとられて、ことばも出ない。

するとこのとき、

「あは、は、は……」

大台所の一隅で、人声に笑い出した者がいる。

ちょうど来合せていた三倉屋徳兵衛であった。

「だれじゃ。いま笑うたのは……ここへ出よ。わしは、原様より勝手向きのこと申しつけられたる田村半右衛門なるぞ」

半右衛門が甲高い声で、叱りつけると、三倉屋がつかつかとあらわれ、

「ここは十万石の大台所だ。小金貸しの家とはちがいますよ」

恐れる気色もなく、ぴしぴしと、

「お前さまも、どのようにして、ここへ入りこんだのか、それは知らぬが、いかにお前さまが威張り返ってみても、甘い汁は吸えませせぬよ」

と、やったものだ。

「ぶ、ぶれいな……こやつめを取り押えろ」

半右衛門が叫んだ転瞬、三倉屋徳兵衛の腕が風を切って飛んだ。

田村半右衛門はなぐり倒され、玩具《がんぐ》のように板敷きの上へ転倒し、気をうしなってしまったという。

「そのときの三倉屋の、いかにも堂々としたありさまといい、口のききようといい、とても町人とはおもわれませなんだ」

と、目撃していた藩士が、のちに駒井理右衛門へ語った。

真田藩をあげての協力が実をむすび、伊豆守信安が亡くなったのち、豊松が後をつぎ、真田伊豆守幸弘となったのは、宝暦二年六月十日である。

これよりのち……。

真田藩は、家老・恩田民親が〔執政〕となり、藩政改革をおこなって成功をおさめた。

宝暦六年の十月十二日。

大沢源七郎が、松代の自邸において病歿《びょうぼつ》をした。

源七郎は、それより四年ほど前に、恩田家老のすすめによって養子を迎えていたので、これが大沢家をつぐことになった。

源七郎の妻女も、まるで夫の後を追うように、一カ月後に亡くなっている。

源七郎夫婦が亡くなると、三倉屋徳兵衛は松代へおもむき、源七郎の養子に、

「実の両親のことゆえ、まげて御承知を……」

と、たのみ、大沢夫婦の分骨を江戸へ抱き帰り、三倉屋の墓とならべて、源七郎夫婦の墓をたてた。

これで、三倉屋徳兵衛の出生《しゅっしょう》の事実を知るものは、すべて絶えたのである。

解説

佐藤隆介

池波正太郎といえばだれでもすぐに〔剣客商売〕や〔仕掛人藤枝梅安《しかけにんふじえだばいあん》〕〔鬼平犯科帳《おにへいはんかちょう》〕といったあまりにも名高いシリーズ小説を思いうかべる。

しかし、池波正太郎の小説世界は、恐ろしくという形容を付したいほど広く、深い奥行を持っている。ちょうどヒマラヤ山脈のようなものだ。エベレストだけを知ってもヒマラヤ山脈を知ったことにはならないように、前記の人気シリーズだけを読んでも、到底、池波作品群の全体を知ったことにはならない。

池波文学の最も本質的なものを知るには、真田《さなだ》家にかかわる人々を描いたいわゆる〝真田もの〟を読むのが一番よいような気がする。これはほとんど池波正太郎の独擅場《どくせんじょう》であり、池波正太郎が劇作家から小説家へその世界を拡大し、作家としての基盤をゆるぎないものにした記念碑的な作品群だからである。

本書には〔信濃《しなの》大名記〕〔碁盤の首〕〔錯乱〕〔真田騒動〕および〔この父その子〕の短篇《ぺん》・中篇あわせて五篇が収録されているが、久しぶりにこれらを通読して私は新潮文庫の編集担当者に改めて感謝したい思いを抱いた。こういうふうに並べて読ませてもらうと、戦国時代とはどういう時代であったのか、江戸時代の幕府と大名諸藩がどのように緊張した関係にあったのか、そこで人々はどのように生き、あるいは死んだのか、実によくわかる。

〔信濃大名記〕では、まず、真田家の藩祖・信幸《のぶゆき》を主人公として、戦国時代の一武将がいかにして一国を司《つかさど》る大名へと変貌して行ったかが語られる。真田信幸はいうまでもなく有名な真田幸村《ゆきむら》の兄であり、本来は熱い血をたぎらせた武将であった。信州上田の城下に徳川家康の大軍一万を迎え撃ち、わずか三千そこその手勢を縦横に駆使して、散々に家康軍をやっつけたこともある。その暴れようのすさまじさと巧妙さには父・昌幸《まさゆき》も弟・幸村も古をまいたという。真田信幸二十歳のときのことである。

　その信幸が、天下分け目の関ケ原の合戦では東軍（徳川方）につき、西軍（豊臣方）についた父と弟を敵として戦う立場となる。それは何故《なぜ》だったか。〔信濃大名記〕の一篇を読めば答はおのずから明らかである。父と長男とが別々の側について、どちらかが残って家（即ち国）を守りぬくようにするのは、戦国時代を生きぬくための一つの常法であった。しかし、昌幸・幸村父子と信幸との訣別《けつべつ》はそういう常法に従ってのことばかりはいいきれない。

　真田信幸を徳川家康方につかせたものは何よりも強固な一つの信念に他《ほか》ならぬ。あくまでも「家を守る」ことこそ己れの務めと自覚したリーダーの信念である。家中二千人の家来にはそれぞれの家族がいる。それらの人々の生活を安泰に持続させることが信幸にとっては最大の義務である。そのためには、だれにつくべきか。信幸が時代の流れを読みつくし、最終的に選んだ人物が徳川家康だったということだ。

私事で恐縮だが、私は少年時代を越後《えちご》の高田で過ごした。上杉謙信は郷土の誇る英雄であり、私が通った小学校でも高校でも謙信は校歌に登場した。小学校の遠足は謙信の居城・春日山《かすが》であり、謙信が武田信玄と戦った川中島であった。春日山城下の林泉寺にはいまも上杉謙信の座右銘であった「第一義」の額が掲げられている。子どものころ、そのことばの意味がよくわからなかった。五十に手が届こうとしているいまごろになって、ようやく少しわかりかけたような気がする。

謙信の第一義とは、己れのなすべきことをつらぬけ、ということだろうと思う。人間という生きものはあまりにも感情や欲望に左右されることが多い。そこにまた人間らしさがあるともいえる。血の気が多く激しやすい人間は、たいていの場合、魅力的である。真田昌幸や真田幸村がいつの時代にも人々を魅了する一つの理由がそこにある。この父子は合戦を合戦として楽しむようなところがある。合戦の最中には、彼らにとってはその成否は問題ではない。

真田信幸にも同じ血が流れている。父や弟と同じように、熱い血の命ずるままに生き、あるいは死にたいと思う。何もかも捨てて愛する一女性とささやかに暮らしたいと思うこともある。しかし、信幸には信幸の動かしがたい第一義がある。「兵法とはただ家臣を不憫《ふびん》と思うこと」という信念がある。なればこそ真田信幸は家康につき、父と弟を敵とし、愛する女性への思いを断つ。

生身の男であり勇猛の武将でありながら、「武将としてのわしは、もう消えた。だが国を治め領民に幸せをもたらすべき重荷を背負った領主として、これからのわしは生きて行くのだ」

という真田信幸は、まさに第一義の人ではなかったろうか。男がみずから第一義と信ずるところにしたがって、ときには非情にわが道をつらぬこうとする、その姿を現代風の表現でいえば、「ハードボイルド」ということになる。本来ハードボイルドというのは第一義を主題とした小説のことであって、私立探偵が出てきたり、下手な翻訳物のような舌足らずの文体を使いさえすればハードボイルドなのではない。〔信濃大名記〕のような池波作品が実は本当のハードボイルドである。これは池波小説中毒患者である私の持論なのだ。そういう私にいわせると、池波正太郎の小説はすべてハードボイルドということになってしまう。〔錯乱〕然り。〔真田騒動〕然り。

しかし、誤解のないように付言すれば、いわゆるハードボイルドを名乗る小説の大部分には欠けている厚みや深さが池波正太郎の作品には裏うちされている。あちらが単なる娯楽小説に過ぎないのに対し、こちらはそのレベルをこえて人間の赤裸々な姿をえぐり出し、人生の真実を描き出した文学である。池波正太郎が本書の中の一篇〔錯乱〕によって、昭和三十五年上期に第四十三回直木賞を受賞したことは、その一つの証明ということになるだろう。〔信濃大名記〕から〔この父その子〕まで、本書に収められた五篇の小説がそれぞれに独立した作品であることはいうをまたないが、それと承知のうえで全体を一篇の長篇小説として読んでもおかしくない。描かれている舞台が共通の信州松代藩《まつしろ》であり、登場人物の系譜がつながっていい、しかも作者の語ろうとしているテーマが一貫しているからである。

私はその主題を「第一義」にあるといいたいが、別のことばでいえば、「持続」ということでもある。持続ということはすべての人間生活の基本であり、これなくして人間の暮らしはありえない。世の中というものが曲がりなりにも持続して行くからこそ、人は一所懸命にはたらきもし、それぞれの目標に向かって努力もする。戦争が何よりも恐れられ、忌わしいものとされるのは、持続してきたあらゆるものを破壊するからである。

真田信幸は（つまり、作者池波正太郎は）そのことを知りつくしている。持続するということが人生の基本であることを認識し、そのために己れが何をなすべきかを考え、大変な努力をし、ついにそれを成功させている。そういう意味で信幸は実に立派な政治家であったともいえる。政治の目的は、端的にいって持続ということに尽きるからである。さて、ちかごろどこに信幸ほどの大政治家がいるだろうか。

たまに地球儀を取り出して、私たちの住む日本という国を探してみると、哀れなほどに小さい。人間の数は少なくないし、経済的には大国と称してそれなりに力をつけてはいるが、実に小さな島国であることをつくづくと思い知らされる。こういう国が世界の強国の間で生きのびて行くには、真田信幸のような政治家がいて頑張ってくれなければどうにもならない。昔は、政治家になると私財をつぎこんで使い尽くし、最後には井戸と塀しか残らなかったものだそうな。現代は政治ほど儲《もう》かる商売はないとだれもが暗黙の裡《うち》に認めている時代である。政治家という政治家は、毎日とはいわないがせめて週に一度は、池波正太郎のこういう作品を読んで、己れの第一義について考えてもらいたいものだ。私のようなものでさえ、真田信幸や恩田木工《おんだもく》には到底およばないにしても、わがなすべきことは何ぞやと池波正太郎の小説を読むたびに考えるのである。（正直なところは、まず、何回読み返しても面白いから読んでしまうのだが。）

池波正太郎が真田家の人々を描き続けてきたのは、時代が遠い昔のことであり舞台が信州松代という小さな国であるにもかかわらず、そこに現代の日本のすべてが凝縮されてあるから……とはいえないだろうか。読めば読むほど、これは過去の物語ではない。現代の、私たち自身の物語である。すぐれた小説はタイムマシンのように私たちを運び、過去・現在・未来を往復させるもののようである。

ちなみに、真田信幸の最晩年を描いた〔獅子《しし》〕という長篇も池波正太郎にはある。本書を読み、〔獅子〕を読み、それから〔真田太平記〕という大河小説をも完読すれば、人間の質がだいぶ変わるだろう、と私は思う。少なくとも男ならば。

（昭和五十九年八月、コピーライター）

「信濃大名記」「真田騒動」は立風書房刊『運の矢』（昭和五十三年十一月）、「碁盤の首」「錯乱」は立風書房刊『刺客』（昭和五十三年七月）、「この父その子」は立風書房刊『稲妻』（昭和五十三年十月）に、それぞれ収められた。

文字づかいについて

新潮文庫の文字表記については、なるべく原文を尊重するという見地に立ち、次のように方針を定めた。

一、口語文の作品は、旧仮名づかいで書かれているものは現代仮名づかいに改める。
二、文語文の作品は旧仮名づかいのままとする。
三、一般には常用漢字表以外の漢字も音訓も使用する。
四、難読と思われる漢字には振仮名をつける。
五、送り仮名はなるべく原文を重んじて、みだりに送らない。
六、極端な宛て字と思われるもの及び代名詞、副詞、接続詞等のうち、仮名にしても原文を損うおそれが少ないと思われるものを仮名に改める。

池波正太郎著

忍者丹波大介

関ヶ原の合戦で徳川方が勝利し時代の波の中で失われていく忍者の世界の信義……一匹狼となり暗躍する丹波大介の凄絶な死闘を描く。

池波正太郎著

男(おとこぶり)振

主君の嗣子に奇病を侮蔑された源太郎は乱暴を働くが、別人の小太郎として生きることを許される。数奇な運命をユーモラスに描く。

池波正太郎著

真田太平記(一〜十二)

天下分け目の決戦を、父・弟と兄とが豊臣方と徳川方とに別れて戦った信州・真田家の波瀾にとんだ歴史をたどる大河小説。全12巻。

池波正太郎著

さむらい劇場

八代将軍吉宗の頃、旗本の三男に生れながら、妾腹の子ゆえに父親にも疎まれて育った榎平八郎。意地と度胸で一人前に成長していく姿。

池波正太郎著

おとこの秘図(上・中・下)

江戸中期、変転する時代を若き血をたぎらせて生きぬいた旗本・徳山五兵衛――逆境をはねのけ、したたかに歩んだ男の波瀾の絵巻。

池波正太郎著

忍びの旗

亡父の敵とは知らず、その娘を愛した甲賀忍者・上田源五郎。人間の熱い血と忍びの苛酷な使命とを溶け合わせた男の流転の生涯。

新潮文庫最新刊

江國香織著
東京タワー
恋はするものじゃなくて、おちるもの——。いつか、きっと、突然に……。東京タワーが見える街で繰り広げられる狂おしい恋愛模様。

なかにし礼著
さくら伝説（上・下）
死の影に怯えながら、若い愛人との情事に溺れる大学教授・杜夫。千年桜に魅入られた男女の破滅と再生を描く、究極の官能小説。

帚木蓬生著
国銅（上・下）
大仏の造営のために命をかけた男たち。歴史に名は残さず、しかし懸命に生きた人びとを、熱き想いで刻みつけた、天平ロマン。

藤堂志津子著
人形を捨てる
孤独で夢見がちだった少女は、物語を紡ぐことで大人になった。そして……。恋愛小説の名手が振り返る半生。みずみずしい魂の遍歴。

藤田宜永著
女（ファム）
よるべない心を抱えて、都会の底を漂う男と女。官能の炎の中で、ふたつの孤独は一瞬溶け合うが——。熱く儚い、刹那な恋の物語集。

大崎善生著
九月の四分の一
僕は今でも君の存在を近くに感じている——。人生の途中でめぐり逢い、たとえ今は遠く離れていても。深い余韻が残る青春恋愛短篇集。

新潮文庫最新刊

黒川伊保子著
恋愛脳
—男心と女心は、なぜこうもすれ違うのか—
男脳と女脳は感じ方が違う。それを理解すれば、恋の達人になれる。最先端の脳科学とAIの知識を駆使して探る男女の機微。

秋庭俊著
帝都東京・隠された地下網の秘密
地図に描かれた東京の地下は真実か？　資料から垣間見える事実を分析し、隠蔽された帝都の正体に迫る。傑作ノンフィクション。

S・キング
風間賢二訳
ダーク・タワーⅣ
魔道師と水晶球
（上・中・下）
暴走する超高速サイコモノレールに閉じこめられた一行の運命は？　ローランドの痛みに満ちた過去とは？　絶好調シリーズ第Ⅳ部！

フリーマントル
松本剛史訳
知りすぎた女
マフィアと関わりのある国際会計事務所の重役が謎の死を遂げた。残された妻と彼の愛人は皮肉にも手を結び、真相を探り始めたが。

A・ニン
矢川澄子訳
小鳥たち
美貌の女流作家ニンが、恋人ヘンリー・ミラーの勧めで、一人の好事家の老人のために匿名で書いた、妖しくも強烈なエロチカ13編。

J・クリード
鎌田三平訳
シャドウ・ゲーム
元秘密情報部員ジャックは、麻薬組織から友人の娘を救出すべく再び動いた！　徐々に明らかになる、その娘の驚くべき正体とは？

真《さな》田《だ》騒《そう》動《どう》
—恩田木工—

新潮文庫　い-16-21

昭和五十九年九月二十五日　発行
平成十八年三月十日　四十六刷

著者　池《いけ》波《なみ》正《しょう》太《た》郎《ろう》

発行者　佐藤隆信

発行所　株式会社　新潮社

郵便番号　一六二―八七一一
東京都新宿区矢来町七一
電話　編集部(〇三)三二六六―五四四〇
　　　読者係(〇三)三二六六―五一一一
http://www.shinchosha.co.jp

価格はカバーに表示してあります。

乱丁・落丁本は、ご面倒ですが小社読者係宛ご送付ください。送料小社負担にてお取替えいたします。

印刷・二光印刷株式会社　製本・株式会社大進堂

ISBN4-10-115621-2 C0193